PERIL AT END HOUSE

AGATHA CHRISTIE POIROT SELECTION

PERIL ᵃᵗ END HOUSE

엔드하우스의 비극 애거서 크리스티 장편 소설 | 이원경 옮김

황금가지

PERIL AT END HOUSE

by Agatha Christie

정식 한국어 판 출간에 부쳐

나는 한국에서 우리 할머니의 작품을 정식으로 출간한다는 소식을 듣고 무척 기뻤다. 할머니가 1920년부터 1970년 무렵까지 오랜 세월에 걸쳐 집필한 작품들은 21세기인 지금 읽어도 신선하고 재미있다. 등장 인물들이 워낙 자연스러워서 요즘 사람들과 다를 바 없고 이들이 등장하는 상황과 장소가 전 세계 사람들의 애정과 향수를 자극하기 때문이다. 한국 독자들은 이번에 새로 나온 정식 한국어 판을 통해 그 동안 접하지 못했던 애거서 크리스티의 일부 작품들을 읽을 수 있을 것이다. 덕분에 한국에 새로운 세대의 애거서 크리스티 팬들이 탄생할지도 모르겠다는 생각을 하면 가슴이 벅차다.

애거서 크리스티는 대표적인 두 명의 주인공으로 기억되는 작가이다. 14권의 작품에 등장하는 마플 양은 영국의 작은 시골 마을에서 평온한 나날을 보내며 뜨개질과 수다로 소일하는 미혼의 할머니이지만, 놀라운 기억력과 날카로운 두뇌 회전으로 주변에서 벌어진 살인 사건을 해결한다.

그리고 마플 양과 상반되는 성격을 지닌 에르퀼 푸아로는 자신만 만하고 콧수염을 포함한 자신의 외모와 벨기에라는 국적에 대한 자부심이 상당하다. 그는 이집트와 이라크를 비롯한 세계 각지에서 수수께끼를 해결하며 『오리엔트 특급 살인 *Murder On The Orient Express*』, 『나일 강의 죽음 *Death On The Nile*』, 『애크로이드 살인 사건 *The Murder Of Roger Ackroyd*』 등 애거서 크리스티의 여러 대표작에 모습을 드러낸다.

황금가지의 대담하고 참신한 표지와 전반적인 디자인 덕분에 작품의 성격이 잘 살아난 것 같아 기쁘다. 또한 한국 독자들이 할머니의 원작이 지닌 참된 묘미를 느낄 수 있도록 충실한 번역을 위해 애써 준 점도 높이 사고 싶다.

할머니의 작품이 20세기의 그 어떤 작가들보다 많이 팔리고 있는 이유는 나이와 국적에 상관없이 읽을 수 있는 재미와 감동을 갖추었기 때문이다. 모쪼록 한국 독자들도 황금가지에서 선보이는 애거서 크리스티 작품들을 즐겁게 감상하기를 바란다.

매튜 프리처드
애거서 크리스티의 손자
ACL 이사장

차례

머제스틱 호텔

잉글랜드 남부 해변 마을에서 세인트루만큼 매력적인 곳도 없다. '해수욕장의 여왕'이라는 이름이 너무나 잘 어울리는, 마치 리비에라 해안을 보는 듯한 착각마저 들게 하는 곳이다. 또한 해안 구석구석은 프랑스 남부 해안 못지않게 근사하다.

이 느낌을 친구 에르퀼 푸아로에게 그대로 이야기했다.

"어제 식당차 메뉴판에도 그렇게 써 있더군. 자네만의 느낌이 아니라네."

"그럼 당신 생각은 다르단 건가요?"

푸아로는 미소만 지을 뿐 질문에 곧바로 대답하지는 않았다. 그래서 다시 물었다.

"아, 미안하이, 헤이스팅스. 딴 생각 하고 있었네. 방금 자네가 말한 지역에 대해 이런저런 생각 좀 하느라고."

"프랑스 남부?"

"응. 거기서 보낸 지난겨울과 당시 발생한 사건들을 생각하는 중이었네."

나도 그 사건을 기억하고 있다. 블루 트레인 살인 사건이 발생했을 때 푸아로는 복잡하고 당혹스러운 미스터리를 늘 그렇듯 한 치의 오차도 없이 해결했다. 내가 몹시 안타깝게 말했다.

"당신과 같이 있었어야 하는 건데……."

"나 역시 마찬가질세. 자네가 있었다면 큰 도움이 되었을 걸세."

의외의 말에 곁눈질로 푸아로를 바라보았다. 오랫동안 푸아로와 지내 봐서 아는데 웬만해선 칭찬하는 성격이 아니었다. 그런데 지금 푸아로는 정말 진지해 보였다. 사실 틀린 말도 아니었다. 푸아로의 수사 방식에 대해서는 누구 못지않게 잘 아니까.

"특히 자네의 활기찬 상상력이 아쉬웠네. 누구나 가끔 가벼운 위안이 필요할 때가 있지 않나. 내 하인 조르쥬는 사건을 논의할 만큼 훌륭하긴 하지만 사실 상상력은 제로거든."

이 말은 무척 생뚱맞게 들렸다.

"푸아로, 슬슬 활동을 재개할 맘이 전혀 없나요? 이런 무기력한 삶은……."

"아니, 지금의 생활이 난 딱 좋네. 햇살 속에 앉아 있으면 너무나 즐거워. 그리고 최고의 명성을 떨칠 때 물러서는 것보다 더 멋진 행위도 없지. 사람들은 '위대한 탐정 에르퀼 푸아로! 저런 사람은 이제껏 없었고 앞으로도 없을 거야!'라고 말하지. 에 비엥(다 좋아). 만족한다구. 하지만 더 이상은 필요 없어. 난 겸손하니까."

나라면 겸손이라는 단어는 쓰지 않았으리라. 내가 보기에 이 작은 친구는 세월이 흘렀어도 여전히 자기중심적이었다. 어느새 푸아로는 의자에 등을 기댄 채 구레나룻을 쓰다듬으며 자기만족에 빠져 있었다.

우리는 세인트루에서 가장 큰 머제스틱 호텔의 테라스에 앉아 있었다. 호텔은 바다가 내려다보이는 곳 위에 서 있었다. 정원에는 야자수가 제멋대로 흩어져 있고 바다는 깊은 청색이었으며, 8월의 태양은 맑은 하늘 속에서 순수한 열정을 내뿜으며 빛났다. 이런 광경은 잉글랜드에서는 매우 보기 드물다. 벌들이 날아다니며 붕붕거리는 소리도 기분 좋게 들렸다. 이보다 더 이상적일 수 있으랴.

전날 밤 늦게 이곳에 도착했으니 이날은 우리가 계획한 일주일 휴가 중 처음 맞는 아침이었다. 날씨만 이대로 지속된다면 정말 완벽한 휴가가 될 터였다.

나는 바닥에 떨어뜨린 조간신문을 집어 들고 다시 꼼꼼히 읽기 시작했다. 정계가 불안해 보였지만 흥미롭지는 않았다. 중국에서 분쟁이 일어났고, 런던의 사기 행각을 다룬 장황한 보도가 실렸지만 흥미진진한 뉴스는 없었다.

"이 앵무병*은 흥미롭군요."

---

* 앵무새, 카나리아, 비둘기 따위로부터 사람에게 전염되는 바이러스성 질환.

내가 신문을 넘기며 중얼거렸다.

"그렇지."

"리즈*에서 두 명이 더 죽었다네요."

"안타까운 소식이군."

다시 신문을 넘겼다.

"비행기로 세계 일주 중인 비행사 시튼에 관한 소식은 여전히 없네요. 이 친구 정말 용감해요. 그가 타고 있는 수륙양용 비행기 알바트로스 호도 참 대단한 물건이죠. 만약 그가 죽었다면 안타까운 일이에요. 하지만 아직 희망이 사라진 건 아닙니다. 어쩌면 태평양 섬들 중 하나를 발견했을지도 모르죠."

"그러고 보니. 솔로몬 제도 사람들은 여전히 식인종이라지?"

푸아로가 유쾌하게 물었다.

"정말 멋진 친구예요. 어쨌건 이런 소식을 들으면 영국인으로서 자부심을 느끼죠."

"윔블던에서의 패배도 위로해 주고."

푸아로가 말했다.

"난…… 별 뜻 없이 한 말입니다."

내가 우물거리자 푸아로가 손을 저으며 괜찮다는 표정을 지었다.

"난 말일세, 가련한 시튼 기장의 비행기처럼 만능은 아니지만 그래도 박애주의자라네. 그리고 영국인에 대해서는, 자네도 알다시피

---

* 잉글랜드 웨스트요크셔 주의 행정도시.

늘 깊이 흠모하고 있지. 그들의 꼼꼼함, 예를 들면 신문을 읽는 방식 같은 것 말일세."

내 관심은 다시 정치 쪽으로 옮겨갔다.

"내무장관이 꽤나 어려운 시기를 겪고 있는 것 같군요."

"딱한 친구. 골칫거리가 있나 보지. 그 기사를 봐. 아! 맞아. 그래서 그렇게 애걸복걸 도움을 요청했구먼."

내가 그를 빤히 쳐다봤다. 푸아로는 빙그레 웃으며 편지 꾸러미를 주머니에서 꺼냈다. 고무줄로 말끔하게 묶여 있었다. 푸아로는 그중 하나를 골라 나한테 던졌다.

"어제 우리가 도착하기 전에 배달됐다는데 아침에 전해 주더군."

나는 그 편지를 읽으며 흥분했다.

"하지만, 이건 낯간지러운 칭찬 일색이잖아요!"

"그렇게 생각하나, 친구?"

"당신 능력을 아주 열렬히 칭송하네요."

"맞는 말이지."

푸아로는 슬그머니 시선을 돌리며 말했다.

"문제를 조사해 달라고 간청하는군요. 개인적인 부탁이라면서."

"그랬지. 나한테 편지 내용을 읽어 줄 필요는 없네. 오해 말게, 헤이스팅스. 난 이미 그 편지 읽었으니까."

"제기랄! 우리 휴가가 끝나게 생겼어요."

내가 소리쳤다.

"아냐, 아냐. 칼메 부(진정하게나). 신경 쓸 것 없어."

"하지만 내무장관 말로는 긴급 사안이라는데요?"

"그럴지도 모르지. 아닐 수도 있고. 정치인들은 쉽게 흥분하잖나. 파리의 하원 의원들을 보니 알겠더군."

"그래 맞아. 하지만 기차표는 당연히 예약해야겠죠? 런던행 급행 열차는 12시 정각에 출발하니 못 타고, 다음 열차는……."

"진정하게나, 헤이스팅스. 제발 진정해! 자넨 늘 흥분하고 들뜨는 게 문제야. 우린 오늘 런던에 안 가. 내일도 안 갈 거고."

"하지만 이 편지는……."

"나랑 상관없어. 난 자네 나라 경찰에 소속된 사람이 아닐세, 헤이스팅스. 이건 개인적으로 사건을 맡아 달라는 부탁이야. 난 거절하겠어."

"거절한다고요?"

"응. 아주 정중하게 우울 상태에 빠져 있다고 할 생각이야. 하지만 자넨 어쩔 텐가? 난 은퇴했어. 끝났다고."

"당신은 안 끝났어요."

내가 힘주어 말하자 푸아로가 내 무릎을 토닥였다.

"좋은 친구의 덕담이라고 생각하지. 그리고 자넨 그럴 만도 해. 뇌세포는 여전히 작동하고, 그 질서와 체계 또한 그대로니까. 하지만 친구, 내가 은퇴했다면 은퇴한 걸세! 끝났다고! 난 수십 번 고별 인사를 하는 인기 배우가 아니야. 모든 배려를 담아 말하건대, 젊은 이들에게 기회를 주게나. 그들도 훌륭히 해낼 수 있어. 걱정스럽긴 하지만, 가능성은 있으니까. 어쨌건 그들도 내무장관의 미심쩍고 성가신 일쯤은 충분히 처리할 걸세."

"하지만 푸아로, 이 칭찬은 어쩌고요?"

"칭찬 따위는 관심 없어. 내무장관도 눈치 빠른 작자라 내 도움만 얻으면 모든 일이 성사된다는 걸 알고 한 소리야. 자넨 어쩔 텐가? 그 친구 운이 없어. 에르퀼 푸아로는 이미 마지막 사건을 해결했으니까."

나는 푸아로를 바라보았다. 그리고 마음속 깊이 푸아로의 고집을 한탄했다. 부탁받은 사건만 해결하면 이미 세계적인 푸아로의 명성이 한층 더 공고해질 텐데. 하지만 푸아로의 단호한 태도에는 흠모를 금할 수 없었다. 갑자기 한 가지 생각이 떠올라 물었다.

"걱정도 안 됩니까? 그런 단정적인 선언은 분명 신을 진노케 할 텐데."

"어쨌든 에르퀼 푸아로의 결심을 흔든다는 건 불가능해."

푸아로가 강한 어조로 말했다.

"불가능?"

"아니, 자네 말이 맞아 친구. 그런 단어를 쓰면 안 되지. 만약 내 머리 옆 벽에 총알이 박혔는데도 사건을 조사하지 않겠다고는 장담 못해! 나 역시 인간일 뿐이니까!"

푸아로의 말에 웃음이 나왔다. 방금 작은 조약돌 하나가 테라스에 맞았는데 그걸 보고 푸아로가 총알이라는 단어를 유추했다는 생각이 들어서였다. 푸아로가 허리를 굽혀 조약돌을 집어 들고는 하던 말을 계속했다.

"그래. 나 역시 사람이야. 잠자는 개지. 똑똑하고 선량한 개. 하지만 잠자는 개도 깰 때가 있는 법. 영어에 그런 속담이 있지."

"만약 내일 아침 당신 머리맡에 단검이 꽂혀 있다면, 그걸 꽂은 범인을 조심하는 게 좋을 겁니다!"

푸아로는 고개를 주억거렸지만 표정은 멍했다.

그때 갑자기 그가 자리에서 일어나 테라스에서 정원으로 이어진 두 계단을 내려갔다. 동시에 아가씨 한 명이 우리 쪽으로 황급히 올라오는 모습이 보였다. 상당히 예쁜 아가씨였다. 나는 푸아로가 궁금해 시선을 돌렸는데 계단을 살피지 않고 내려가던 그가 그만 나무뿌리에 걸려 둔중하게 엎어졌다. 마침 지나가던 아가씨도 놀랐는지 나와 함께 푸아로를 부축해 일으켰다. 검은 머리칼에 장난기 어린 얼굴, 커다란 암청색 눈동자를 지닌 아가씨였다.

"뭐라 감사 드려야 할지……."

푸아로가 우물거렸다.

"마드무아젤, 정말 친절하시군요. 죄송합니다. 발목이 접질렸는지 발이 꽤 아프네요. 그래도 몇 분 지나면 괜찮아질 겁니다. 헤이스팅스, 자네와 마드무아젤이 부축해 주면 고맙겠네. 아가씨께 이런 부탁을 하다니 부끄럽군요."

내가 한쪽을 맡고 아가씨가 다른 쪽을 맡아 푸아로를 테라스 의자에 앉혔다. 나는 의사를 부르자고 제안했지만 푸아로는 매섭게 거절했다.

"별것 아니라니까. 발목이 접질려서 잠시 고통스러운 것뿐일세.

금세 나을 거야."

푸아로가 얼굴을 찌푸리며 다시 말을 이었다.

"이제 1분만 지나면 통증이 사라질 거야. 마드무아젤, 수천 번 감사드립니다. 정말 친절하시군요. 부디 잠시 앉으시지요."

"별 말씀을……. 그런데 제 생각에도 의사한테 보이시는 게 좋겠어요."

아가씨가 의자에 앉으며 말했다.

"마드무아젤, 장담하건대 바가텔(쓸데없는 짓)입니다. 아가씨와 동석하는 즐거움 덕에 이미 통증이 가셨거든요."

"재밌는 말씀이네요."

푸아로의 말에 그녀가 웃었다.

"칵테일 어떠십니까? 마침 딱 좋을 때입니다."

내 제안에 그녀가 잠시 머뭇거리다 말했다.

"음…… 그럼 감사히 마시죠."

"마티니?"

"네, 좋아요. 드라이 마티니요."

내가 음료를 주문하고 돌아왔을 때 푸아로와 아가씨는 활기차게 대화를 나누고 있었다.

"헤이스팅스, 우리가 그토록 탄복했던 저 집이 마드무아젤의 소유라네. 놀랍지 않은가!"

"엔드하우스라고 해요. 저는 저 집을 좋아하지만, 황폐하고 오래된 곳이에요. 무너지기 일보 직전이죠."

"유서 깊은 가문의 마지막 후손인가요, 마드무아젤?"

"아뇨! 별볼일없는 집안인걸요. 하지만 버클리 가문은 이곳에서 이삼백 년이나 살았어요. 3년 전 오빠가 죽는 바람에 제가 가문의 마지막 후손이 되었죠."

"안타깝군요. 거기서 혼자 사시나요, 마드무아젤?"

"설마요! 전 거의 해외로 돌아다니는데 가끔 집에 오면 명랑한 친구들이 찾아오곤 하죠."

"아주 현대적인 삶이로군요. 저는 어둡고 기묘한 저택에 살며 가족의 망령에 시달리는 모습을 상상했습니다."

"세상에! 정말 그림 같은 상상력이군요. 하지만 유령이 출몰하진 않아요. 설령 있다고 해도 자비로운 유령일 거예요. 지난 사흘간 세 차례나 구사일생 했으니, 죽을 걱정은 안 해도 될 것 같아요."

푸아로가 화들짝 놀라며 물었다.

"세 번의 구사일생이라뇨, 마드무아젤?"

"아! 놀랄 정도는 아니었어요. 단순한 사고였거든요."

그때 말벌 한 마리가 스쳐 지나가자 그녀가 고개를 홱 젖혔다.

"아, 지겨운 말벌들. 이 근처에 말벌 둥지가 있나 봐요."

"말벌이라…… 벌을 안 좋아하는군요? 쏘인 적이 있나 봐요?"

"아뇨. 하지만 얼굴 앞에서 얼쩡거리는 건 질색이에요."

"모자 속의 벌*이라는 말이 떠오르는군요."

---

* 골똘히 생각한다는 뜻.

푸아로가 중얼거렸다.

그때 칵테일이 도착했다. 우리는 모두 잔을 들고 일상적이고 공허한 대화를 나눴다.

"전 이 호텔에 칵테일 한잔하러 왔어요. 아마 지금쯤 같이 온 친구들이 무슨 일이 생겼나 궁금해하고 있을 거예요."

버클리 양이 말했다. 푸아로가 술로 목청을 씻고 잔을 내려놓으며 말했다.

"아! 진한 고급 초콜릿 한 잔이 그립군요. 아쉽게도 잉글랜드에서는 만들지 않죠. 그 대신 잉글랜드에는 아주 흥미로운 관습이 있더군요. 젊은 아가씨들이 모자를 아주 예쁘게, 아주 손쉽게 썼다 벗었다 하던데요."

아가씨가 푸아로를 물끄러미 바라보았다.

"무슨 뜻이죠? 그러면 안 되나요?"

"아가씨는 젊어서 그렇게 묻는 겁니다. 아주 젊으니까요, 마드무아젤. 하지만 제가 보기에는 머리 장식을 높고 단정하게 하는 것이 자연스러워 보입니다. 그리고 모자는 많은 핀으로 고정시켜야 하죠. 여기, 여기, 여기…… 그리고 여기."

푸아로가 허공에 대고 심술궂게 네 번 찌르는 시늉을 했다.

"그건 너무 불편해요!"

"아! 그 생각을 못했군요."

고통받는 여인의 심정을 절절히 느끼는 듯한 말투로 푸아로가 말했다.

"바람이 불면 고통스럽죠. 편두통이 생기니까. 그래서 이렇게 하는 거죠."

버클리 양이 챙이 넓고 단순한 펠트 모자를 벗어 곁에 내려놓으며 웃었다.

"현명하고 재치 있습니다."

푸아로가 살짝 고개 숙이며 말했다.

나는 그녀를 흥미롭게 바라보았다. 검은 머리칼이 헝클어져 마치 요정 같았다. 확실히 그녀에게는 어딘가 요정 같은 분위기가 있었다. 작고 생기 넘치는 얼굴, 세련된 윤곽, 커다란 암청색 눈동자, 그리고 사람을 끌어당기는 어딘가 흥미로운 구석……. 분방함의 표식일까? 눈 밑으로 어두운 그늘이 있었다.

그때 중앙 테라스 쪽에서 뭔가 소리가 들렸다. 중앙 테라스는 우리가 앉은 테라스와는 달리 사람들이 꽤 붐볐다. 그쪽 모퉁이에서 얼굴이 불그레한 사내가 양손을 옆구리에 댄 채 약간 비틀거리며 나타났다. 쾌활하고 태평한 분위기가 전형적인 뱃사람이었다.

"대체 이 아가씨 어디 간 거야."

그가 큰소리로 부르짖자 갑자기 그녀가 벌떡 일어섰다.

"다들 걱정하고 있을 줄 알았어요. 마침 잘 됐네요. 조지! 여기예요, 여기."

"프레디가 한잔하고 싶어 안달이 났소. 어서 갑시다."

그가 호기심어린 눈길로 푸아로를 바라보았다. 닉이 사귀는 친구들과 분위기가 사뭇 달랐기 때문이다. 닉 버클리가 손짓으로 사람들을 소개했다.

"이쪽은 챌린저 중령이시고…… 이쪽은…….."

당혹스럽게도 푸아로는 자신의 이름을 말하지 않았다. 대신 자리에서 일어나 아주 공손하게 고개 숙인 뒤 중얼거렸다.

"영국 해군이라…… 저는 영국 해군을 매우 존경합니다."

영국인들은 이런 식의 인사를 그다지 반기지 않는다. 챌린저 중령이 얼굴을 붉히자 닉이 상황을 정리했다.

"어서 가요, 조지. 멍하니 있지 말고요. 프레디와 짐을 찾으러 가야지요."

그런 후 푸아로에게 미소를 지었다.

"칵테일 잘 마셨어요. 발목이 완쾌되시길 빌게요."

닉은 내 목례를 받은 뒤 해군 장교의 팔에 손을 밀어 넣고 함께 모퉁이를 돌아 사라졌다.

"그러니까 저 친구가 마드무아젤 친구들 중 한 명이로군."

내 말에 푸아로가 골똘한 표정으로 중얼거렸다.

"명랑한 친구들 중 한 명. 자네가 보기에 어떤가? 전문가의 판단을 얘기해 주게나, 헤이스팅스. 괜찮은 친구라고 할 만한가? 어때?"

푸아로가 무슨 뜻으로 '괜찮은 친구'라는 표현을 썼는지 정확히 알 수 없어 나는 미심쩍게 동의했다.

"괜찮아 보이네요. 맞아요. 대강 훑어본 바로는."

"글쎄."

푸아로가 닉이 두고 간 모자를 주워 들고는 넋 나간 사람처럼 손가락으로 모자를 빙빙 돌렸다.

"그 친구, 그녀에게 애정을 느끼는 걸까? 자네 생각은 어떤가?"

"푸아로! 낸들 어찌 압니까? 그 모자나 이리 줘요. 내가 갖다 줄 게요. 아가씨가 찾을 테니까."

푸아로는 내 말에는 신경도 안 쓴 채 계속 손가락으로 모자를 돌렸다.

"파 정코르. 사 마뮈즈(기다려 봐. 아주 재밌는데)."

"장난 말고요, 푸아로!"

"알겠네, 친구. 내가 점점 이기적인 늙은이가 돼 가지?"

내가 차마 입에 올리지 못한 당혹스러운 느낌, 바로 그것이었다. 푸아로는 은근슬쩍 싱글거리고는, 몸을 앞으로 숙여 손가락으로 코 한 쪽을 만졌다.

"하지만 그렇지 않아. 난 자네가 생각하는 것처럼 저능아가 아냐! 모자는 돌려줄 거야. 하지만 확실히, 그리고 나중에 엔드하우스에 서! 그래야 매력적인 닉 양을 다시 만날 수 있을 테니까."

"푸아로, 아무래도 당신 사랑에 빠졌나 보군요."

"정말 예쁜 아가씨야. 그렇지?"

"당신 눈으로 봤잖아요. 왜 나한테 묻죠?"

"어허, 판단이 안 서니까 그렇지. 요즘 내 눈에는 젊은 사람은 다 아름다워 보인다네. 젊음, 젊음…… 세월의 비극이지. 하지만 자 넨…… 자넨 다르잖아! 물론 아르헨티나에서 오래 살다 왔으니 사 네도 현대적인 판단은 어렵겠지. 그리고 좋아하는 타입도 5년 전 여인들이지만 나보다는 현대적일 테니까. 그녀는 예뻐. 그렇지? 남녀 모두에게 호감 가는 타입인가?"

"남자에게만 호감 가면 충분합니다, 푸아로. 내 대답은 아주 긍정적이에요. 그런데 그 여인한테 왜 그리 흥미를 느끼죠?"

"흥미를 느끼냐고?"

"방금 한 말에서 똑똑히 느껴집니다."

"오해일세, 친구. 물론 그 여인도 흥미롭지만…… 나는 이 모자가 더 흥미롭네."

푸아로가 아주 심각한 표정으로 고개를 끄덕이더니 내게 모자를 건네며 재차 말했다.

"헤이스팅스, 내가 이 모자에 왜 흥미를 느끼는지 알겠나?"

푸아로가 "멋진 모자지만 지극히 평범해요. 이런 모자를 쓴 여자는 아주 많습니다."

나는 어리둥절한 얼굴로 말했다.

"아니, 이런 건 아니지."

나는 모자를 좀 더 면밀히 관찰했다.

"이제 알겠나, 헤이스팅스?"

"이건 그저 아주 평범한 황갈색 펠트 모자데요……. 스타일은 멋지지만……."

"모자를 설명하라는 게 아니야. 정말 단순하군. 도저히 믿을 수가 없어, 딱한 헤이스팅스. 눈썰미가 그렇게 없나! 매번 날 놀라게 하는군. 자, 보라구 우리 늙은 둔치 선생. 뇌세포를 작동할 필요도 없어. 눈만 있으면 돼. 잘 봐……."

푸아로가 다시 모자를 가지고 가 천천히 손가락으로 돌렸다. 손가락은 모자챙에 뚫린 구멍에 보기 좋게 꽂혀 있었다. 그때서야 나는 그가 무엇을 말하려고 했는지 알게 되었다. 내가 자기 뜻을 간파했음을 눈치 챈 푸아로는 손가락을 빼고 모자를 다시 건넸다. 구멍은 작고 말끔하고 아주 둥글었다. 설령 용도가 있다 해도, 나로선 그 용도를 추측할 수 없었다.

"벌이 지나갈 때 닉이 움찔하던 모습 봤지? 모자 속의 벌…… 모자 속의 구멍."

"하지만 벌이 이런 구멍을 낼 수는 없어요."

"정확해, 헤이스팅스! 총명하기도 해라! 당연히 불가능하지. 하지만 총알이라면 가능하다네, 친구!"

"총알?"

"그렇다니까! 이런 총알."

푸아로가 내민 손 안에 작은 물체가 놓여 있었다.

"방금 우리가 이야기하고 있을 때 테라스에 맞은 거였어. 발사된 총알!"

"당신 말은……."

"내 말은 2~3센티미터만 비껴 갔어도 모자가 아니라 머리에 구멍이 났을 거란 뜻일세. 이제 내가 왜 관심을 갖는지 알겠지, 헤이스팅스? '불가능'이라는 단어를 쓰지 말라는 자네 충고가 옳았어. 맞아, 나도 사람이야! 하지만 그 살인 미수자는 심각한 실수를 했어.

나를 기점으로 9미터 범위 안에서 목표물에 총을 쐈으니까! 그자에 겐 실로 라 모베즈 셩스(불운)이지. 그러니 왜 우리가 엔드하우스에 들어가 마드무아젤을 만나야 하는지 이제 알겠지? '사흘간 세 번의 아슬아슬한 구사일생'이라고 그녀가 말했네. 이제 우린 신속히 행 동해야 해. 위험이 코앞에 닥쳤어."

엔드하우스

"푸아로, 줄곧 생각했는데 말이죠……."

"훌륭한 습관일세, 친구. 말해 보게."

우리는 서로 얼굴을 마주한 채 창가 옆 작은 탁자에서 점심을 먹는 중이었다.

"이 총알은 우리와 아주 가까운 곳에서 발사된 게 틀림없어요. 그런데 어떻게 총성을 듣지 못했을까요?"

"그러니까 자네 생각엔 잔물결 이는 파도 소리뿐인 평온한 고요 속에서 우리가 총성을 들었어야 한다?"

"네, 이상합니다."

"아니, 이상할 것 없어. 어떤 소리에 익숙해지면 금세 그 소리가 있는지조차 감지하지 못하거든. 오늘 아침 내내 모터보트들이 만(灣)에서 질주했지. 처음에 자넨 시끄럽다고 투덜댔지만, 금세 익숙

해져 느끼지도 못했잖아. 장담하건대, 바다에 보트가 하나라도 있으면 기관총을 쏴도 느끼지 못할 걸세."

"그래요, 듣고 보니 맞는 말이네요."

"아! 부알라(저기)."

푸아로가 중얼거렸다.

"마드무아젤과 친구들이로군. 여기서 점심 식사를 하려나 본데. 그럼 이 모자를 돌려줘야겠군. 걱정 말게. 충분히 심각한 사건이니만큼, 그것만으로도 방문 빌미가 돼."

푸아로가 잽싸게 자리를 박차고 일어나 식당을 가로질러 갔다. 그는 닉과 동료들이 자리에 앉으려고 할 때 살짝 목례를 한 후 모자만 건네고 돌아왔다.

그들은 넷이었다. 닉과 챌린저 중령, 그리고 또 다른 남자와 여자. 우리가 앉은 자리에서는 정확히 보이지 않았다. 이따금 해군 장교의 웃음소리가 들려왔다. 수수하고 사람 좋아 뵈는 사내라 금세 내 맘에 들었다.

푸아로는 식사 내내 멍한 표정으로 앉아 있었다. 빵을 잘게 부수고 간혹 알 수 없는 혼잣말을 몇 마디 중얼거리면서 식탁 위의 물건을 일일이 정리했다. 나는 뭔가 물어 보려다 시큰둥해 보여 이내 포기해 버렸다.

푸아로는 치즈를 다 먹은 뒤에도 오랫동안 자리에 앉아 있었다. 하지만 건너편 무리가 식당을 나서자 그 역시 자리에서 일어섰다. 그들이 막 호텔 라운지에 자리 잡을 때 푸아로가 군인처럼 당당하게 다가가 곧바로 닉에게 말을 걸었다.

"마드무아젤, 간단히 한 말씀 나눴으면 합니다."

닉이 얼굴을 찌푸렸다. 나는 그녀의 기분을 또렷이 느꼈다. 괴상하고 조그만 이방인이 성가시게 굴까 봐 걱정하고 있는 듯했다. 나는 닉 버클리의 눈동자에 선명하게 드러난 짜증을 보고 동정심이 치밀었다. 잠시 후 닉이 마지못해 몇 발짝 옆으로 비켰다. 푸아로와 몇 마디 나누던 닉이 놀란 표정을 지었다.

푸아로와 닉이 대화를 나누는 동안 다소 자리가 어색하고 불편해지자 챌린저가 재치 있게 담배를 권하며 말을 건넸다. 우리는 서로 금세 호감을 느꼈다. 나는 그가 방금 점심을 함께 먹은 남자보다는 내가 더 그와 비슷한 부류라는 생각이 들었다. 이제 그 나머지 남자를 관찰할 수 있었다. 그는 키 크고, 수려하며 꽤 세련된 젊은이로서 두툼한 코에 잘생긴 외모가 몹시 도드라져 보였다. 하지만 거만한 태도와 말투는 지루했다. 내가 특히 혐오하는 겉만 번드르르한 분위기가 흘렀다.

잠시 후 나는 맞은편 커다란 의자에 앉아 있는 여자를 보았다. 방금 모자를 벗은 그녀는 매우 특이한 타입이었다. 피곤한 성모 마리아라고 하면 딱 어울렸다. 거의 색깔이 없는 금빛 머리칼은 가운데 가르마를 따라 귀를 덮고 사마귀가 있는 목까지 곧게 늘어져 있었다. 얼굴은 시체처럼 하얗고 수척했지만 묘한 매력을 풍겼다. 커다란 눈동자는 아주 약한 회색빛이었다. 무심한 듯 묘한 표정. 나를 응시하고 있었다. 그러다 갑자기 입을 열었다.

"앉으세요. 친구 분과 닉이 말씀 나눌 동안만이라도."

부자연스런 목소리는 께느른하고 가식적이었지만 뭔가 끌어당기
는 힘이 있었다. 지금까지 저렇게 지쳐 뵈는 사람을 만난 적이 있나
싶을 만큼 무척 인상적이었다. 마치 세상만사가 공허하고 부질없다
는 듯, 몸이 아니라 마음이 지친 표정.

"버클리 양은 오늘 아침 제 친구가 발목을 삐었을 때 정말 친절하
게 도와 주셨습니다."

나는 그녀의 권유를 받아들이며 이야기했다.

"닉도 그랬다더군요."

눈은 나를 살폈지만 여전히 무심한 표정이었다.

"이제 발목은 괜찮으신가요?"

"살짝 삐었을 뿐인걸요."

말하면서도 괜시리 얼굴이 달아올랐다.

"아! 다행이네요. 닉이 꾸민 이야기가 아니라니 기뻐요. 걔는 세
상에서 가장 심각한 꼬마 거짓말쟁이랍니다. 놀라울 따름이죠. 그것
도 재주예요."

할 말을 찾을 수가 없었다. 내가 당황하자 그녀는 재미있어 하는
눈치였다.

"걔는 제 가장 오랜 친구 중 하나예요. 전 항상 신의(信義)를 성가
신 미덕이라고 생각하죠. 그렇지 않나요? 주로 스코틀랜드 사람들
이 검소와 안식일을 준수하는 것처럼 신의를 신봉하죠. 하지만 닉
은 거짓말쟁이예요, 안 그래요, 짐? 자동차 브레이크에 관한 터무니

없는 이야기도 그래요. 짐이 그러는데, 브레이크에는 아무 문제도 없었대요."

"제가 자동차를 좀 알죠."

수려한 사내가 부드럽고 낭랑한 목소리로 말하면서 고개를 반쯤 돌렸다. 바깥에 늘어선 자동차들 중 길고 빨간 차를 보고 있었다. 세상에 그렇게 긴 차는 없을 듯했다. 광을 낸 기다란 금속 보닛이 번들거렸다. 호화로운 자동차였다.

"당신 차인가요?"

갑작스런 충동을 느끼며 묻자 그가 고개를 끄덕였다.

"네."

나는 '어련하겠소!'라고 말하고 싶어 미칠 지경이었다.

그때 푸아로가 다가와 사람들에게 간단히 목례한 뒤 재빨리 나를 끌고 나갔다.

"약속을 잡았네, 친구. 6시 30분에 엔드하우스에서 마드무아젤을 만나기로 했네. 그때쯤 드라이브를 마치고 돌아온다고 했어. 분명히 안전하게 돌아올 거야."

푸아로가 불안한 표정으로 걱정스러운 듯 말했다.

"그녀한테 무슨 말을 했습니까?"

"면담을 요청했네. 가능한 한 빨리 보자고. 조금 꺼리는 눈치더군. 당연히 그렇겠지. 아마 나를 한량이나 벼락부자, 영화감독 쯤으로 상상했을 게 분명해. 맘만 먹으면 거절할 수도 있었겠지. 그리고 그 자리에서 질문을 퍼부을 수도 있었겠지만, 쉽게 동의하더군. 사 이에(됐어)!"

나는 잘됐다고 말했지만 푸아로의 반응은 시큰둥했다. 사실 푸아로는 고양이처럼 들뜬 상태였다. 오후 내내 방 안을 서성거리며 혼자 중얼거렸고, 장식들을 끊임없이 정리 정돈했다. 내가 말을 걸면 손사래 치며 고개만 저었다.

결국 우리는 가까스로 6시가 돼서야 호텔을 나섰다.

테라스 계단을 내려가며 내가 말했다.

"믿을 수가 없어요. 호텔 정원에서 총으로 사람을 죽이려 하다니. 미친놈이 아니고서야 그런 짓을 할 리 없는데."

"내 생각은 달라. 조건만 적당하면 꽤 안전하거든. 우선 정원에는 사람이 드물어. 호텔에 오는 사람들은 양 떼 같아서 습관적으로 해안이 내려다보이는 테라스에 앉지. 정원이 내려다보이는 곳에 앉는 건 나처럼 독특한 사람뿐이야. 그리고 그런 나조차 아무것도 못 봤어. 보다시피 은폐물도 아주 많아. 나무, 야자수 무리, 꽃핀 수풀. 누구라도 편안히 숨어서 마드무아젤이 이리로 지나갈 동안 들키지 않을 수 있다네. 엔드하우스로 이어진 길을 따라 우회하는 건 훨씬 멀지. 마드무아젤 닉 버클리는 늘 지각해서 지름길을 택하는 부류일 거야!"

"그렇다 해도 위험도가 너무 커요. 사람 눈에 띌 수 있으니까. 게다가 사고처럼 총을 쏠 수도 없고."

"'사고'처럼이 아니야. 절대 아니지."

"뭔 소립니까?"

"아무것도 아냐. 시답잖은 생각일 뿐일세. 내가 틀릴 수도 있으니까. 그건 잠시 제쳐두고, 방금 내가 한 말을 생각해 보게. 적당한 조건 말일세."

"그게 뭐죠?"

"자네라면 분명 알 수 있어, 헤이스팅스."

"나를 희생해서 당신의 영특함을 뽐내는 즐거움을 뺏을 수야 없지요!"

"오! 사르카슴(빈정거리는군)! 비꼬는 건가? 좋아, 우선 눈에 들어오는 건 이걸세. '동기가 모호하다.' 설령 동기가 뚜렷하다 해도, 사실 모험을 하기엔 위험도가 너무 커! 사람들이 수군대겠지. '아무개가 아닐까? 그녀가 총을 맞을 때 아무개가 어디 있었지?' 아니, 그 살인자(살인 미수자라고 해야겠지.)는 모호해. 헤이스팅스, 그 때문에 내가 불안한 거라네! 맞아, 지금 이 순간 난 불안해. 진정하고 생각해 보세. 우선 그들은 넷이야. 그리고 그들이 함께 있을 때는 아무 일도 발생하지 못해. 그리고 그건 미친 짓이야! 그래도 역시 불안해. 그녀가 말한 일련의 사고들…… 그 얘기를 들어야겠어!"

그가 갑자기 돌아섰다.

"아직 좀 일러. 다른 길로 가 보세. 정원에서는 알아낼 게 없으니까. 엔드하우스로 가는 정상적인 접근 방법을 조사해 보세."

우리의 발길은 호텔 정문을 벗어나 오른쪽 가파른 언덕 위로 이어졌다. 꼭대기의 작은 길에는 '엔드하우스로만 이어짐.'이라는 표지판이 붙은 벽이 있었다.

그 길을 따라 몇백 미터 걷자 갑자기 길이 굽어지면서 낡은 두 짝 출입문이 나타났다. 페인트를 덧칠하면 좀 나을 듯했다. 출입문에 들어서자 오른쪽으로 작은 오두막이 보였다. 오두막은 출입문과 풀이 자란 현관 도로와 뚜렷한 대조를 이뤘다. 오두막을 돌자 작고 말쑥한 정원이 나타났고, 그 뒤로 저택이 보였다. 창틀과 장식 띠는 최근에 색을 칠한 듯했으며, 창문에는 밝고 깨끗한 커튼이 드리워져 있었다.

해진 재킷을 입은 남자 하나가 화단에 웅크리고 있었다. 그는 출입문이 삐걱거리는 소리에 고개를 쳐들고 우리를 바라보았다. 나이는 예순쯤 돼 보이고, 키가 약 180센티미터는 됐으며, 체구가 건장하고 풍상에 찌든 모습이었다. 거의 완벽한 대머리였다. 생생하고 푸른 눈동자가 반짝거리는 게 온화해 보였다.

"안녕하십니까."

지나가는 우리에게 그가 인사를 했다.

나는 같은 말로 대답했다. 현관 도로를 따라 올라가는 동안 그 푸른 눈동자가 우리의 등짝을 호기심 어린 눈길로 훑어보는 느낌이 들었다.

"좀 의아하군."

푸아로가 골똘한 얼굴로 말했다. 그러나 뭐가 의아한지는 설명하지 않았다.

집은 꽤 크고 다소 음산했으며 나무들에 가려 있었다. 나뭇가지가 지붕에 닿을 정도였다. 확실히 수리 상태가 엉망이었다. 푸아로는 예리한 시선으로 훑어본 뒤 종을 울렸다. 구식 종이라 헤라클레스 같은 힘으로 당겨야 효과가 있었다. 소리를 내기 시작하자 신음하듯 계속 메아리쳤다.

잠시 후 검은 옷을 입은 중년의 여인이 문을 열어 주었다. 아주 품위 있고, 몹시 애처로우며 사심이 전혀 없어 보였다.

닉 양은 아직 돌아오지 않았다고 했다. 푸아로는 약속이 돼 있다고 설명했지만 그녀가 의심의 눈길을 쉽게 거두지 않아 의사를 전달하는 데 조금 어려움을 겪었다. 자랑 같지만 사실 상황이 바뀐 것은 내 외양 덕분이었다. 우리는 그녀를 따라 응접실로 들어가 닉 양이 돌아오길 기다렸다.

그곳에는 애처로운 기색이 전혀 없었다. 방은 바다 쪽으로 뚫려 햇살이 가득했다. 하지만 각종 양식이 뒤범벅된 모양새가 추레해 보였다. 딱딱한 빅토리아 양식에 온갖 현대적인 싸구려 장식투성이였다. 커튼은 문직(紋織)이 헤져 있었지만, 회색 덮개는 새 것이었고, 쿠션은 빨간색이어서 도드라져 보였다. 벽에는 가족 초상화가 걸려 있었다. 그 중 몇 개는 아주 훌륭해 보였다. 전축도 한 대 있었는데, 레코드 판 몇 장이 주변에 널려 있었다. 휴대용 라디오 하나, 책은 거의 없고, 소파 끄트머리에 신문이 펼쳐져 있었다. 푸아로가 신문을 집어 들더니 얼굴을 찡그리며 내려놓았다. 세인트루의 《주간 헤럴드》였다. 뭣 때문인지 다시 신문을 집어 들었다. 푸아로가 칼럼 하나를 훑어보고 있을 때 문이 열리면서 닉 버클리가 들어왔다.

"얼음 좀 갖다 줘요, 엘렌."

닉이 어깨 너머로 소리친 뒤 우리에게 말을 걸었다.

"자, 제가 왔어요…… 딴 사람들은 떠났어요. 궁금해 죽겠네요. 오랫동안 여배우를 찾아 헤매신 건가요? 무척 심각하신 걸 보니."

우리가 아무 말도 않자 이번엔 푸아로에게 물었다.

"아무래도 제 생각이 틀림없나 보군요. 어디, 멋진 제안을 해 보시지요, 선생님."

"맙소사! 마드무아젤……."

푸아로가 입을 열었다.

"제발 딴소리는 마세요. 화가이니 그림 하나 사 달라는 말씀은 마세요. 하지만 아니군요. 그 구레나룻이며, 잉글랜드에서 가장 형편없는 음식을 제공하고 가장 비싼 숙박료를 받는 머제스틱 호텔에 묵으시는 걸 보니. 아뇨, 한눈에 봐도 아니에요."

우리에게 문을 열어 준 여인이 얼음과 술병이 담긴 쟁반을 들고 방으로 들어왔다. 닉이 능숙하게 칵테일을 만들며 이야기를 계속했다. 결국 푸아로의 침묵(전혀 그답지 않은)이 그녀를 긴장하게 만든 것 같다. 닉이 잔을 채우다 말고 매섭게 말했다.

"뭐죠?"

"제가 묻고 싶은 말입니다, 마드무아젤."

푸아로가 닉의 손에서 칵테일을 받아 들었다.

"당신의 건강을 위해, 마드무아젤……. 당신의 지속적인 건강을 위해."

닉은 바보가 아니었다. 그녀는 푸아로의 의미심장한 어조를 놓치지 않았다.

"혹시…… 무슨 문제가 있나요?"

"네, 마드무아젤. 이거……."

푸아로가 손을 내밀어 손바닥에 놓인 총알을 보여 주었다.

"이게 뭔지 아십니까?"

"총알이네요."

"맞습니다, 마드무아젤. 오늘 아침 당신 얼굴을 스쳐 지나간 것은 말벌이 아니라 이 총알이었습니다."

"그 말씀은…… 어느 멍청한 범죄자가 호텔 정원에서 총을 쐈다 는 건가요?"

"그런 것 같습니다."

"어휴, 이 저주받은 팔자. 정말 저주받은 인생인가 봐요. 벌써 네 번째예요."

닉이 탄식하듯 말했다.

"네. 네 번째입니다. 마드무아젤, 나머지 세 번의…… 사고에 대해 듣고 싶습니다."

푸아로의 말에 닉이 빤히 쳐다보았다.

"저는 그것들이 정말 사고인지 아닌지 확실히 하고 싶습니다, 마 드무아젤."

"어머, 물론이죠! 사고가 아니면 뭐겠어요?"

"마드무아젤, 부디 마음의 준비를 하십시오. 충격이 클지 모릅니 다. 만약 누군가 당신 목숨을 노린다면 어쩌시겠습니까?"

"말도 안 돼! 이보세요, 대관절 누가 제 목숨을 노린다는 거죠? 전 죽으면 수백만 파운드가 나오는 젊고 아름다운 유산 상속녀가 아니에요. 누가 절 죽이려 한다면 오히려 좋겠어요. 짜릿할 테니까. 하지만 아무래도 그럴 가망은 전혀 없어요!"

"마드무아젤, 그 사고들에 대해 말씀해 주시겠습니까?"

"물론이죠. 하지만 아무것도 아니에요. 그냥 사소한 사건일 뿐인 걸요. 제 침대 위에는 육중한 그림이 하나 걸려 있어요. 그런데 갑자기 밤에 그게 떨어졌어요. 마침 그때 우연히 집 안 어딘가에서 문소리가 나 아래층으로 내려가는 바람에 사고를 면했죠. 안 그랬다면 아마 제 머리가 박살났을 거예요. 그게 첫 번째예요."

푸아로는 웃지 않았다.

"계속하세요, 마드무아젤. 두 번째로 넘어가죠."

"아, 그건 더 약했어요. 바다로 이어진 절벽 비탈길이 하나 있는데 수영하러 갈 때 그 길을 늘 이용하죠. 다이빙할 수 있는 바위도 하나 있고 해서요. 그런데 갑자기 바위 하나가 떨어진 거예요. 다행히 가까스로 저를 비켜 가서 위기를 모면했죠. 세 번째는 좀 달랐어요. 자동차 브레이크에 문제가 생겼거든요. 뭐가 문제였는지는 몰라요. 정비공이 설명해 줬지만, 뭔 소린지 원. 어쨌건 만약 제가 출입문을 지나 언덕을 내려갔다면 브레이크가 말을 안 들어서 아마 시청 건물에 정면 충돌했을 거예요. 시청은 살짝 손상을 입겠지만, 전 완전히 작살났겠죠. 하지만 항상 물건을 두고 오는 버릇 덕분에 이번에도 다시 집으로 돌아오다 월계수 울타리만 들이받아 무사했고요."

"그러니까 뭐가 문제였는지 모르신다는 거군요?"

"모트 정비소에 가서 물어 보시면 알 수 있을 거예요. 아마 기계 부품이 헐거웠다는 식의 단순한 문제였을 거예요. 엘렌의 아들 녀석, 두 분께 문을 열어 준 저희 관리인에게 꼬마가 하나 있어요. 어쩌면 그 아이가 만지작거렸는지도 몰라요. 사내애들은 자동차 만지는 걸 좋아하니까요. 물론 엘렌은 맹세코 아들놈이 자동차 근처에는 얼씬도 안 했다더군요. 모트 씨는 아니라지만 제 생각에는 뭔가 헐거웠던 게 틀림없어요."

"차고가 어디 있죠, 마드무아젤?"

"이 집 반대편을 돌아가면 있어요."

"항상 잠겨 있나요?"

닉이 놀랐는지 눈동자가 커졌다.

"아뇨! 당연히 아니죠."

"그럼 누구나 몰래 차를 만질 수도 있겠군요?"

"글쎄요…… 아마 그럴 거예요. 하지만 그건 정말 지나친 생각이에요."

"아닙니다, 마드무아젤. 지나치지 않습니다. 이해를 못 하시는군요. 당신은 지금 심각한 위험에 처해 있습니다. 장담하죠. 제 이름을 걸고! 제가 누군지는 아십니까?"

"아뇨, 몰라요."

닉이 숨죽이며 말했다.

"저는 에르퀼 푸아로입니다."

"아, 그렇군요."

닉이 다소 무덤덤한 목소리로 말했다.

"제 이름을 아십니까?"

"그럼요."

닉이 불편한 듯 꼼지락거렸다. 눈동자에 초조한 기색이 역력했다. 푸아로가 닉을 예리하게 관찰했다.

"불편하신걸 보니 아마 제 책을 안 읽어 보신 것 같군요."

"뭐…… 맞아요. 다 읽지는 않았어요. 하지만 이름은 알아요. 정말이에요."

"마드무아젤, 당신은 예의바른 거짓말쟁이군요."

나는 그날 점심 식사 후 머제스틱 호텔에서 들었던 말이 생각나 움찔했다.

"제가 깜빡했습니다. 당신이 어린 아가씨라는 걸. 제 이름을 들었을 리 없다는 걸. 명성이란 금세 사라지는 법이죠. 저기 제 친구가…… 알려드릴 겁니다."

닉이 나를 바라보았다. 나는 조금 당황한 표정으로 목청을 가다듬었다.

"무슈 푸아로는…… 그러니까…… 위대한…… 탐정이었습니다."

"나 참! 이봐. 그렇게밖에 못 하나? 메 디 동(차라리 말을 말지)! 마드무아젤에게 내가 유일무이하고, 능가할 자 없는, 역사상 가장 위대한 탐정이라고 말해!"

"당신 입으로 말했으니까 이제 그럴 필요도 없군요."

내가 차갑게 쏘아붙였다.

"아, 그러고 보니 자화자찬한 꼴이 되었네. 좀 더 겸손했더라면 모양새가 좋았을걸……."

"주인이 개 대신 짖으면 안 되죠. 그나저나 개는 누구죠? 아마 왓슨 박사*겠죠?"

닉이 공감하는 척하며 농담조로 말했다.

"제 이름은 헤이스팅스입니다."

"1066년 전투**가 생각나는군요. 어쨌건, 당신 말씀은 전부 너무나, 너무나 터무니없어요! 정말로 누가 절 제거하려 한다고 생각하세요? 오싹하네요. 물론 그런 일이 실제로 발생하진 않겠지만. 책에서나 있는 일이죠. 제 생각에 푸아로 선생님은 수술법을 고안한 군의관이나 모호한 질병을 발견해서 세상에 알리려는 의사 같아요."

"사크레 토네르(빌어먹을)! 좀 진지해질 수 없습니까? 요즘 젊은 이들에게는 진지한 게 하나도 없습니까? 마드무아젤, 만약 당신이 모자 대신 머리에 작고 멋진 구멍이 뚫려 호텔 정원에 예쁜 시체로 누워 있었다면, 그런 우스갯소리는 못했을 겁니다. 깔깔대지도 못했겠죠. 아시겠습니까?"

푸아로가 쩌렁쩌렁 소리쳤다.

"귀신이 돼서 웃었겠죠. 어쨌든 진지하게 말씀드릴 게요, 푸아로

* 설록 홈즈를 돕는 충직한 친구.
** 잉글랜드 해럴드 2세가 노르망디 공작 윌리엄에게 패배한 전투. 일명 헤이스팅스 전투.

선생님. 걱정해 주시는 건 정말 고맙지만 전부 사고가 틀림없어요."

"악마처럼 고집불통이군요!"

"제 이름이 거기서 왔어요. 사람들은 우리 할아버지가 악마에게 영혼을 팔았다고 믿었어요. 이곳 사람들은 모두 할아버지를 늙은 닉이라고 불렀어요. 교활한 늙은이셨죠. 하지만 아주 재미난 분이었어요. 전 할아버지를 좋아했어요. 어디든 할아버지와 함께 다녔고, 그래서 사람들이 우릴 늙은 닉과 어린 닉이라고 불렀죠. 제 진짜 이름은 막달라예요."

"흔치 않은 이름이군요."

"네. 일종의 가족 이름이죠. 버클리 집안에는 막달라가 아주 많아요. 저 위에도 하나 있어요."

닉이 고갯짓으로 벽의 그림을 가리키자 푸아로가 벽난로 장식 위에 걸린 초상화를 바라보고 말했다.

"저분이 할아버지신가요, 마드무아젤?"

"네. 꽤 흥미로운 초상화죠? 짐 라자러스가 사겠다고 제안했지만 팔 생각은 없어요. 저는 늙은 닉을 사랑해요."

"아하!"

푸아로는 잠시 침묵하다 아주 진지하게 말했다.

"르브농 아 노 무통(본론으로 들어갑시다). 잘 들으세요, 마드무아젤. 제발 진지해지길 간청합니다. 당신은 위험에 처해 있습니다. 오늘 누군가가 마우저 권총으로 당신을 향해 쐈고……."

"마우저 권총?"

순간 그녀가 움찔했다.

"네, 왜 그러시죠? 마우저 권총을 가진 사람을 아십니까?"

닉이 미소를 지었다.

"저한테 하나 있어요."

"당신한테?"

"네. 아빠 거였어요. 전쟁 때 가져오셨죠. 그 후로 줄곧 이 근처에서 굴러다녔어요. 불과 며칠 전에 서랍에서 봤는데……."

닉이 구석 책상 하나를 가리키더니 갑자기 뭔가 떠오른 듯 책상으로 다가가 서랍을 열었다. 그리고 몹시 멍한 얼굴로 돌아섰다. 어조가 사뭇 달라져 있었다.

"세상에! 총이…… 총이 사라졌어요."

사고?

대화 분위기가 바뀐 것은 그때부터였다. 이제껏 푸아로와 닉은 엇갈린 대화를 주고받았다. 그들 사이에는 세월의 강이 놓여 있었다. 푸아로의 명성과 평판은 닉에게 아무 의미도 없었다. 닉은 당대 유명인만 아는 세대였다. 때문에 푸아로의 경고를 시큰둥하게 여겼다. 닉에게 푸아로는 그저 재밌고 감상적인 생각을 하는 우스운 외국 늙은이에 불과했다.

푸아로는 닉의 이런 태도에 약간 당황했다. 자존심이 상한 것 같기도 했다. 푸아로는 항상 온 세상이 에르퀼 푸아로를 안다고 자부했다. 그런데 여기 그렇지 않은 사람이 서 있었던 것이다. 오히려 이 친구한테는 아주 잘됐다고 나는 생각했다. 허나 그것이 눈앞의 사건에 무슨 도움이 되랴!

그러나 권총이 사라진 사실이 밝혀지자 상황은 새로운 국면에 접어들었다. 닉은 더 이상 우스운 농담으로 여기지 않았다. 모든 일을 가벼이 여기는 습관과 신조 때문에 여전히 심각하게 받아들이지는 않았지만, 태도는 확실히 달라졌다.

닉은 자리로 돌아와 의자 팔걸이에 앉으며 골똘한 표정으로 얼굴을 찌푸렸다.

"이상하네요."

푸아로가 내 주위를 빙빙 돌았다.

"헤이스팅스, 내가 시답잖은 생각이라고 했던 말 기억하지? 그래, 그게 옳았어. 내 시답잖은 생각! 마드무아젤이 총에 맞아 호텔 정원에 쓰러졌다면 어찌 됐을까? 몇 시간 동안 발견되지 않았을지도 몰라. 거기로 지나다니는 사람은 거의 없으니까. 그리고 '그녀의 손 옆에는(손에서 떨어진) 그녀의 권총이 있겠지.' 필시 사람 좋은 엘렌 부인이 아가씨의 권총을 알아볼 테고. 걱정이 많았다느니, 불면증에 시달렸다느니 하는 추측이 떠돌 게 뻔해……."

닉의 몸짓이 불안해 보였다.

"맞아요. 걱정 때문에 죽을 지경이었어요. 다들 제가 과민하다더군요. 그래요. 사람들 말이 제가……."

"결국 자살 판정을 내리겠죠. 다른 누구도 아닌 마드무아젤의 지문이 권총에 찍혀 있을 테니…… 아주 간단하고 확실한 증거가 될 겁니다."

"정말 재밌네요!"

말은 그렇게 했지만 정말로 재미있어 하는 것 같지는 않았다.

푸아로는 그녀의 말을 그대로 받아들였다.

"네 스파(그런가요)? 하지만 마드무아젤, 이 문제는 아직 끝나지 않았습니다. 네 번은 실패했지만 다섯 번째는 성공할 수도 있습니다."

"영구차를 준비해야겠군요."

닉이 중얼거렸다.

"하지만 저희가 있습니다. 저와 제 친구가 이 모든 것을 해결할 겁니다."

'저희'라는 말이 고마웠다. 푸아로는 가끔 내 존재를 무시하곤 했으므로.

"맞습니다. 너무 걱정 마십시오, 닉 양. 저희가 보호해 드릴 테니까요."

푸아로의 말이 끝나기가 무섭게 내가 끼어들었다.

"정말 고마운 말씀이세요. 전 모든 게 허무맹랑하다고만 생각했는데, 지금은 너무너무 오싹해요."

닉은 여전히 허풍스럽고 태연한 분위기였지만 눈동자는 혼란스러워 보였다.

푸아로가 자리에 앉아 방긋 미소 지으며 친근하게 말했다.

"그리고 맨 먼저 해야 할 일은 상담을 하는 겁니다. 우선 통상적인 질문이긴 합니다만, 혹시 적(敵)을 두고 계십니까?"

닉이 다소 유감스럽게 고개를 저었다.

"없는 것 같아요."

사과하는 듯한 말투였다.

"그렇군요. 그럼 그 가능성은 배제합시다. 이제 영화나 탐정 소설에 나오는 질문을 하나 하죠. 당신이 죽으면 누가 이득입니까, 마드무아젤?"

"모르겠어요. 모든 게 터무니없어 보이는 건 그 때문이에요. 아주 낡은 헛간 같은 이 집이 있긴 하지만, 완전히 저당 잡힌 상태인 데다 지붕은 새고 절벽 속에 멋진 석탄 광산이 숨겨진 것도 아니에요."

"대출을 받았군요. 그렇죠?"

"네. 그럴 수밖에 없었어요. 엄청난 유산 상속세가 두 번이나 나왔거든요. 6년 전 할아버지가 돌아가셨고, 그 다음 오빠가 죽어 거의 연달아 부과됐죠. 그래서 재정 상태가 엉망이 됐죠."

"그럼 당신 아버지는?"

"아빠는 전쟁에서 부상당해 폐렴을 앓다 1919년에 돌아가셨어요. 엄마는 제가 아기일 때 돌아가셨고요. 전 여기서 할아버지랑 살았어요. 아빠는 할아버지와 사이가 나빠서(놀랄 일도 아니죠.) 혼자 세상 떠도는 걸 좋아했어요. 제럴드 오빠도 할아버지와 사이가 나빴어요. 아마 저도 사내애였다면 할아버지와 사이가 안 좋았을 거예요. 여자애라 다행이었죠. 할아버지는 제가 애비를 쏙 빼닮아 기질까지 물려받았다고 말씀하시곤 했어요."

닉이 잠시 말을 멈추고 소리내어 웃었다.

"할아버지는 지독히 방탕하셨어요. 하지만 기막히게 운이 좋았죠. 이 근방에서는 할아버지가 손만 대면 모두 금이 된다는 소문까지 돌았거든요. 물론 노름꾼이라 전부 도박으로 날리셨지만. 돌아가실 때 이 집과 땅 말고는 거의 아무것도 남기지 않으셨어요. 당시 저는 열여섯이었고, 제럴드 오빠는 스물둘이었어요. 오빠가 3년 전 교통사고로 죽자 이 집이 저한테 넘어온 거예요."

"그럼 당신이 죽은 뒤에는? 누가 가장 가까운 친척이죠?"

"제 사촌 찰스예요. 찰스 바이스. 이 동네에서 변호사로 일해요. 사람 좋고 덕망도 있지만 아주 따분하죠. 저한테 좋은 충고도 해 주고, 제 낭비벽을 억제하려 애쓴답니다."

"그가 당신 일을 돌봐 주나요?"

"글쎄요…… 네, 그렇다고 할 수도 있지만 그다지 돌볼 일이 많지 않아요. 찰스가 대출을 알선해 줬고, 오두막을 세 놓게 했어요."

"아! 오두막. 안 그래도 물어 볼 참이었습니다. 그곳은 세를 준 상태인가요?"

"네. 오스트레일리아 사람들한테요. 크로프트라는 부부죠. 아주 친절해요. 더 바랄 게 없을 만큼. 거의 숨 막힐 정도로 친절하죠. 늘 셀러리 줄기와 풋콩 따위를 갖다 줘요. 그 사람들은 제가 정원을 방치해 놓은 걸 보고 충격 받았어요. 사실 조금 성가신 사람들이죠. 특히 남편은. 극도로 친절하지만요. 아내는 딱하게도 불구라 하루 종일 소파에 누워 지내요. 어쨌건 그들이 세를 낸다는 게 중요한 점이죠."

"그들이 여기서 얼마나 지냈습니까?"

"6개월 정도요."

"알겠습니다. 이제 당신 사촌말고…… 그나저나 사촌이라면 당신 아버지 쪽인가요 어머니 쪽인가요?"

"엄마 쪽이에요. 엄마 이름이 에이미 바이스예요."

"좋습니다! 자, 방금 말했듯 당신 사촌말고 또 다른 친척은 없습니까?"

"요크셔에 아주 먼 친척이 몇 있어요. 버클리 사람이죠."

"그 외엔 없나요?"

"없어요."

"쓸쓸하군요."

닉이 그를 골똘히 쳐다봤다.

"쓸쓸하다구요? 우습네요. 아시다시피 전 여기 오래 머물지 않아요. 대개 런던에 있죠. 친척 관계라는 건 오히려 지긋지긋한 족쇄 같아요. 쓸데없이 잔소리하고 간섭하니까요. 혼자 사는 게 훨씬 더 즐거워요."

"어련하시겠습니까. 당신은 현대 여성이니까요. 이제…… 집안 식구 얘기를 해 보세요."

"거창하기도 해라! 엘렌이 제 식구예요. 그리고 그녀 남편은 일종의 정원사인데…… 아주 좋은 사람은 아니에요. 여기서 자식 양육을 허락했기 때문에 봉급은 쥐꼬리만큼 줘요. 엘렌은 제가 여기 내려올 때마다 절 돌봐 주고, 파티를 열면 일 도울 사람과 물건을 마련해 주죠. 아, 월요일에 파티를 열 생각이에요. 요즘 레가타 주간* 이거든요."

---

* 옥스퍼드서 주 헨리온템스에서 매년 7월 첫째 주에 4일간 개최되는 조정 대회 기간.

"월요일이라…… 오늘이 토요일이죠? 네, 네. 그럼 이제 마드무아젤, 당신 친구들로 넘어가죠. 예를 들어 오늘 점심을 함께한 사람들이라든가."

"아, 프레디 라이스는 멋진 여자죠. 사실 제일 좋은 친구예요. 하지만 짐승 같은 남자랑 결혼해서 삶이 엉망이었죠. 술과 마약에 찌들어 사는, 한마디로 최악의 괴짜였어요. 프레디는 일이 년 전에 그를 떠나 줄곧 떠돌아 다녔죠. 제발 이혼해서 짐 라자러스와 결혼하면 좋겠어요."

"라자러스? 본드 거리의 미술상?"

"맞아요. 짐은 그분 외아들이에요. 당연히 돈방석에 앉아 있죠. 그 사람 자동차 보셨나요? 물론 유대인이지만 아주 점잖은 사람이에요. 그리고 프레디한테 헌신적이죠. 둘은 어디든 함께 다녀요. 주말까지 머제스틱 호텔에 머물다 월요일에 우리 집으로 올 거예요."

"그럼 라이스 부인 남편은?"

"그 망나니요? 그 작자는 세상과 인연을 끊었어요. 어디 있는지 아무도 몰라요. 그 때문에 프레디가 아주 난처해졌어요. 어디 사는지도 모르는 남자와 어떻게 이혼하겠어요."

"에비드멍(지당한 말씀)!"

"가엾은 프레디. 팔자도 얄궂죠. 한때 일이 마무리될 뻔한 적이 있었어요. 프레디가 그 작자를 붙잡아 이혼을 요구하자 기꺼이 그러겠다면서 돈을 요구했다지 뭐예요. 결국 마지못해 돈을 주었는데 그걸 들고 도망친 후 오늘까지 소식조차 없대요. 정말 비열한 인간이에요."

닉이 구슬프게 말했다.

"하느님 맙소사."

내가 탄식했다.

"제 친구 헤이스팅스가 충격을 받았군요. 좀 더 신중하셔야 합니다, 마드무아젤. 보다시피 이 친구는 구식이거든요. 맑고 탁 트인 세상에서 이제 막 돌아온 터라 요즘 사람들 말은 아직 더 배워야 한답니다."

"뭐, 충격 받을 일도 아닌걸요. 제 말은, 다들 알다시피 그런 인간은 어디나 있으니까요. 하지만 아무리 그래도 그건 정말 비열한 속임수예요. 당시 가엾은 프레디는 찢어지게 궁색해서 갈 데도 없었어요."

닉이 동그랗게 눈을 뜨고 말했다.

"네, 썩 유쾌한 사건은 아니군요. 그럼 다른 친구로 넘어가죠, 마드무아젤. 사람 좋아 보이는 챌린저 중령은 어떤가요?"

"조지 말씀인가요? 조지와는 평생 알고 지낸 사이예요……. 음, 적어도 지난 5년 동안은요. 조지는 좋은 사람이에요."

"당신과 결혼하고 싶어 하죠?"

"이따금 정말 그런 소릴 해요. 아침나절이나 포트와인* 두 잔 정도 마셨을 때요."

----

* 단맛이 나는 포르투갈산 적포도주.

"하지만 당신은 마음을 열지 않고요."

"조지와 제가 결혼하는 게 무슨 소용이 있겠어요? 둘 다 알거지 신세인데. 게다가 조지는 끔찍이도 따분해요. 그 '일방적이고' '사람 좋은 구식' 태도. 어쨌건 전성기라 해도 벌써 마흔인걸요."

이 말에 나는 살짝 움츠러들었다.

"그 나이면 이미 다리 한짝은 무덤에 걸쳐 있는 셈이죠. 오! 저는 신경 쓰지 마세요, 마드무아젤. 이미 할아버지라 별 볼일 없는 사람이니까. 그럼 이제 사고들에 대해 좀 더 이야기해 보세요. 예를 들어 그림 사건."

"그림은 다시 걸었어요. 줄을 새로 바꿨거든요. 원하시면 가서 보셔도 돼요."

닉이 방을 나서자 우리도 뒤를 따랐다. 문제의 그림은 육중한 액자에 끼운 유화였다. 침대머리 바로 위에 걸려 있었다.

"실례 좀 하겠습니다, 마드무아젤."

푸아로가 중얼거리면서 신을 벗고 침대 위로 올라가서 그림과 줄을 살펴보고, 신중하게 그림의 무게를 가늠했다. 잠시 후 살짝 얼굴을 찡그리며 내려왔다.

"저게 사람 머리에 떨어진다면…… 아, 별로 유쾌한 말이 아니군요. 마드무아젤, 액자를 매달았던 줄이 이것과 같은 철사였습니까?"

"아뇨, 조금 가늘었어요. 그래서 이번에 더 굵은 걸로 바꿔 달았어요."

"당연히 그래야죠. 헌데 끊어진 부분은 살펴보셨나요? 끄트머리가 너덜너덜했나요?"

"그랬겠죠…… 하지만 딱히 유심히 보진 않았어요. 그럴 필요가 있나요?"

"맞습니다. 당신 말마따나 그럴 필요가 있겠습니까? 그래도 전 그 철사 조각을 꼭 봤으면 좋겠는데. 집 안 어딘가에 있을까요?"

"액자에 매달려 있었는데 아마 새 줄을 매단 사람이 이전 것은 버렸을 거예요."

"안타깝군요. 꼭 봤으면 했는데."

"결국 단순한 사고라고 생각하지 않는 거군요? 제 생각엔 분명 사고인 것 같은데."

"사고일 수도 있습니다만 단정할 수는 없죠. 그리고 자동차 브레이크 고장은 사고가 아닙니다. 절벽에서 굴러 내린 바위는…… 사고 발생 지점을 봐야 알겠습니다."

닉이 우리를 데리고 정원으로 나가 절벽 가장자리로 인도했다. 발밑에서는 바다가 파랗게 반짝거렸다. 거친 길 하나가 절벽 면을 따라 아래로 이어져 있었다. 닉이 사고 발생 지점을 설명하자 푸아로가 골똘한 표정으로 고개를 끄덕이더니 물었다.

"정원으로 통하는 길이 몇 개나 있습니까?"

"오두막 지나서 정문 길이 있어요. 그리고 상인 출입구 하나, 저 길 중간쯤에 서 있는 벽에 또 문이 있어요. 그리고 이 절벽 가장자리를 따라 가면 하나 더 있지요. 그리로 지그재그 길을 따라 가면 해변에서 머제스틱 호텔로 올라가죠. 물론 울타리가 벌어진 곳을 통과하면 곧장 머제스틱 호텔 정원으로 갈 수 있고요. 오늘 아침 제가 그리로 갔어요. 머제스틱 호텔 정원을 통과하는 건 마을로 가는 지름길이거든요."

"정원사는 대개 어디서 일합니까?"

"글쎄요, 대개 부엌 정원 뒤편이나 아니면 헛간에 앉아 가위 날을 세우는 것 같아요."

"이 집 반대편을 돌아선 곳에서 일한다는 말씀인데, 그렇다면 만약 누군가 이리로 와서 바위를 굴러 떨어뜨릴 경우 눈에 띌 가능성이 거의 없겠네요."

닉이 갑자기 몸서리쳤다.

"선생님은…… 선생님은 정말 그런 일이 벌어졌다고 생각하세요? 전 믿어지지 않아요. 다 쓸데없는 짓 같아요."

푸아로가 주머니에서 총알을 꺼내 다시 살폈다.

"쓸데없지 않습니다, 마드무아젤."

푸아로가 부드럽게 말했다.

"어느 정신병자의 소행이 틀림없어요."

"그럴 수도 있죠. 식사 후 나누는 대화 주제로는 흥미롭군요. 모든 범죄자가 정말 미쳤을까요? 물론 뇌세포에 문제가 있을지도 모르죠. 네, 가능성이 높죠. 하지만 그건 의사가 다룰 문제입니다. 제가 수행할 일은 따로 있습니다. 제가 염려하는 건 죄 없는 사람이지 죄인이 아닙니다. 희생자를 걱정하지 범죄자를 걱정하지는 않습니다. 지금 제가 염려하는 건 마드무아젤 당신이지 미지의 암살자가 아닙니다. 당신은 젊고 아름다우며, 햇살은 환하고 세상은 즐겁습니다. 그리고 당신의 앞날에는 삶과 사랑이 있지요. 제가 생각하는 건 그뿐입니다. 당신 친구 프레디 라이스 부인과 라자러스 선생에 대해 말씀해 보세요. 그들이 여기 내려온 지 얼마나 됐습니까?"

"프레디가 이 지역에 온 건 수요일이었어요. 타비스톡 근처에서 몇몇 사람들과 함께 이틀 묵었다더군요. 여기 온 건 어제였고요. 짐이 여기저기 둘러보고 왔나 봐요."

"그리고 챌린저 중령은?"

"데븐포트에 있어요. 대개 주말에 오는데, 시간 나면 차를 몰고 오죠."

푸아로가 고개를 끄덕였다. 우리는 다시 집 쪽으로 걸어가기 시작했다. 잠시 침묵이 흐른 뒤 푸아로가 갑자기 입을 열었다.

"믿을 만한 친구는 있나요, 마드무아젤?"

"프레디가 있잖아요."

"그 친구 말고."

"글쎄요, 아마 있을 거예요. 그건 왜 물으시죠?"

"왜냐하면 최대한 빨리 친구를 데려와 함께 지내셨으면 하기 때문입니다."

"아!"

닉은 조금 놀란 듯했다. 잠시 침묵하며 생각에 잠기더니 미심쩍은 표정으로 다시 말문을 열었다.

"매기가 있어요. 아마 개를 붙잡아 둘 수는 있을 거예요."

"매기가 누굽니까?"

"요크셔 사촌이에요. 대단한 집안이죠. 아버지가 목사세요. 제 또 래인데, 대개 여름철에 잠시 여기에 와서 묵곤 해요. 물론 재미도 없고, 고통스러울 정도로 순진한 애죠. 사실 올해는 데려오지 않을 생각이었는데."

"안 됩니다, 마드무아젤. 당신 사촌이 적격입니다. 제가 생각하던 딱 그 타입의 인물입니다."

"알겠어요. 전보를 치죠. 사실 개 말고는 당장 누굴 부를지도 모르겠어요. 다들 바쁘거든요. 매기는 성가대 소풍이나 연회만 아니면 곧장 내려올 거예요. 물론 선생님이 개한테 바라는 건……."

닉이 한숨을 내쉬며 말했다.

"당신 방에서 함께 잘 수 있습니까?"

"그럼요."

"이상한 부탁이라고 생각하진 않을까요?"

"어머, 아뇨. 매기는 생각할 줄 몰라요. 그냥 몸 가는 대로 행동할 뿐이죠. 정말이에요. 믿음과 구원을 믿는 교인들이 다 그렇죠 뭐. 좋아요, 월요일에 오라고 전보 칠게요."

"내일은 안 됩니까?"

"일요일 기차로? 그런 부탁을 하면 아마 제가 죽을 병에 걸린 줄 알 텐데. 아니에요, 월요일에 오라고 할게요. 제 주변에 어슬렁거리는 섬뜩한 운명을 개한테 말하실 건가요?"

"누 베롱(상황 봐서요). 아직도 농담할 기분이 납니까? 용기가 가상하군요."

"어쨌건 기분 전환은 되잖아요."

나는 닉의 묘한 어조에 놀라 신기한 표정으로 바라보았다. 순간 뭔가 감추는 듯한 느낌이 들었다. 우리는 다시 응접실로 들어갔다. 푸아로가 소파 위의 신문을 만지작거렸다.

"이거 읽으셨습니까, 마드무아젤?"

"예, 대충 읽었어요. 조석표(潮汐表)를 보려고요. 매주 알려 주거든요."

"그렇군요. 그나저나 마드무아젤, 유언장을 써 본 적 있습니까?"

"네, 있어요. 6개월 전쯤에. 칼질당하기 직전에요."

"케 스 크 부 디트(무슨 말씀이죠)? 칼질이라니?"

"수술 말예요. 충수염(蟲垂炎)에 걸렸거든요. 그때 누가 유언장을 작성해야 한다길래 썼죠. 아주 중요한 사람이 된 기분이었어요."

"유언장 내용은?"

"엔드하우스는 찰스에게 줬어요. 그 외에는 남길 게 별로 없지만, 어쨌건 남은 건 프레디에게 줬어요. 제 생각에 아마 채무가 재산을 초과할 거예요."

푸아로가 멍한 얼굴로 끄덕였다.

"이제 일어서야겠군요. 오 르봐르(또 뵙죠), 마드무아젤. 부디 조심하십시오."

"뭘 조심하죠?"

"영특하시군요. 그런데 그게 취약점입니다. 어느 방향으로 신중해야 할까요? 누가 알겠습니까? 하지만 믿음을 가지세요, 마드무아젤. 며칠 뒤면 제가 진실을 밝힐 테니."

"그때까지 독, 폭탄, 총알, 교통사고, 그리고 남아메리카 인디언의 비밀 독을 묻힌 화살만 조심하면 되겠군요."

닉이 유창하게 읊어댔다.

"가벼이 여기지 마십시오, 마드무아젤."

푸아로가 진지하게 말하면서 문으로 다가가다 멈춰 섰다.

"그건 그렇고. 라자러스 선생이 당신 할아버지 초상화 가격으로 얼마를 제시했습니까?"

"50파운드요."

"아!"

푸아로는 벽난로 장식 위의 검고 음침한 얼굴을 진지하게 돌아보았다.

"하지만 아까 말씀드렸듯이 저 늙은 양반을 팔 생각은 없어요."

"그렇군요. 이해합니다."

푸아로가 생각에 잠긴 얼굴로 말했다.

뭔가 있다!

"푸아로, 당신이 알아야 할 게 한 가지 있습니다."

다시 길에 들어서자마자 내가 말했다.

"뭔가, 친구?"

나는 자동차 사고에 대한 라이스 부인의 이야기를 들려주었다.

"티엥! 세 텡테레성, 사(오호라! 그거 흥미롭군). 물론 허무맹랑한 구사일생 이야기로 흥미를 돋우거나 일어나지도 않은 놀라운 사건을 지껄이는, 허망하고 히스테릭한 유형의 인간도 있지. 맞아, 그런 사람들은 공상을 뒷받침하려고 심각한 자해를 서슴없이 하기도 하거든."

"당신이 보기에는……."

"마드무아젤 닉을 그런 유형으로 보지 않느냐고? 물론 아니지. 자네도 봤잖아, 헤이스팅스. 내가 그녀에게 위험을 인식시키느라 진땀

뺀 거. 게다가 마지막까지 우릴 조롱하듯 익살을 떨며 미심쩍어 했지. 그녀는 요즘 세대 철부지야. 그렇다 해도 라이스 부인의 말은 흥미롭군. 왜 그런 소릴 한 걸까? 설령 그게 사실이래도 굳이 떠벌인 이유가 뭐지? 불필요한 말인데. 고쉬(서툴러)."

"그래요, 맞는 말입니다. 갑자기 그 얘기를 화제로 꺼냈거든요. 도무지 이유를 모르겠어요."

"기묘해. 정말 기묘해. 사소하고 기묘한 사실들, 그게 드러나는 꼴을 보고 싶어. 그것들은 의미심장해. 거기 길이 있어."

"길이라…… 어느 쪽입니까?"

"자네가 취약 지점을 짚어 보게, 똑똑한 헤이스팅스. 어디일까? 대체 어디! 우린 거기 도달한 뒤에야 알게 될 거야."

"말해 봐요, 푸아로. 사촌을 곁에 두라고 신신당부한 이유가 대체 뭡니까?"

푸아로가 멈춰 서더니 나를 향해 집게손가락을 맹렬히 흔들었다.

"생각해 보라고! 잠깐이라도 생각해 봐, 헤이스팅스. 우리가 얼마나 불리한 입장인지! 얼마나 속수무책인지! 범죄 발생 후 살인자를 추적하는 것, 세 투 셍플(그건 너무 간단해)! 적어도 내 능력으로는 간단하지. 말하자면 그 살인자는 범죄를 저질러서 자신의 존재를 알린 셈이니까. 하지만 지금은 범죄가 벌어지지 않았어. 더욱이 우리는 범죄 발생을 원치 않아. 발생하지도 않은 범죄를 추적하는 건 지극히 까다로운 일이야. 우리의 첫째 목표가 뭔가? 마드무아젤의 안전이야. 하지만 생각보다 그건 쉽지 않아. 그래, 쉽지 않아. 험

상궂은 경찰을 보내 감시할 수도 없어. 그렇다고 우리가 젊은 여인의 침실에서 밤을 새울 수도 없는 일이야. 까다로운 점이 한두 가지가 아니지. 하지만 한 가지는 가능해. 암살자를 더 곤혹스럽게 만들 수는 있지. 마드무아젤 곁에 보호자를 두어 완벽하게 공정한 증인을 확보하는 거야. 아주 영리한 자가 아니고서야 이 두 가지 상황을 회피할 수는 없어."

푸아로는 잠시 침묵하다가 전혀 다른 어조로 말했다.

"하지만 헤이스팅스, 내가 두려운 건……."

"뭐죠?"

"내가 두려운 건…… 그자가 아주 영리한 놈이라는 사실이야. 때문에 맘이 전혀 편치 않다네. 그래, 전혀 편치 않아."

"푸아로, 당신 때문에 나까지 불안해지잖아요."

"나 역시 불안해, 친구.《주간 헤럴드》신문 말인데, 어느 면이 펼쳐져 있었는지 기억나나? '머제스틱 호텔 투숙객 중에 무슈 에르퀼 푸아로와 헤이스팅스 대위가 있다'라는 짧은 기사였어. 아마…… 누군가 그 기사를 읽은 거야. 사람들은 내 이름을 알아. 누구나 내 이름을 알지……."

"버클리 양은 몰랐지만요."

내가 싱긋 웃으며 말했다.

"그녀는 산만한 사람이니 중요치 않아. 문제는 진지한 범죄자 놈이 내 이름을 안다는 거야. 그리고 두려워하겠지! 놀랐을 거야! 혼자 이것저것 궁리하겠지. 마드무아젤의 목숨을 세 번이나 노렸는데,

이제 에르퀼 푸아로가 부근에 어슬렁거리니까. '우연의 일치일까?' 스스로 묻겠지. 그리고 어쩌면 우연의 일치가 아닐지도 모른다고 생각할 거야. 이제 그가 어떻게 나올까?"

"바짝 웅크리고 흔적을 감추겠죠."

"그래, 맞아. 혹은 그 반대이거나. 정말로 대담한 자라면 잽싸게 암살을 감행하겠지. 지체없이. 내가 조사할 시간을 갖기도 전에, 쾅! 마드무아젤을 죽이겠지. 그럴 거야."

"헌데 어째서 버클리 양이 아닌 다른 사람이 그 기사를 읽었다고 생각하죠?"

"버클리 양은 내 이름을 밝히자 아무 반응이 없었어. 들어 본 적도 없는 것 같더군. 표정 하나 안 변했지. 게다가 조석표를 보려고 신문을 펼쳤다는 말 외에는 아무 말도 안 했어. 그리고 그 페이지에는 조석표가 없었어."

"당신 생각은 집 안의 누군가가……."

"집 안의 누군가 아니면 출입이 가능한 자지. 사실 창문이 늘 열려 있어서 출입하기 쉽거든. 틀림없이 버클리 양의 친구들이 들락날락할 거야."

"생각나는 거 있나요? 의심 가는 구석이라도?"

푸아로가 손사래를 쳤다.

"전혀. 동기가 뭐든 간에 내 예상대로 뚜렷한 건 하나도 없어. 그게 바로 살인 미수자의 안전망이지. 오늘 아침 그렇게 대담할 수 있었던 것도 그 때문이야. 살인을 해도, 닉을 죽여야 할 이유가 있는 사람은 아무도 없어 보일 테고. 재산? 엔드하우스? 그건 그녀의 사촌에게 넘어가지만, 엄청난 융자에 다 무너져 가는 낡은 집을 그가 정말로 원할까? 그 집은 자기 집안과 연관된 장소도 아니야. 그가 버클리 가문이 아니라는 점을 상기해 보게. 물론 찰스 바이스라는 사내를 만나 봐야겠지만, 그에 대한 혐의는 허황된 느낌이야. 그리고 가까운 친구이자 묘한 눈동자, 지친 성모 마리아 같은 분위기의 프레디 라이스가 있지."

"당신도 그렇게 느꼈나요?"

내가 놀라서 물었다.

"그녀는 이 사건과 무슨 연관이 있을까? 자네한테 자기 친구가 거짓말쟁이라고 했지. 세 정틸, 사(고맙게도)! 왜 그런 말을 했을까? 닉이 어떤 말을 할까봐 두려웠던 걸까? 자동차 사고 때문에? 아니면 진짜로 두려워하는 건 따로 있는 걸까? 누군가 차에 손을 댔다면, 누가? 그녀가 그 사람을 알고 있는 걸까? 금발 미남 라자러스 선생에겐 어떤 혐의를 둘 수 있지? 눈부신 자동차와 재산을 소유한 자. 어떤 식으로든 연관 가능성이 있는 걸까? 챌린저 중령은……."

"그는 깨끗해요. 내가 보장하죠. 정말로 훌륭한 신사입니다."

"물론 자네가 생각하는 부류니까 그렇게 볼 수 있겠지. 난 이방인이라 그런 선입견에서 자유롭기 때문에 편견 없이 조사할 수 있다네. 하지만 챌린저 중령이 이 사건과 연관이 있을 가능성은 없어 보이는군."

"당연하죠."

내가 힘주어 말하자 푸아로가 조용히 나를 응시했다.

"헤이스팅스, 자네의 엉터리 육감이 너무 강해서 나까지 따라갈 지경이야. 자넨 진실하고, 남을 쉽게 믿고, 올바르고, 아주 존경스런 유형의 사내라 어떤 악당한테도 늘 속아 넘어가지. 자넨 미심쩍은 유전(油田)이나 존재하지도 않는 금광에 쉽게 투자하는 유형이야. 자네 같은 사람 수백 명 덕분에 사기꾼들이 일용할 양식을 버는 셈이지. 아, 그래. 챌린저 중령을 조사해야겠어. 자네 덕분에 의심이 샘솟는군."

"친애하는 푸아로! 말도 안 되는 소리를 지껄이는군요. 나처럼 세상을 방랑한 사람은……."

내가 화난 목소리로 소리쳤다.

"아무것도 못 배우지. 놀라울 따름이야. 하지만 사실이야."

푸아로가 안타깝게 중얼거렸다.

"그럼 내가 당신 말처럼 잘 속는 바보인데도 아르헨티나에서 농장 경영에 성공했다는 건가요?"

"화내지 말게나, 친구. 자넨 그걸로 엄청난 성공을 거뒀어. 아내와 둘이서."

"벨라는 늘 내 판단을 존중합니다."

"그녀는 매력적이면서 동시에 현명하지. 자네, 지금 잔뜩 뿔이 났구먼. 보게나 친구, 저 앞에 모트 정비소라는 간판 보이지? 아마 마드무아젤 버클리가 말한 정비소일 거야. 몇 가지만 물어 보면 이 사소한 문제의 진실을 곧 밝힐 수 있을 걸세."

말이 끝나기가 무섭게 푸아로는 나를 이끌고 정비소로 들어갔다. 푸아로가 닉 양의 소개로 왔다며 인사를 건넨 후 오후에 드라이브를 할 거라면서 자동차 임대에 관해 몇 가지 물어 보았다. 그리고 그 와중에 얼마 전 닉 양의 자동차 고장에 관한 주제로 스리슬쩍 넘어갔다.

정비소 주인은 주절주절 떠들기 시작했다. 그는 그렇게 이상한 일은 처음이라면서 자동차 용어를 읊어 댔다. 안타깝게도 나는 기계에 문외한이다. 아마 푸아로는 더 심하리라. 하지만 몇 가지 사실은 명백히 드러났다. 누가 자동차에 손을 댄 게 틀림없다는 것이다. 그리고 고장 내기가 아주 쉬워서 시간도 별로 안 걸린다는 것이었다.

"결국 그렇게 된 거군. 닉은 옳았고, 부자 선생 라자러스는 틀렸어. 헤이스팅스, 이 모든 게 아주 흥미로워."

푸아로가 터벅터벅 걸으며 말했다.

"이제 어쩌죠?"

"우체국에 들러서 너무 늦기 전에 전보를 쳐야겠어."

"전보?"

내가 희망 섞인 목소리로 물었다.

"그래, 전보."

푸아로가 골똘한 얼굴로 말했다. 우체국은 아직 열려 있었다. 푸아로가 전보를 작성하고 급전으로 보냈다. 전보 내용에 관해서는 일언반구도 없었다. 물어봐 주길 기대하는 눈치였지만 나는 신중하게 입을 다물었다.

"내일이 일요일이라는 사실이 신경 쓰여. 월요일 아침까지는 바이스 선생을 방문할 수 없으니까."

걸어서 호텔로 돌아가는 동안 푸아로가 입을 열었다.

"사무실이 아니라 집으로 찾아갈 수도 있잖아요."

"물론 그렇지. 하지만 그건 바람직하지 못해. 우선은 의뢰할 일이 있는 것처럼 찾아가 그의 직업적인 태도를 판단하고 싶네."

"맞아, 그게 최선이겠네요."

내가 진지하게 말했다.

"맞아."

"한 가지만 확인해도 큰 도움이 될 텐데. 만약 찰스 바이스가 오늘 아침 12시 30분에 자기 사무실에 있었다면, 머제스틱 호텔 정원에서 총을 쏜 자는 그가 아니라는 얘기야."

"호텔에 있던 세 사람의 알리바이를 조사해야 하지 않을까요?"

"그건 훨씬 더 어려워. 그 중 한 명이 잠시 자리를 비우고 라운지, 흡연실, 응접실, 서신 작성실 등 수많은 창문 중 하나를 통해 황급히 빠져나가 닉이 지나갈 지점에 재빨리 숨는 건 별로 어렵지 않을 테니까. 총을 쏘고 신속히 돌아와 있겠지. 하지만 우린 아직 이 드라마 속 등장인물을 모두 안다고 할 수도 없어. 존경스러운 엘렌 부인과 아직 보지 못한 그녀의 남편. 둘 다 그 집의 동거인이고, 우리가 아는 바로는 그 자그마한 마드무아젤에게 원한을 품을 가능성도 있어. 오두막에는 미지의 오스트레일리아 사람들도 있지. 그리고 의심할 이유가 없어서 그녀가 언급하지 않은 친구나 친척 같은 다른 존재가 있을지도 모르고. 헤이스팅스, 난 배후에 뭔가 있다는 느낌을 지울 수가 없네. 아직 드러나지 않은 뭔가가. 버클리 양이 알고도 말하지 않은 게 있다는 생각이 왜 자꾸 들지."

"그녀가 뭔가 숨기고 있다는 건가요?"

"그래."

"혹시 누군가를 감추고 있다는 뜻입니까?"

푸아로가 맹렬히 고개를 저었다.

"아니, 아니. 그 점에 관해서는 아주 솔직하다는 인상을 받았네. 난 그녀가 자기 목숨을 노리는 세 차례 살인 시도에 대해 아는 걸 모두 말했다고 믿어. 하지만 뭔가 다른 게 있어. 그녀가 이 문제와 전혀 상관없다고 믿는 뭔가가. 그리고 난 그게 뭔지 알아야겠어. 최대한 겸손히 말하면 나는 윈느 프티트 콤므 사(요 이쁜 아가씨)보다 아주 많이 영리하니까. 나 에르퀼 푸아로는 그녀가 모르는 어떤 고리를 간파할 수 있다네. 그것이 내게 실마리를 제공할 거야. 아주 솔직하고 겸허하게 단언하네만 헤이스팅스, 난 흔한 말로 바다 한가운데 있다네. 이 모든 배후에서 깜빡거리는 어떤 원인을 찾을 때까지는 캄캄한 상태야. 뭔가 있어. 아직 파악하지 못한, 이 사건의 어떤 요소. 즈 므 드멍드 사 성 세스. 케 스 크 세?(줄곧 이 질문을 했는데. 대체 그게 뭘까?)"

"당신은 알아낼 겁니다."

내가 위로하듯 말하자 푸아로가 침울하게 중얼거렸다.

"너무 늦게 알아내지만 않는다면."

크로프트 부부

그날 저녁 호텔에서 무도회가 열렸다. 닉 버클리는 친구들과 식사하다 우리를 발견하곤 손을 흔들어 반갑게 인사했다. 그녀가 차려 입은 부푼 자줏빛 시폰 드레스는 바닥에 질질 끌렸다. 옷 밖으로 그녀의 하얀 목과 어깨, 그리고 작고 도도한 검은 머리통이 솟아 있었다.

"젊고 매력적인 악마."

"친구와 비교되는데. 그치, 헤이스팅스?"

프레데리카 라이스는 하얀 드레스 차림으로 춤추고 있었는데 권태롭고 피곤한 우아함이 묻어 있어 발랄한 닉과 전혀 딴판이었다.

"아주 아름답군."

푸아로가 갑자기 말했다.

"누구? 닉?"

"아니, 저 여자. 사악할까? 선량할까? 단순히 불행한 걸까? 알 수 없어. 불가사의한 여자야. 어쩌면 별것 아닐지도 모르지. 하지만 장담하건대 친구, 저 여자는 알리뫼즈(남자 후리는 여자)야."

"뭔 소립니까?"

내가 호기심에서 묻자 푸아로가 고개를 저으며 미소를 지었다.

"조만간 자네도 그런 느낌이 들 거야. 내 말 명심하게."

그리고 곧바로 푸아로가 일어서는 바람에 나는 조금 놀랐다. 닉은 조지 챌린저와 춤추고 있었다. 프레디와 라자러스는 방금 춤을 마치고 식탁 앞에 앉았다. 잠시 후 라자러스가 자리에서 일어나 사라졌다. 그 바람에 라이스 부인 혼자 남았다. 푸아로가 곧장 그녀의 탁자로 다가갔다. 나도 그 뒤를 따랐다. 푸아로는 직접적이고 대담했다.

"실례해도 될까요?"

푸아로가 의자 등받이를 한 손으로 짚더니 이내 스르륵 자리에 앉았다.

"친구 분이 춤출 동안 부인과 한 말씀 나누고 싶습니다."

"네?"

목소리가 싸늘하고 무관심했다.

"부인, 친구 분께서 말씀하셨는지 모르겠군요. 안 했다면 제가 하죠. 오늘 누군가 저 아가씨의 목숨을 노렸습니다."

프레디의 커다란 회색빛 눈이 놀람과 두려움으로 한층 커졌다. 검은 눈동자 역시 팽창하면서 커졌다.

"무슨 말씀이죠?"

"이 호텔 정원에서 누군가 마드무아젤 버클리에게 총을 쐈습니다."

라이스 부인이 갑자기 미소를 지었다. 부드럽고, 동정 어린 회의적인 미소.

"닉이 그러던가요?"

"아닙니다, 부인. 우연히 제 눈으로 직접 목격했습니다. 이게 그 총알입니다."

푸아로가 총알을 내밀자 라이스 부인이 놀라며 뒤로 조금 물러났다.

"하지만 그건……."

"보시다시피 마드무아젤의 상상력이 만들어낸 망상이 아닙니다. 제가 보장하죠. 그뿐만이 아닙니다. 지난 며칠 동안 몇 가지 아주 흥미로운 사고가 발생했습니다. 들으셨을 겁니다. 아니, 어제 도착하셔서 못 들었을 수도 있겠군요. 그렇죠?"

"네…… 어제."

"제가 알기로 그 전엔 타비스톡에서 친구분들과 지내셨다면서요?"

"네."

"궁금해서 그럽니다만, 함께 지내신 친구 분들의 성함이 어떻게 됩니까?"

라이스 부인이 눈썹을 치떴다.

"제가 그걸 말해야 할 이유라도 있나요?"

너무나 차가운 말투에 푸아로가 화들짝 놀랐다.

"정말 죄송합니다, 부인. 제가 너무 섣불렀군요. 하지만 타비스톡에 제 친구가 몇 명 있어서 부인이 혹시 거기서 그들을 만나셨나 하고…… 부캐넌, 그게 제 친구 이름입니다."

라이스 부인이 고개를 저었다.

"그런 사람은 기억 안 나요. 그런 사람을 만났을 리 없어요."

이제 어조가 다소 누그러들었다.

"따분한 사람들 이야기는 그만두죠. 닉 이야기나 계속해 보세요. 누가 개를 쐈죠? 왜죠?"

"누군지는 모릅니다, 아직. 하지만 알아낼 겁니다. 네, 반드시 알아낼 겁니다. 아실지 모르지만 전 탐정입니다. 에르퀼 푸아로라고."

"아주 유명하시죠."

"고마운 말씀입니다, 부인."

"제가 뭘 하길 바라세요?"

느릿느릿한 말투였지만 그 말은 우리 둘을 놀라게 했다. 전혀 예상하지 못했던 말이었다.

"부디 친구 분을 잘 살펴 주십시오, 부인."

"그러죠."

"그거면 됐습니다."

푸아로가 자리에서 일어나 살짝 목례를 건넸다. 잠시 후 우리는 원래 자리로 돌아왔다.

"푸아로, 당신 생각을 속 시원히 털어 놓지 않을 셈인가?"

내가 답답해서 물었다.

"이 친구야, 달리 어쩌겠나? 어떨 땐 두루뭉술한 편이 안전에 도움이 돼. 모험을 할 순 없잖은가. 어쨌거나 한 가지는 확실히 드러났군그래."

"그게 뭔데?"

"라이스 부인이 타비스톡에 없었다는 사실. 그럼 어디 있었을까? 답답하군. 하지만 알아낼 거야. 에르퀼 푸아로에게 정보를 숨기는 건 불가능해. 저거 봐. 미남 라자러스가 돌아왔어. 여자가 속삭이고 있군. 남자가 우릴 보고 있어. 영리한 친구야. 머리통 좀 봐. 아! 궁금해 미치겠군……."

"뭐가요?"

내가 묻자 푸아로가 입을 닫았다.

"월요일에 알게 될 사실."

푸아로가 다시 모호한 말을 내뱉었다.

나는 푸아로를 바라보았지만 아무 말도 하지 않았다. 푸아로가 한숨을 내쉬었다.

"더 이상 호기심이 없나 보군, 친구. 옛날에는……."

"재미가 있었죠."

내가 싸늘하게 말했다.

"그런 건 자네한테 없는 편이 나아."

"무슨 말인가요, 그게……?"

"대답 요구를 거부하는 재미 말일세."

"아, 세 말랭(짓궂기도 하지)."

"짓궂다마다. 아, 그래. 에드워드 시대 소설가들은 완고하고 입이 무거운 사내를 좋아했지."

푸아로의 눈동자가 예전처럼 반짝반짝 번득였다. 잠시 후 닉이 우리 탁자를 지나갔다. 그녀는 파트너를 떼어 놓고 환한 빛깔의 새처럼 돌연 우리 곁에 내려앉았다.

"죽음의 가장자리에서 춤추고 있어요."

닉이 방정맞게 말했다.

"감흥이 새롭죠, 마드무아젤?"

"네. 아주 즐거워요."

닉이 손을 흔들며 다시 멀어져 갔다.

"저런 말 좀 하지 않았으면. 죽음의 가장자리에서 춤을 춘다니. 맘에 안 듭니다."

내가 천천히 말했다.

"난 이해하네. 진실에 너무 근접한 말이야. 용감한 철부지로고. 그래, 용기는 가상해. 하지만 불행히도 지금 필요한 건 용기가 아니라 신중함이지. 부알라 스 킬 누 포(속 썩이는 아가씨야)!"

다음 날은 일요일이었다. 우리는 호텔 앞쪽 테라스에 앉아 있었다. 11시 30분 무렵 푸아로가 갑자기 벌떡 일어섰다.

"가세나, 친구. 작은 실험을 해 봐야겠어. 라자러스와 부인이 마드무아젤과 함께 차를 타고 간 게 확실해. 해변이 비었어."

"뭘 위해 비었다는 거죠?"

"두고 보면 알아."

우리는 계단을 걸어 내려가 풀길을 가로질러 바다로 갔다. 수영을 즐기던 한 쌍이 올라오고 있었다. 그들은 웃고 떠들며 우리를 지나쳐 갔다.

그들이 사라지자 푸아로는 눈에 잘 띄지 않는 작은 문 쪽으로 걸어갔다. 경첩이 꽤 녹슨 문에는 반쯤 지워진 글귀가 새겨져 있었다. '엔드하우스. 사유지.' 아무도 보이지 않았다. 우리는 조용히 문을 통과했다.

1분 뒤, 우리는 집 앞 잔디길로 나왔다. 주변에는 아무도 없었다. 푸아로가 절벽 가장자리로 성큼성큼 걸어가 저 너머를 살폈다. 그러고는 집 쪽으로 걷기 시작했다. 베란다 창문들이 열려 있어서 곧장 응접실로 향했다. 푸아로는 시간을 낭비하지 않았다. 문을 열고 홀 안으로 들어갔다. 거기서 층계를 올라가 곧바로 닉의 침실로 향했다. 곧이어 침대 가장자리에 앉더니 내게 윙크했다.

"보게나, 친구. 얼마나 쉬운가. 우리가 들어오는 걸 아무도 못 봤어. 아마 나가는 것도 못 볼걸? 무슨 짓을 하든 완벽하게 안전해. 예를 들어 그림 액자를 매단 철사에 흠을 내 놓으면 오래지 않아 뚝 끊어질 거야. 그리고 만약 누군가 우연히 집 앞에 있다가 우리가 들어오는 걸 봐도 상관없어. 만약 우리가 이 집에 출입하는 친구라면 손쉽게 핑계를 댈 수 있으니까."

"그러니까 당신 말은 낯선 사람은 용의 선상에서 제외할 수 있다는 건가요?"

"바로 그거야, 헤이스팅스. 정신 나간 미치광이는 이 문제의 핵심이 아냐. 우린 좀 더 철저히 조사할 필요가 있어."

푸아로가 방을 나서자 나도 그 뒤를 따랐다. 우린 서로 말이 없었다. 둘 다 마음이 혼란스러웠던 것이다.

그때, 층계가 구부러지는 곳에서 갑자기 둘 다 멈춰 섰다. 층계 아래서 한 남자가 올라오고 있었던 것이다. 얼굴은 그늘에 가려 있어 잘 보이지 않았지만 몹시 놀란 태도였다. 그가 아주 요란하고 험악한 목소리로 먼저 입을 열었다.

"대체 여기서 뭐하는 거요?"

"아! 무슈…… 크로프트시군요?"

"그게 내 이름이오만, 대체……."

"응접실로 들어가서 이야기할까요? 그게 나을 듯합니다."

크로프트가 약간 태도를 누그러뜨리며 휙 돌아 내려갔다. 돌아 내려가자, 우리가 그 뒤를 바짝 따라갔다. 응접실로 들어가 문을 닫은 뒤 푸아로가 살짝 허리 숙여 인사를 했다.

"제 소개를 하지요. 에르퀼 푸아로라고 합니다."

크로프트의 얼굴이 조금 밝아졌다.

"오! 탐정 나리시군요. 선생님 이야기를 읽은 적 있습니다."

"세인트루의《주간 헤럴드》에서 보셨습니까?"

"네? 아뇨. 오스트레일리아에 있을 때 읽었습니다. 프랑스 사람이시죠?"

"벨기에 사람입니다. 중요한 문제는 아니죠. 여긴 제 친구 헤이스팅스 대위입니다."

"만나 봬서 반갑습니다. 한데 무슨 일이죠? 여기서 뭐 하시는 겁니까? 뭐가 잘못됐나요?"

"그렇다고 할 수 있죠."

오스트레일리아인이 고개를 끄덕였다. 대머리에다 나이도 지긋했지만 잘생기고 체구도 우람했다. 얼굴은 음울하고 턱이 조금 나와 있었다. 투박한 얼굴이로군. 나는 속으로 중얼거렸다. 그에게서 가장 도드라진 것은 쏘아보는 듯한 푸른 눈동자였다.

"저는 버클리 양에게 토마토와 오이를 주려고 왔습니다. 아가씨의 정원사는 형편없는 데다 게을러서 아무것도 안 기릅니다. 아내와 전…… 어휴, 그 꼴만 보면 화가 납니다. 그리고 이웃 좋다는 게 뭡니까? 도울 게 있으면 도와야죠. 저희가 먹을 양보다 훨씬 많이 수확했거든요. 이웃끼리는 친해야 하지 않습니까? 그래서 평소처럼 거실 창을 통해 들어와 바구니를 내려놓았습니다. 막 나가려던 차에 머리 위에서 발소리와 사람 목소리가 들려 이상하다고 생각했죠. 이 근방에는 도둑이 별로 없지만 어쨌건 미심쩍어서 확인하려던 차에 층계를 내려오시는 두 분과 마주친 겁니다. 덕분에 조금 놀랐습니다만, 이렇게 거물 탐정님을 만나 뵙게 됐네요. 그런데 대체 무슨 일이죠?"

"간단한 일입니다. 마드무아젤이 며칠 전 밤에 꽤 오싹한 경험을 했습니다. 벽에 걸려 있던 그림 하나가 침대 위로 떨어졌거든요. 혹시 들으셨는지요?"

"그럼요. 멋지게 구사일생하셨죠."

"확실한 안전을 위해 제가 특수 체인을 갖다 드리기로 약속했습니다. 그런 일이 다시 발생하면 안 되니까요, 그렇죠? 아가씨 말씀이, 오늘 아침 외출하겠지만 저더러 와서 체인이 얼마나 필요한지 재도 좋다고 하셨습니다. 그게 답니다. 간단하죠?"

푸아로는 아이처럼 순진하고 아주 매력적인 미소를 지으며 손을 흔들었다.

크로프트가 깊은 숨을 들이켰다.

"그러니까, 그게 다란 말씀이죠?"

"네. 별것도 아닌데 놀라신 겁니다. 저와 제 친구는 준법정신이 투철한 시민입니다."

"어제 뵙지 않았나요?"

크로프트가 천천히 물었다.

"어제 저녁이었어요. 저희 오두막을 지나치셨습니다."

"아! 그렇군요. 선생께서 정원에서 일하시다가 지나가는 저희에게 정중히 인사하셨죠."

"맞습니다. 그래요, 그래. 당신이 그토록 명성이 자자한 에르퀼 푸아로 선생님이시군요. 혹시 바쁘신가요, 푸아로 선생님? 괜찮으시다면 지금 저와 함께 가서…… 오스트레일리아식으로 아침 커피나 한잔 하시고, 우리 늙은 여편네를 만나 주시면 좋겠는데. 당신에 관한 신문 기사는 모조리 읽었답니다."

"정말 친절하시군요, 크로프트 씨. 마침 할 일도 없으니 기꺼이 응하겠습니다."

"좋습니다."

"치수는 정확히 쟀지, 헤이스팅스?"

푸아로가 나를 바라보며 물었다. 내가 정확히 쟀다고 안심시키자, 푸아로는 나와 함께 새 친구를 따라갔다.

크로프트는 수다쟁이였다. 금세 알 수 있었다. 그는 우리에게 멜버른 근처의 고향, 젊은 시절의 고난, 아내와의 만남, 두 사람의 노력, 마침내 얻은 행운과 성공에 대해 주절주절 이야기했다.

"저흰 곧장 여행을 떠나기로 마음먹었습니다. 늘 오래된 나라에 가 보고 싶었거든요. 그리고 실행에 옮겼습니다. 우선 이 동네로 내려와 아내 친척 몇 명을 찾기로 했습니다. 이 근처 출신이거든요. 하지만 흔적조차 못 찾았습니다. 그리곤 유럽으로 여행을 떠났죠. 파리, 로마, 이탈리아 호수, 플로렌스 등등 온갖 곳을 다녔습니다. 헌데 이탈리아에 머물 당시 교통사고가 났습니다. 그때 제 불쌍한 아내가 척추를 심하게 다쳤죠. 끔찍하지 않습니까? 전 아내를 데리고 많은 명의(名醫)를 찾아다녔지만, 다들 결론은 한결같더군요. 기다려 보는 수밖에 없다나요. 침대에 누워 기다리라고."

"끔찍한 일을 당하셨군요."

"불운이죠. 네, 그랬습니다. 아내가 꿈꾸는 건 단 하나였습니다. 이 동네로 오는 거였죠. 아내는 우리가 작은 집이라도 얻으면 모든 게 달라질 거라 믿는 듯했습니다. 그 후 지저분한 오두막만 수없이 보다가 마침내 운 좋게 여길 발견한 겁니다. 예쁘장하고, 조용하고,

한적한 곳이죠. 지나다니는 차 소리도, 옆집 전축 소리도 들리지 않
더군요. 당장 세를 얻었습니다."

크로프트의 얘기를 듣는 동안 어느새 우리는 오두막에 도착했다.
크로프트의 목소리가 앞쪽으로 크게 울려 퍼졌다.

"쿠이*!"

그러자 화답이 들려왔다.

"쿠이! 들어와요."

크로프트 부인이 말했다. 그는 열린 문을 지나 후닥닥 계단을 올
라가 아늑한 침실로 들어갔다. 그곳 소파 위에 누운 뚱뚱한 중년 여
인은 짙은 회색 머리칼에 아주 상냥한 미소를 짓고 있었다.

"여보, 이분이 누군지 알겠어? 가장 특별하고 세계적으로 추앙받
는 에르퀼 푸아로 탐정님이셔. 이야기 좀 나누라고 모셔 왔어."

크로프트 부인이 푸아로와 열렬히 악수하며 소리쳤다.

"너무 흥분돼서 말이 안 나와요! 블루 트레인 사건에 관해 읽었어
요. 우연히 거기 타셨다죠? 그리고 다른 사건도 많이 읽었어요. 제
등짝에 문제가 있어서, 아마 지금껏 나온 탐정 이야기는 죄다 읽은
것 같아요. 그것처럼 시간이 빨리 가는 게 없어요. 버트, 에디트에게
차 좀 내오라고 하세요."

"금방 갖다 줄게."

"에디트는 간호사 노릇을 해 줘요. 매일 아침 찾아와서 절 돌봐

....

* 오스트레일리아 원주민이 새된 소리로 외치는 신호.

주죠. 저흰 하인 땜에 속 썩을 일 없답니다. 아, 버트만큼 요리 잘하는 관리인은 어디서도 못 찾아요. 그 덕에 저 집과 정원에서 일하게 된 거예요."

그때 크로프트가 쟁반을 들고 다시 나타났다.

"차 가져왔어. 오늘은 우리 인생에서 아주 멋진 날이야, 여보."

"여기 머무실 생각인가 보죠, 푸아로 선생님?"

크로프트 부인이 몸을 조금 굽혀 찻주전자를 기울이며 물었다.

"네, 부인. 휴가 중입니다."

"하지만 분명 은퇴하셨다고 읽었는데…… 영원한 휴가를 얻으셨다고."

"아! 부인, 신문 기사를 전부 믿으시면 안 됩니다."

"네, 맞는 말씀이에요. 그럼 일을 계속 하시나요?"

"흥미로운 사건을 찾으면."

"그럼 여긴 일하러 오신 게 아닌가 보죠? 휴가라는 말씀을 하신 걸로 봐서는……."

크로프트가 재빨리 물었다.

"선생님께 당혹스러운 질문 하면 안 돼요, 버트. 또 그러면 다신 안 오실 거예요. 푸아로 선생님, 저흰 단순한 사람들이랍니다. 오늘 선생님이 여기 오셔서 굉장히 즐거워요. 선생님과 친구분, 저희가 얼마나 기쁜지 모르실 거예요."

그녀의 감사가 어쩌나 자연스럽고 꾸밈없던지 내 마음에 호의가 샘솟았다.

"그림 사건은 정말 유감입니다."

크로프트가 말했다.

"하마터면 그 가련한 아가씨가 죽을 뻔했어요."

크로프트 부인이 몹시 안쓰러워하며 다시 말을 이었다.

"그녀는 씀씀이가 헤퍼요. 내려올 때마다 동네가 들썩이죠. 듣기로는, 이웃들이 썩 좋아하지 않는다던데요. 하지만 이런 고지식한 잉글랜드 지방이 다 그렇죠 뭐. 활기차고 명랑한 아가씨를 안 좋아하거든요. 그녀가 여기서 오래 지내지 않는 것도 납득이 가요. 그리고 그녀가 여기 영원히 눌러앉게 설득할 가능성은 그 건방진 사촌보다…… 그 사촌보다…… 음, 뭐라고 해야 하나……."

"쓸데없는 소리 마오, 밀리."

크로프트가 말했다.

"아하! 상황이 그렇게 된 거로군요. 부인의 육감을 믿으세요! 그러니까 찰스 바이스가 우리 꼬마 친구에게 홀딱 빠졌군요?"

"넋이 나갔죠. 하지만 아가씨는 시골 변호사와 결혼 안 할 거예요. 그런 그녀를 전 욕하지 않아요. 그 남자는 어느 모로 보나 등신이거든요. 차라리 그 멋진 해군 장교와 결혼하면 좋겠어요. 이름이 챌린저라던가. 영리한 결혼이라고 다 좋은 건 아니에요. 나이는 아가씨보다 한참 많지만, 그게 어때서요? 아가씨한테는 안착이 필요해요. 사방팔방, 심지어 유럽 대륙을 혼자 떠돌거나 아니면 저 괴상한 얼굴의 라이스 부인과 싸돌아다니거든요. 아가씨는 상냥해요, 푸아로 선생님. 제가 잘 알아요. 하지만 걱정이에요. 최근에 행복해 보

인 적이 없거든요. 뭔가에 쫓기는 듯한 표정이었어요. 제가 아가씨
에게 관심을 갖는 데는 다 이유가 있어요. 안 그래요, 버트?"

크로프트가 갑자기 의자에서 일어섰다.

"그런 말까지 할 건 없어. 푸아로 선생님, 오스트레일리아 사진
몇 장 보여 드릴까요?"

나머지 시간은 평범하게 흘러갔다. 10분 뒤 우리는 자리를 떴다.

"좋은 사람들입니다. 아주 순박하고 겸손해요. 전형적인 오스트
레일리아 사람들이더군요."

"맘에 들었나?"

"당신은 아닌가요?"

"아주 유쾌했어. 친절하고."

"근데 뭐죠? 뭔가 다른 생각이 있군요."

"어쩌면 너무 '전형적인' 기미가 보인다고나 할까. '쿠이'라는 외
침…… 애써 사진을 보여 주는 태도…… 지나치게 철두철미한 구석
이 있지 않나?"

푸아로가 골똘한 얼굴로 말했다.

"당신은 정말 의심투성이 늙은 악마로군요!"

"맞는 말일세, 친구. 나는 모든 사람, 모든 사물을 의심하지. 그래
서 두렵네, 헤이스팅스…… 두려워."

찰스 바이스 방문

푸아로는 늘 유럽식 아침만을 고집했다. 그래서 달걀과 베이컨을 먹는 내 모습이 불쾌하고 짜증난다고 자주 말했다. 결국 푸아로는 침대에 앉아 커피와 롤빵으로 아침을 먹었고, 나는 베이컨과 달걀, 마멀레이드가 담긴 전통 영국식 아침을 먹는 것으로 자유롭게 하루를 시작했다.

월요일 아침, 계단을 내려가며 푸아로의 방을 들여다보았다. 푸아로는 아주 괴상한 가운 차림으로 침대에 앉아 있었다.

"봉주르, 헤이스팅스. 마침 종을 울리려던 참일세. 내가 쓴 이 쪽지를 엔드하우스로 가져가서 곧장 마드무아젤한테 전해 주게나."

내가 손을 내밀자 푸아로가 나를 바라보며 한숨을 쉬었다.

"제발, 제발, 헤이스팅스. 가르마 좀 옆으로 타지 말고 가운데로 타라구! 좌우대칭이 돼서 얼마나 보기 좋겠나. 그리고 구레나룻을 기르려거든 제대로 좀 길러. 내 것처럼 아름답게."

소름끼치는 상상을 억누른 채 나는 푸아로가 내민 쪽지를 홱 낚아채 방을 나섰다. 내가 객실로 돌아와 다시 그를 만났을 때, 버클리 양이 찾아왔다는 전갈을 받았다. 푸아로가 아가씨를 올려 보내라고 지시했다.

닉은 무척 명랑한 표정으로 들어왔지만 눈 밑 그늘은 평소보다 더 어두워 보였다.

"자, 그걸 보면 기쁘실 거예요."

닉이 손에 든 전보 한 장을 푸아로에게 내밀자 푸아로가 큰 소리로 읽었다.

"금일 5시 30분 도착. 매기."

"제 간호사이자 보호자! 하지만 선생님은 잘못 짚으셨어요. 매기는 생각 없는 애거든요. 일 잘하는 하녀로나 어울리죠. 게다가 농담도 전혀 못 알아들어요. 숨은 암살자 색출에는 오히려 프레디가 열 배는 나을 거예요. 그리고 짐 라자러스라면 훨씬 더 좋죠. 아마 짐의 속내를 아는 사람은 아무도 없을 거예요."

"그럼 챌린저 중령은?"

"아, 조지! 그 사람은 자기 코앞에 닥치지 않으면 아무것도 못 봐요. 물론 눈에 띄는 건 놓치는 법이 없지만. 조지는 막판에 아주 유용할 거예요."

닉이 모자를 벗고 계속 이야기했다.

"선생님이 쪽지에 적은 사람을 집에 들이라고 지시하긴 했는데,

무슨 일인지 몹시 궁금해요. 도청 장치 뭐 그런 걸 설치할 건가요?"

푸아로가 고개를 저었다.

"아뇨, 과학과는 상관없습니다. 단순히 의견을 물어 보려는 것뿐입니다, 마드무아젤. 뭘 좀 알고 싶은 게 있거든요."

"아, 그렇군요. 아주 흥미진진하네요, 그쵸?"

"그런가요?"

푸아로가 다정하게 물었다. 그때 닉이 등을 돌리고 서서 잠시 창밖을 바라보았다. 그러고는 돌아섰다. 용감하고 태연하던 기색이 얼굴에서 싹 사라졌다. 애써 눈물을 삼키려는지 얼굴이 어린애처럼 씰룩거렸다.

"아뇨. 사실은 그렇지 않아요. 두려워요…… 소름끼치게 두려워요. 늘 용감하다고 생각했는데."

"당신은 용감합니다, 어린 아가씨. 정말 용감해요. 저와 헤이스팅스 모두 당신의 용기를 흠모하는걸요."

"네, 사실입니다."

내가 애정을 담아 말했다.

"아뇨. 용감하지 않아요. 그건…… 기다림이에요. 무슨 일이 벌어질지 내내 궁금해하면서. 그리고 어떻게 벌어질지! 그리고 정말로 벌어지길 기대하면서."

닉이 고개를 저으며 말했다.

"네, 네…… 긴장되죠."

"어젯밤 제 침대를 방 한가운데로 당겨 놓았어요. 그리고 창문을 꼭 닫고 문도 잠갔어요. 오늘 아침 이리로 올 때는 길을 따라 빙 돌아왔어요. 도무지…… 정원을 지나서 올 수가 없더군요. 배짱이 순식간에 사라진 것 같아요. 다른 골칫거리도 많은데 이런 일까지 겹치네요."

"그게 정확히 무슨 뜻이죠, 마드무아젤? 다른 골칫거리라뇨?"

잠시 말이 없던 닉이 입을 열었다.

"별 뜻은 없어요. 신문에서 떠드는 '현대인의 긴장된 삶' 뭐 그런 거죠. 지나친 음주와 흡연…… 그런 것들 말예요. 제 삶이…… 뭐랄까…… 우스꽝스러운 상황에 처했다고나 할까요."

닉이 초조하게 손가락을 굽혔다 폈다 하며 의자에 앉았다.

"저한테 솔직하지 못하군요, 마드무아젤. 뭔가 있습니다."

"없어요…… 정말이에요."

"뭔가 저희에게 말하지 않은 게 있습니다."

"아주 사소한 것까지 빠짐없이 다 말씀드렸어요."

닉이 성심껏 진지하게 말했다.

"사고에 관해서는, 당신을 노린 공격에 관해서는 그랬죠."

"네…… 그런데요?"

"하지만 마음속에 있는 걸 전부 말하지 않았습니다. 당신 삶에 관해……."

"안 그런 사람 있나요……?"

닉이 느릿느릿 말했다.

"아하! 결국 시인하는군요."

푸아로가 의기양양하게 말하자 닉이 고개를 저었다. 그러자 푸아로가 매섭게 노려보았다.

"어쩌면 그게 당신의 비밀 아닌가요?"

푸아로가 잽싸게 다그쳤다. 그 순간 닉의 눈썹이 잠깐 떨리는 듯했다. 하지만 거의 동시에 닉이 자리에서 벌떡 일어섰다.

"참말이라니까요, 푸아로 선생님. 제가 아는 건 빠짐없이 말씀드렸어요. 제가 다른 누군가에 대해 뭔가 알거나 의심한다고 여기신다면, 잘못 아셨어요. 오히려 의심할 데가 없어서 미칠 지경이에요! 전 바보가 아니니까요. 만약 그 '사고들'이 사고가 아니라면, 아주 가까운 누군가가 꾸민 일이라는 것쯤은 저도 알아요. 누군가…… 저를 아는 사람. 그게 너무 섬뜩해요. 그 누군가가 과연 누구일지 전혀, 일말의 감도 안 오거든요."

닉은 다시 창가로 다가가 밖을 내다보았다. 푸아로가 내게 입을 다물라고 신호를 보냈다. 그 순간 나는 푸아로가 지금 자제심을 잃은 아가씨를 상대로 몇 가지 사실을 더 밝혀내리라 짐작했다.

잠시 후 닉이 사뭇 다른 어조, 꿈을 꾸듯 멍한 목소리로 말했다.

"제가 늘 괴상한 소망을 품고 있었다는 거 아세요? 저는 엔드하우스를 사랑해요. 늘 거기서 연극을 공연하고 싶었어요. 그 집은…… 드라마에 나올 법한 분위기죠. 그래서 마음속으로 온갖 종류의 연극 공연을 상상했어요. 그리고 이제 거기서 비극이 공연되는 것 같아요. 제가 연출자가 아니라는 점만 빼고…… 저는 등장인물이니까요! 진짜 등장인물! 어쩌면…… 1막에서 죽는 인물일 거예요."

"자, 자, 마드무아젤. 이래선 안 됩니다. 이건 신경과민이에요."

푸아로의 목소리는 아주 활기차고 명랑했다. 닉이 고개를 돌려 매섭게 쏘아보았다.

"제가 신경과민이라고 프레디가 그러던가요? 가끔 그런 소릴 하지만 프레디가 하는 말을 다 믿으면 안 돼요. 종종 헛소리를 하거든요."

잠시 침묵이 흐른 뒤 푸아로가 아주 엉뚱한 질문을 했다.

"혹시, 엔드하우스 매도 제안을 받은 적 있습니까?"

"집을 팔라구요?"

"맞습니다."

"아뇨."

"조건이 괜찮으면 팔 의향은 있습니까?"

닉이 잠시 궁리했다.

"아뇨, 그럴 생각 없어요. 그러니까, 거절하는 게 엄청난 바보짓일 만큼 터무니없는 제안이 아니라면."

"프레시제멍(지당한 말씀)."

"아시다시피, 좋아하는 집이라 팔고 싶지 않아요."

"물론 그러시겠죠. 이해합니다."

닉이 다시 천천히 문 쪽으로 이동했다.

"그건 그렇고, 오늘밤 불꽃놀이가 있어요. 오실래요? 저녁 만찬은 8시예요. 불꽃놀이는 9시 30분에 시작하고요. 항구가 내려다보이는 정원이라서 아주 잘 보인답니다."

"황홀하겠군요."

"물론 두 분 다."

"정말 감사합니다."

내가 말했다.

"침울한 기분을 회복하는 데는 파티가 제격이죠."

닉이 그렇게 말한 후 빙긋이 웃으며 밖으로 나갔다.

"포브르 엉펑(가엾은 것)."

푸아로가 혀를 찼다.

푸아로는 손을 뻗어 모자를 집고는 표면에 묻은 미세한 먼지 얼룩을 조심스레 털었다.

"이제 나갈 건가요?"

"메 위(물론). 법률 상담 건이 있잖나, 친구."

"네, 압니다."

"영민한 자네가 모를 리 없지, 헤이스팅스."

바이스의 법률 사무소 '트리배니언 앤드 위너드'는 마을 중앙로에 자리잡고 있었다. 우리는 계단을 따라 2층으로 올라가 사무원 셋이 서류 업무로 바쁜 사무실로 들어갔다. 푸아로가 찰스 바이스 씨를 만나러 왔다고 말하자 사무원 하나가 전화에 대고 몇 마디 중얼거리더니, 긍정적인 대답을 들었는지 바이스 변호사가 지금 뵙자고 했다며 우릴 데리고 통로를 가로지른 뒤, 문에 노크하고 옆으로 비켜 들여보냈다.

법률 문서로 뒤덮인 커다란 책상 건너편에서 바이스 변호사가 일어나 인사를 건넸다. 키가 크고 다소 창백하며 심드렁한 분위기의 젊은이였다. 양쪽 관자놀이의 숱이 조금씩 빠지기 시작했고, 안경을 쓰고 있었다. 안색은 밝지만 모호했다.

푸아로는 이 만남을 위해 모든 준비를 해놓았다. 다행히도 아직 서명하지 않은 계약서가 하나 있던 터라 그와 관련된 몇 가지 법률 문제에 관해 바이스의 조언을 듣기로 했다.

바이스는 신중하고 정확한 말투로 푸아로가 짐짓 미심쩍어 하는 사항을 금세 해소해 주었다. 그리고 계약서 조항에 나와 있는 몇몇 모호한 문구에 대해서도 정확히 설명해 주었다.

"정말 감사드립니다. 알다시피 외국인에게는 이런 법적인 문제와 문구가 아주 골치 아픕니다."

푸아로가 중얼거리자 바이스가 누구 소개로 왔냐고 물었다.

"버클리 양입니다."

푸아로가 재빨리 대답했다.

"사촌이시죠? 지극히 매력적인 아가씨입니다. 제가 우연히 난처한 상황을 언급하자 가 보라고 하더군요. 토요일 12시 30분쯤에 찾아뵈려 했는데, 자리에 안 계시더군요."

"네, 생각나네요. 토요일에 일찍 퇴근했습니다."

"마드무아젤이 그 큰 집에 혼자 사는 걸로 아는데, 꽤 외롭지 않을까요?"

"맞습니다."

"이런 말 여쭤도 될지 모르겠지만, 그 집이 매물로 나올 가능성은 없나요?"

"전혀 없다고 해야겠죠."

"괜히 여쭤 본 말이 아닙니다. 이유가 있죠! 제가 딱 그런 집을 찾는 중이라서요. 세인트루의 기후에 홀딱 반했거든요. 사실 수리 상태가 엉망인 듯하고, 한눈에 봐도 별로 돈 들이지 않은 것 같습니다. 상황이 그런데 매도 제안을 고려할 가능성이 전혀 없습니까?"

찰스 바이스가 아주 단호하게 고개를 끄덕였다.

"그럴 가능성은 전혀 없습니다. 제 사촌은 그 집에 거의 절대적으로 매달려 있거든요. 제가 알기로, 집을 팔게 할 방법은 없습니다. 거긴 가족사가 담긴 집입니다."

"이해는 갑니다만……."

"물어보나마나입니다. 제 사촌을 잘 알거든요. 그 집에 광적으로 집착하고 있어요."

몇 분 뒤 우리는 건물 밖으로 나왔다.

"헤이스팅스, 찰스 바이스에게서 어떤 인상을 받았나?"

나는 곰곰이 생각했다.

"아주 부정적인, 묘하게 부정적인 친구더군요."

"강한 개성은 없다는 말인가?"

"그래, 맞아요. 다시 만나도 절대 기억하지 못할 그런 부류예요. 평범한 인물이죠."

"확실히 그의 외모는 특별한 데가 없어. 그와 대화하는 동안 모순 같은 것은 발견했나?"

"네, 발견했습니다. 엔드하우스 매각에 관한 부분."

내가 천천히 말했다.

"정확히 짚었네. 자네라면 엔드하우스에 대한 닉의 태도를 '광적인 집착'이라고 표현하겠나?"

"그건 너무 거친 표현이네요."

"맞아. 그리고 바이스는 거친 표현을 즐기는 편이 아냐. 그의 일반적인 태도(변호사로서의 태도)는 흥분보다는 침착이지. 하지만 조상들이 살던 집에 마드무아젤이 광적으로 집착한다고 표현했네."

"오늘 아침 그녀한테 그런 느낌은 없었어요. 아주 분별 있게 말했던 것 같아요. 물론 그 집을 좋아하지만(그녀 같은 처지라면 누군들 안 그러겠습니까.) 분명 그 이상은 아닙니다."

"따라서 둘 중 하나는 거짓말을 하는 셈이지. 아마 바이스가 거짓말한다고 의심할 사람은 없을 거고. 뭔가 거짓말을 하려면 당연히 막대한 재산이 걸려 있어야 해. 사뭇 조지 워싱턴 분위기야. 다른 건 눈치 못 챘나, 헤이스팅스?"

"뭐가 있었는데요?"

"그 친구 토요일 12시 30분에 사무실에 없었어."

비극

그날 저녁 엔드하우스에 도착해 처음 만난 사람은 닉이었다. 그녀는 용무늬로 뒤덮인 멋진 기모노를 입고 홀 안에서 춤을 추고 있었다.

"아! 또 선생님이시군요."

"마드무아젤, 서운합니다 그려."

"알아요. 무례했다는 거. 하지만 드레스가 도착하길 기다리던 참이었거든요. 그 사람들 약속해 놓고…… 그 망할 놈들이 확실히 약속했단 말예요."

"아! 라 트왈레트(치장) 준비 중이군요! 오늘밤 무도회가 있죠?"

"네. 불꽃놀이 끝나면 다 같이 갈 거예요. 아마 우리 모두."

갑자기 그녀의 목소리가 잦아들었다. 하지만 잠시 후 웃기 시작했다.

"절대 굴복하지 마! 그게 제 신조예요. 생각하지 않으면 골칫거리는 찾아오지 않아. 전 오늘밤 용기를 되찾았어요. 이제 신나게 즐길 생각이에요."

그때 층계에서 발소리가 들리자 닉이 고개를 돌렸다.

"아! 매기로군요. 매기, 이분들이 나를 비밀 암살로부터 지켜 주시는 탐정님들이야. 두 분을 응접실로 모시고 가서 그 이야기나 들려 달라고 해."

우리는 매기 버클리와 번갈아 악수한 뒤 닉의 요청대로 그녀를 따라 응접실로 향했다. 나는 금세 매기라는 여성에게 호감이 갔다. 아마도 온화하고 선량한 느낌의 외모 때문인 것 같다. 옛날 분위기가 풍기는, 조용하고 예쁜 아가씨. 물론 맵시는 없었다. 화장도 안 한 맨얼굴에, 소박하고 다소 추레한 검은색 이브닝드레스 차림이었다. 꾸밈없는 푸른 눈동자와 상냥하고 느린 목소리.

"닉한테서 아주 놀라운 이야기를 들었어요. 괜히 과장하는 거겠죠? 대체 누가 닉을 해치려 하겠어요? 세상에 적이라곤 없는 애를."

목소리에서 강한 회의가 느껴졌다. 매기는 다소 노골적인 태도로 푸아로를 바라보고 있었다. 나는 속으로 매기 버클리 같은 아가씨는 늘 외국인을 수상쩍어 하는구나 생각했다.

"하지만 버클리 양, 장담하건대 그건 사실입니다."

푸아로가 조용히 말했다. 매기는 아무 대답도 하지 않았지만 여전히 못 믿겠다는 표정이었다.

"닉은 마치 오늘밤 곧 죽을 사람처럼 음울해 보여요. 대체 왜 그러는지 원. 안절부절못하는 것 같아요."

매기가 내뱉은 말, 음울! 나는 온몸에 소름이 끼쳤다. 게다가 매기의 억양은 왠지 묘했다. 내가 고개를 갸우뚱하며 물었다.

"스코틀랜드 태생이신가요, 버클리 양?"

"어머니가 스코틀랜드 분이세요."

보아하니 매기는 푸아로보다 나를 더 편하게 여기는 듯했다. 어쩐지 내가 사건을 이야기하는 편이 푸아로가 하는 것보다 신뢰를 줄 듯싶었다.

"닉 양은 아주 용감합니다. 평소와 다름없이 행동하기로 마음먹었거든요."

"달리 방도가 있겠어요? 제 말은, 속내야 어떻건 괜스레 소란 피워 봐야 좋을 게 없다는 거죠. 다른 사람 모두에게 폐만 끼칠 따름이니까."

그녀가 잠시 말을 멈췄다가 이내 부드러운 목소리로 덧붙였다.

"저는 닉이 정말 좋아요. 늘 잘해 주거든요."

마침 프레데리카 라이스가 방으로 들어와서 우리는 더 이상 이야기하지 못했다. 그녀는 성모 마리아 같은 푸른빛 가운을 입고 있어서 몹시 연약하고 신비로워 보였다. 곧이어 라자러스가 따라 들어오고, 닉이 춤추며 들어왔다. 그녀는 검은 드레스 차림으로, 어깨를 덮은 오래되고 멋진 중국 숄이 새빨갛게 번들거렸다.

"안녕하세요, 여러분. 칵테일 드실래요?"

닉의 제안에 우리는 모두 술을 마셨다. 라자러스가 닉을 위해 건

배했다.

"멋진 숄이군요, 닉. 오래된 물건 같아요."

"네, 종고조부 티모시 할아버지가 여행 때 사오신 거예요."

"아름답군요. 정말 아름다워. 그만한 건 찾기 어렵겠어요."

"따뜻해서 불꽃놀이 볼 때 좋을 거예요. 게다가 화려하죠. 전 검은색이 싫어요."

"맞아. 네가 검은 드레스 입는 건 본 적이 없어. 그런데 오늘은 왜 입은 거야?"

프레데리카가 말했다.

"아! 나도 몰라. 꼭 이유가 있어야 하나?"

닉이 화난 몸짓으로 후닥닥 자리를 옮겼다. 그 순간 나는 닉의 입술이 묘하게 일그러지는 모습을 포착했다.

우리는 식당으로 들어갔다. 그때 낯선 남자 하인 하나가 나타났다. 만찬 때문에 고용한 것 같았다. 음식은 변변찮았지만 샴페인은 훌륭했다.

"조지는 아직 안 왔어요. 어젯밤 플리머스로 돌아가다 문제가 생겼대요. 아마 밤늦게라도 도착할 거예요. 어쨌건 무도회에는 때맞춰 오겠죠. 매기의 남자 파트너도 구했어요. 재밌는 사람은 아니지만 봐 줄 만해요."

희미하게 우르르 하는 소리가 창문을 통해 흘러들었다.

"젠장! 망할 놈의 모터보트. 지겨워 죽겠어."

라자러스가 투덜댔다.

"저건 모터보트가 아니에요. 수상 비행기죠."

"당신 말이 맞는 것 같군."

"물론 맞죠. 소리가 사뭇 다르니까요."

"경비행기는 언제 살 겁니까, 닉?"

"돈 벌면요. 그때가 되면 아마 그 여자처럼 다 같이 오스트레일리아로 날아갈 거예요. 그 여자 이름이 뭐더라?"

"나도 기꺼이……."

"한없이 존경스런 여자야."

라이스 부인이 피곤한 목소리로 말했다.

"정말 굉장한 담력이지! 그것도 달랑 혼자서."

"난 이런 비행사들을 흠모합니다. 만약 마이클 시튼이 비행기 세계 일주에 성공했다면, 아마 그날로 영웅이 됐을 거예요. 당연히 그랬겠지. 결국 실패해서 통탄스러울 따름이지만. 영국에 꼭 필요한 사람인데."

"아직 살아 있을지 몰라요."

닉이 말했다.

"어려워. 이제 생존 확률은 1000 대 1이야. 정신 나간 시튼, 가엾어라. 사람들이 항상 그를 정신 나간 시튼이라 불렀죠?"

프레데리카가 묻자 라자러스가 고개를 끄덕이며 말했다.

"살짝 맛이 간 집안 출신이지요. 그의 숙부 매튜 시튼 경이 일주일 전에 죽었습니다. 미치광이였지."

"조류 보호 구역을 운영하던 미친 백만장자 맞죠?"

프레데리카가 물었다.

"그렇습니다. 섬을 사들이곤 했지요. 게다가 엄청난 여성 혐오자였지. 아마 과거에 어떤 여자한테 버림받은 게 틀림없을 거예요. 결국 위안거리로 자연과학에 심취한 게지."

"어째서 마이클 시튼이 죽었다고 단정하죠? 희망을 접을 이유가 전혀 없어요…… 아직은."

닉이 반박했다.

"그러고 보니 당신과 아는 사람이죠? 그걸 깜빡했군."

라자러스가 말했다.

"프레디와 제가 작년에 르 토케에서 그분을 만났어요. 너무나 멋진 분이었어요. 그치, 프레디?"

"나한테 묻지 마. 그를 정복한 건 너지 내가 아니잖아. 너를 비행기에 태워 준 적도 있었지?"

"응…… 스카보로에서. 한마디로 환상적인 경험이었어."

"비행해 보신 적 있나요, 헤이스팅스 대위님?"

매기가 점잖은 투로 내게 물었다. 나는 항공 여행에 대해 아는 거라곤 파리 왕복 여행이 전부라고 실토해야 했다. 그때 갑자기 외마디를 지르며 닉이 벌떡 일어섰다.

"전화가 왔어요. 저 기다리지 마세요. 좀 걸릴 테니까. 그리고 여러 사람 초청했으니 다들 곧 도착할 거예요."

닉이 방에서 나갔다. 시계를 보니 딱 9시 정각이었다. 디저트가 나오고 이어서 포트와인이 나왔다. 푸아로와 라자러스는 미술에 대해 이야기하고 있었다. 라자러스는 요즘 미술 시장엔 그림이 너무 흔하다고 불평을 토로했다. 잠시 후 그들의 토론은 새로운 경향의 가구와 장식품 이야기로 이어졌다.

나는 매기 버클리와 대화하며 내 임무를 다하려 애썼지만 좀처럼 즐거워할 줄 모르는 여자였다. 대꾸는 명랑하게 곧잘 했지만 맞장구치는 법이 없었다. 나로선 고된 노역이었다.

프레데리카 라이스는 식탁에 팔을 올린 채 꿈꾸듯 앉아 담배를 피고 있었다. 담배 연기가 아름다운 머리 주위로 휘감겼다. 마치 명상에 잠긴 천사 같았다.

정확히 9시 20분에 닉이 문 뒤에서 고개를 내밀었다.

"모두 나오세요! 짐승들이 둘씩 짝지어 오고 있어요."

우리는 고분고분 자리에서 일어섰다. 닉은 도착하는 손님을 맞느라 바빴다. 대략 열두 명이었는데 대부분 심드렁해 보였다. 닉은 파티 주최자로서 손색이 없었다. 분방한 현대 여성의 모습을 감추고, 옛날 방식으로 모두에게 환영 인사를 건넸다. 손님 중에 찰스 바이스가 눈에 띄었다.

잠시 후 모두 정원으로 이동해 바다와 항구가 내려다보이는 장소로 향했다. 나이 많은 사람들을 위해 의자 몇 개가 놓여 있었지만 대부분 서서 바라보았다. 첫 번째 폭죽이 아득히 높은 곳에서 불꽃을 토했다. 그 순간 우렁차고 낯익은 목소리가 들려 고개를 돌려 보니 닉이 크로프트를 맞이하고 있었다.

"정말 안됐어요. 크로프트 부인이 함께 못 오시다니. 들것 같은 걸로 모셔왔어야 하는 건데."

"불쌍한 마누라 팔자죠 뭐. 하지만 절대 불평 안 합니다. 마음씨가 더없이 고운 여자거든요. 하! 저거 멋지네요."

하늘에서 금빛 소나기가 쏟아지고 있었다.

이날 밤은 달이 없어 매우 어두웠다. 새로 달이 뜨는 것은 사흘 뒤였다. 게다가 대개 여름 저녁이 그렇듯 쌀쌀했다. 매기 버클리가 내 옆에서 부들부들 떨며 중얼거렸다.

"당장 뛰어가서 코트를 가져와야겠어요."

"제가 하죠."

"아니에요, 어디 있는지 모르시잖아요."

매기가 집 쪽으로 돌아갔다. 그때 프레데리카 라이스의 목소리가 들렸다.

"아, 매기, 내 것도 가져와. 내 방에 있어."

"쟨 못 들었나 봐. 내가 가져올게, 프레디. 내 모피 코트도 가져올 겸. 숄이 생각보다 썩 따뜻하질 않네. 바람이 너무 심해."

실제로 해풍이 매섭게 불고 있었다.

폭죽 몇 개가 아래쪽 부두에서 터지기 시작했다. 내 곁에서 대화를 나누던 늙은 여인은 나의 삶, 경력, 취미, 예상 체류 기간에 관해 가혹할 정도로 꼬치꼬치 캐물었다.

펑! 녹색 별빛의 소나기가 하늘을 가득 메웠다. 이윽고 푸른색으로 변하더니 다시 빨간색, 다시 은색으로 바뀌었다. 계속되는 폭죽의 향연.

갑자기 푸아로가 내 귀에 대고 말했다.

"와! 저게 사람들이 말하는 불꽃놀이로군. 계속 보다 보니 단조롭구먼. 안 그런가? 으으으! 풀잎 때문에 발이 축축해서 병 걸리겠어. 오한이 느껴져. 제대로 된 감기약도 못 구할 텐데!"

"오한? 이런 유쾌한 밤에 말입니까?"

"유쾌한 밤! 유쾌한 밤! 폭우가 안 쏟아지니까 그런 말이 나오겠지! 여기선 비만 안 내리면 늘 유쾌한 밤이야. 하지만 친구, 온도계로 재 볼 수만 있다면 자네도 납득할 거야."

"흠. 코트 입어서 나쁠 거야 없죠."

나도 그 말을 인정했다.

"아주 현명해. 자넨 더운 기후에서 살다 왔잖아."

"내가 당신 걸 갖다 주죠."

푸아로가 한쪽 발을 들었다가 다시 다른 쪽 발을 드는 꼴이 마치 고양이가 깡충거리는 것 같았다.

"발이 젖을까 봐 걱정이야. 어디서 고무 덧신 한 켤레만 구할 수 없을까?"

나는 애써 웃음을 참았다.

"가망 없어요, 푸아로. 알다시피 요즘 그런 거 쓰는 사람은 없다구요."

"그럼 집 안에 앉아 있어야겠군. 가이 포크스 축제* 따위 때문에

---

* 1604년 천주교 해방을 도모한 폭동의 주동자 가이 포크스의 인형을 불태우는 축제.

엉뤼메르(감기) 걸려서야 되겠나? 그리고 혹시 플릭쉬옹 드 푸아트린(폐렴)이라도 걸리면?"

푸아로가 끊임없이 불만을 토로하는 가운데, 우리는 집 쪽으로 발길을 돌렸다. 아래쪽 부두에서 요란한 폭발음이 들리는 가 싶더니, 또 다른 폭죽이 환하게 터졌다. '방문객 환영'이라는 글귀를 내건 배 한 척이 불빛에 어렴풋이 보였다.

"우린 모두 마음속은 어린애라네. 레 회 다르티피스(불꽃놀이), 파티, 공놀이……. 맞아, 심지어 마술사의 마술은 아무리 유심히 봐도 속게 되지. 메 케 스 크 부 자베(자네 생각은 어떤가)?"

푸아로가 골똘한 얼굴로 물었다. 나는 그의 팔을 잡아당기고는, 한 손으로 그를 꽉 잡고 다른 손으로는 방향을 가리켰다. 집에서부터 약 100미터 이내에 들어섰을 때 우리 바로 앞에, 열린 프랑스식 창문 사이에 곱송그린 형체 하나가 진홍빛 중국 숄을 덮은 채 쓰러져 있었다.

"몬 듀(하느님 맙소사)…… 몬 듀!"

푸아로가 웅얼거렸다.

죽음의 숄

공포로 얼어붙어 꼼짝도 못 하고 서 있던 시간은 40초가 넘지 않았다. 하지만 마치 한 시간은 흐른 듯했다. 푸아로가 내 손을 뿌리치고 앞으로 나아갔다. 그의 움직임은 기계처럼 뻣뻣했다.

"일이 벌어졌어."

푸아로가 중얼거렸다. 나는 푸아로의 목소리에 담겼던 노기 어린 쓸쓸함을 도무지 설명할 수가 없다.

"만반의 준비를 했는데…… 그렇게 조심했건만, 결국 일이 벌어지고 말았어. 아! 나는 한심한 죄인이야. 어째서 그녀를 좀 더 잘 보호하지 않았을까. 예상했어야 하는 건데. 한시도 곁을 떠나지 말았어야 하는 건데."

"자책하면 안 돼요."

혀가 입천장에 붙어 나는 똑똑히 발음할 수 없었다.

푸아로는 참담하게 고개만 젓다가 쓰러진 몸뚱이 곁에 무릎을 꿇었다. 그리고 그 순간 우리는 다시 한 번 충격을 받았다. 맑고 명랑한 닉의 목소리가 울려 퍼졌던 것이다. 방의 환한 불빛 때문에 윤곽만 보이는 사각형 창문 속에 닉이 서 있었다.

"너무 오래 걸려서 미안해, 매기. 하지만……."

닉이 걸어오다가 눈앞에 펼쳐진 광경을 보고 말을 멈췄다.

푸아로가 매섭게 소리치며 잔디 위의 몸뚱이를 뒤집어 확인했다. 나는 매기 버클리의 죽은 얼굴을 내려다보았다. 1분 뒤 닉이 우리 곁에 다가와 매섭게 소리쳤다.

"매기, 오! 매기……. 이…… 이럴 수가……."

푸아로는 여전히 여자의 몸을 조사하고 있었다. 마침내 아주 천천히 그가 일어섰다.

"설마…… 설마……."

닉의 목소리가 죽어 들어갔다.

"네, 죽었습니다."

"하지만 왜죠? 대체 누가 얘를 죽이려 한 거죠?"

푸아로의 대답은 신속하고 단호했다.

"죽이려던 건 그녀가 아닙니다, 마드무아젤! 당신입니다! 숄 때문에 착각한 거죠."

닉이 처절한 비명을 터뜨렸다.

"오! 어째서 내가 죽지 않은 거야? 차라리 내가 죽었어야 해. 난 이제 살고 싶지 않아. 기꺼이, 행복하게 죽을 텐데."

닉은 두 팔을 들어 거칠게 흔들다가 조금 휘청거렸다. 내가 재빨리 그녀를 감싸 부축했다.

"아가씨를 집 안으로 데려가게, 헤이스팅스. 경찰에 신고하고."

"경찰요?"

"메 위(그래)! 누가 총에 맞았다고 전해. 그런 다음 마드무아젤 닉과 함께 있어. 절대로 곁을 떠나면 안 돼."

나는 고개를 끄덕인 뒤 반쯤 실신한 닉을 부축해 응접실 창을 통해 안으로 들어갔다. 그리고 소파에 닉을 눕힌 뒤 쿠션으로 머리를 받쳐주고 부리나케 홀 안으로 달려가 전화를 찾았다. 그때 하마터면 엘렌 부인과 충돌할 뻔해서 살짝, 흠칫 놀랐다. 엘렌 부인은 온화하고 품위 어린 얼굴에 아주 기묘한 표정을 짓고 서 있었다. 눈동자가 번득거리고, 마른 입술 사이로 뭔가 계속 지껄이면서, 마치 흥분한 듯 손을 떨고 있었다. 나를 보자마자 그녀가 말했다.

"저…… 무슨 일이 있었나요, 선생님?"

"네. 전화 어디 있습니까?"

내가 짧게 말했다.

"나쁜…… 나쁜 일은 아니겠죠?"

"사고가 났습니다. 사람이 다쳤어요. 당장 전화부터 해야 합니다."

나는 회피하듯 대답했다.

"누가 다쳤나요?"

조바심이 역력한 표정이었다.

"버클리 양이요. 매기 버클리 양이."

"매기 양이요? 정말인가요? ……제 말은 정말로…… 매기 양이 다쳤나요?"

"확실합니다. 왜 그러시죠?"

"아…… 아무것도 아니에요……. 다른 여자 분이 혹시…… 라이스 부인이 아닐까 해서."

"그나저나 전화 어디 있습니까?"

"여기 작은 방에 있어요."

엘렌 부인이 문을 열어 주고 전화기를 가리켰다.

"고맙습니다."

그녀가 머뭇거리는 것 같아 한마디 덧붙였다.

"다른 부탁은 없습니다, 고맙습니다."

"그레이엄 박사님이 필요하시다면……."

"아뇨, 아뇨. 됐습니다. 좀 가 주십시오."

엘렌 부인은 내키지 않는 듯 뻣뻣스럽게 느릿느릿 물러갔다. 십중팔구 문밖에서 엿듣겠지만 어쩔 도리가 없었다. 결국 그녀도 곧 사실을 다 알게 될 터.

나는 경찰서에 전화를 걸어 사실을 알렸다. 그리고 엘렌이 언급한 그레이엄 박사의 전화번호를 자발적으로 찾아 전화했다. 어쨌건 닉에게는 의사의 손길이 필요할 테니까. 설령 바깥에 쓰러진 가련한 여자에게는 의사가 쓸모없다 해도. 그레이엄 박사가 당장 오겠다고 약속하자 나는 수화기를 내려놓고 다시 홀로 나왔다.

만약 엘렌이 문밖에서 엿듣고 있었다면 아주 잽싸게 사라졌을 것이다. 내가 방에서 나올 때 아무도 보이지 않았으니까. 응접실로 돌아가니 닉이 애써 일어나 앉으려고 몸을 움직였다.

"괜찮으시면…… 브랜디 좀 갖다 주실래요?"

"물론이죠."

황급히 식당으로 들어가 브랜디를 찾아서 돌아왔다. 술 몇 모금에 닉이 기운을 차렸다. 볼에 안색이 돌아오기 시작했다. 나는 머리맡의 쿠션을 바로잡아 주었다.

"모든 게…… 너무 끔찍해요. 온 세상 모든 일이."

닉이 와들와들 떨었다.

"압니다, 알아요."

"아뇨, 선생님은 몰라요! 알 리가 없어요. 그리고 전부 다 부질없어요. 나였으면 모든 게 끝나서……."

"제발 불길한 소리 마세요."

닉은 계속 고개만 저었다.

"선생님은 몰라요! 모른다구요!"

그러다 갑자기 울기 시작했다. 어린애처럼 조용하고 절망적인 흐느낌. 어쩌면 우는 게 최선이라는 생각이 들어 말리지 않았다.

울음이 조금 잦아들 즈음 살며시 창가로 다가가 밖을 내다보았다. 몇 분 전 여러 사람의 고함 소리가 들렸었다. 지금 그들은 반원모양으로 비극의 현장 주위를 에워쌌고, 푸아로가 괴상한 보초처럼 사람들의 접근을 막고 있었다.

그때 제복 차림의 두 사람이 풀밭을 가로질러 성큼성큼 다가왔

다. 경찰이 도착한 것이다. 나는 잽싸게 소파 옆 내 자리로 돌아갔
다. 닉이 눈물 젖은 얼굴을 들었다.

"제가 뭔가 해야 되지 않을까요?"

"아닙니다. 푸아로가 알아서 할 겁니다. 그 친구한테 맡기세요."

닉이 1~2분 동안 침묵하다가 말문을 열었다.

"불쌍한 매기. 평생 남한테 해 끼친 적 없는 착한 아인데. 걔한테
이런 일이 벌어지다니. 마치 내가 죽인 것 같아…… 걔를 이 동네로
부른 게 잘못이야."

나는 안타깝게 고개를 저었다. 보잘것없는 인간이 어찌 미래를
예견하겠는가. 푸아로가 닉에게 친구를 부르라고 졸랐을 때 낯모르
는 여인의 사망증명서에 서명하게 될 자신을 상상이나 했겠는가.

우리는 침묵 속에 앉아 있었다. 바깥의 진행 상황이 몹시 궁금했
지만 푸아로의 지시를 충실히 실행하면서 굳건히 자리를 지켰다.
문이 열리고 푸아로와 경찰 조사관이 방에 들어왔을 땐 마치 몇 시
간이나 지난 느낌이었다. 그들과 더불어 들어온 남자는 그레이엄
박사였다. 박사는 곧장 닉에게 다가갔다. 그가 재빨리 맥박을 쟀다.

"기분은 어떠십니까, 버클리 양? 충격이 꽤 컸을 겁니다. 아주 심
각하진 않군요. 아가씨가 뭘 좀 드셨나요?"

그가 내게 고개를 돌려 물었다.

"브랜디 조금."

"전 괜찮아요."

닉이 씩씩하게 말했다.

"몇 가지 질문에 대답할 수 있겠습니까?"

"물론이에요."

경찰 조사관이 닉 앞으로 다가가 질문에 앞서 헛기침을 했다. 닉이 유령 같은 미소로 그에게 화답했다.

"이번에는 성가신 과정은 생략하죠."

서로 초면은 아닌 듯싶었다.

"끔찍한 사건입니다, 버클리 양. 몹시 유감입니다. 여기 제가 아주 잘 아는(정말이지, 함께 계셔서 마음 든든한) 푸아로 선생이 그러는데, 며칠 전 아침에 아가씨가 머제스틱 호텔에서 피격 당하셨다고 하시더군요."

닉이 고개를 끄덕였다.

"전 그게 말벌인 줄만 알았어요. 하지만 아니었어요."

"그리고 그 전에도 조금 기묘한 사고들을 겪으셨다죠?"

"네……. 적어도 그렇게 연달아 일어났다는 점은 좀 이상해요."

그녀는 갖가지 정황을 간략히 진술했다.

"그렇군요. 그럼 오늘밤 당신 사촌은 어쩌다 당신 숄을 걸치게 됐습니까?"

"그애 코트를 가지러 들어왔어요……. 불꽃놀이 보느라 좀 추웠거든요. 저는 숄을 이 소파에 벗어 놓고 위층으로 올라가 지금 입고 있는 코트를 걸쳤어요. 가벼운 뉴트리아* 모피죠. 제 친구 라이스 부

* 남아메리카에 서식하는 설치류.

인의 외투도 그녀 방에서 꺼냈어요. 저기 창문 옆 마루 위에 있어요. 그때 매기가 코트를 못 찾겠다고 소리치더군요. 저는 아래층에 있을 거라고 했죠. 그런데 밑으로 내려가서도 여전히 못 찾겠다고 소리쳤어요. 그래서 그럼 분명 차에 두고 내렸을 거라고 했죠. 걔가 찾던 건 트위드 코트였어요. 걔한테는 저녁에 입는 모피 코트가 하나도 없거든요. 그래서 제 옷 중 아무거나 갖다 주겠다고 했는데 상관없다면서, 안 쓸 거면 제 숄을 걸치겠다고 했어요. 그래서 전, 나야 괜찮지만 그걸로 되겠냐고 물었죠. 그러자 요크셔에 비하면 그리 춥지 않다면서 괜찮다더군요. 대충 걸치기만 하면 된다고. 그래서 금방 나가겠다고 했어요. 그리고 정말로…… 정말로 금방 집을 나섰는데…….”

그녀가 격정에 싸여 말을 멈추었다.

“자, 진정하세요, 버클리 양. 하나만 말씀해 보세요. 총성을 한 번 들었습니까? 아니면 두 번?”

닉이 고개를 저었다.

“아뇨. 불꽃 튀기는 소리와 폭죽 터지는 소리밖에 못 들었어요.”

“맞는 말씀입니다. 요란한 소음 속에서 총성을 듣기는 불가능하죠. 아무래도, 이 사건에 대한 실마리가 있는지 여쭤 봐야 소용없겠군요?”

“전혀 몰라요. 짐작도 못 하겠어요.”

“물론 그러시겠죠.”

조사관이 말했다.

"어떤 살인광…… 제가 보기엔 그렇습니다. 끔찍한 짓이죠. 오늘 밤은 더 이상 질문하지 않는 게 좋겠네요, 아가씨. 이번 일에 대해 어떻게 유감을 표해야 할지 모르겠습니다."

그때 그레이엄 박사가 앞으로 나섰다.

"닉 양, 여기 머물지 않는 게 좋겠습니다. 푸아로 선생님과 상의해서 내린 결론입니다. 제가 아주 훌륭한 요양원을 압니다. 정신적 충격을 받았으니 휴식이 필요합니다……."

닉은 그를 보지 않고 푸아로만 응시했다.

"그러니까…… 충격 때문인가요?"

닉의 질문에 푸아로가 앞으로 다가섰다.

"안심하게 해 드리려는 겁니다, 몬 엉펑(아가씨). 훌륭하고 경험 많고 성가시지 않은 간호사가 매일 밤 곁에서 보살펴 줄 겁니다. 당신이 자다 깨 소리치면 곧바로 달려올 겁니다. 아시겠죠?"

"네. 알겠어요. 하지만 선생님은 모르세요. 전 더 이상 두렵지 않아요. 이래도 저래도 상관없어요. 누가 절 죽이려 한다면, 그러라고 하겠어요."

"쉬, 쉬. 지금 너무 예민해진 상태입니다."

내가 닉을 진정시켰다.

"선생님은 몰라요. 아무도 몰라요!"

"저도 푸아로 선생님 생각이 적절하다고 봅니다."

의사가 끼어들어 위로하듯 말했다.

"제 차로 모시죠. 그리고 밤에 편히 잘 수 있도록 약을 조금 처방해 드리겠습니다."

"맘대로 하세요. 관심 없으니까."

푸아로가 자기 손을 닉의 손에 올려놓았다.

"압니다, 마드무아젤. 어떤 기분일지 압니다. 지금 저는 부끄럽고 심히 고통스럽습니다. 보호를 약속해 놓고 보호하지 못했습니다. 저는 실패했습니다. 한심한 놈입니다. 마드무아젤, 저는 그 실패로 고통 받고 있습니다. 진심입니다. 제가 어떤 고통을 겪는지 아신다면 분명 저를 용서하실 겁니다."

"괜찮아요."

닉이 여전히 맥 빠진 목소리로 말했다.

"자책하지 마세요. 최선을 다하셨다는 거 알아요. 도리 없는 일이었어요. 누구도 선생님만큼 할 수는 없었어요. 진심이에요. 제발 괴로워하지 마세요."

"정말 관대하십니다, 마드무아젤."

"아뇨, 전……."

그때 훼방꾼이 나타났다. 문이 활짝 열리더니 조지 챌린저가 허겁지겁 방으로 뛰어 들어오며 소리쳤다.

"대체 무슨 일입니까? 난 방금 도착했습니다. 문에서 만난 경관 말이 누가 죽었다던데. 제발, 말 좀 해주세요. 혹시…… 혹시…… 닉입니까?"

노기등등한 음성이 듣기 거북했다. 나는 갑자기 푸아로와 의사가 조지의 시야에서 닉을 완전히 가렸다는 사실을 깨달았다.

누가 대답할 새도 없이 챌린저가 질문을 되풀이했다.

"말해 주세요. 사실일 리 없습니다…… 닉은 죽지 않았죠?"

"네. 살아 있습니다."

푸아로가 차분히 말하며 뒤로 물러서자 조지는 소파 위의 작은 형체를 볼 수 있었다. 챌린저는 믿기 어려운 듯 잠시 동안 닉을 응시했다. 그리곤 술 취한 사람처럼 약간 비틀거리며 중얼거렸다.

"닉…… 닉."

그러다 갑자기 소파 옆에 털썩 무릎 꿇고 앉아 양 손으로 머리를 감싼 채 애써 소리 죽여 흐느꼈다.

"닉…… 내 사랑…… 난 당신이 죽은 줄 알았어."

닉이 가까스로 일어나 앉았다.

"됐어요, 조지. 바보처럼 굴지 말아요. 난 아주 안전하니까."

그러자 갑자기 챌린저가 고개를 들어 맹렬히 두리번거렸다.

"하지만 누가 죽었다던데? 경찰이 그렇게 말했어요."

"네. 매기……. 불쌍한 매기!"

닉의 얼굴에 경련이 일자 의사와 푸아로가 앞으로 다가갔다. 그레이엄이 닉을 도와 일으켜세운 후 푸아로와 함께 각각 양쪽에서 부축하고 방을 나섰다.

"빨리 누울수록 좋습니다. 지금 당장 제 차로 가시죠. 가져갈 짐을 몇 가지 챙기라고 라이스 부인께 부탁해 뒀습니다."

그들이 문밖으로 사라지자 챌린저가 내 팔을 잡았다.

"이해가 안 갑니다. 어디로 데려가는 거죠?"

내가 상황을 설명해 줬다.

"아! 그렇군요. 시간이 되신다면 사고 경위를 자세히 들려주십시오. 정말 소름끼치는 비극입니다! 가련한 아가씨!"

"가서 한잔합시다. 어리벙벙하실 테니."

"마다할 이유가 없죠."

우리는 식당으로 자리를 옮겼다.

"저는 정말 닉인 줄 알았습니다."

챌린저가 독한 위스키와 소다를 들이켜며 해명했다. 챌린저 중령의 기분에 대해서는 의심할 여지가 없었다. 이제껏 그렇게 속이 훤히 들여다 보이는 연인은 없었다.

A부터 J까지

사건 뒤의 밤은 평생 잊지 못할 것 같다. 푸아로가 어찌나 자책의 고통에 사로잡혀 있던지, 나까지 초조해졌다. 그는 쉴 새 없이 방 안을 오락가락하며 자신에게 저주를 퍼부었다. 아무리 호의적인 말로 타일러도 듣지 않았다.

"지나치게 잘난 체한 결과야. 벌 받았어. 그래, 난 벌 받았어. 나에르퀼 푸아로가 자신을 너무 과신했어."

"아뇨, 아뇨."

"하지만 누군들 상상했겠나? 과연 상상할 수 있었겠나? 그 가공할 대담성을. 최대한 신중을 기했다고 믿었는데. 살인자에게 경고까지 했건만……."

"살인자에게 경고했다고요?"

"메 위(그래). 내 존재를 인식시켰잖아. 내가 누군가 의심한다는 걸 알게 했어. 또 다른 살인을 시도하는 게 얼마나 위험한지 느끼게 만들었네. 난 마드무아젤 주위에 방어선을 형성했어. 그런데 그걸 뚫다니! 그것도 우리 눈 밑에서 대담하게 뚫은 거야! 경계하고 있던 우리 모두에 아랑곳하지 않고 목적을 달성했어."

"달성한 건 아닙니다."

내가 푸아로를 상기시켰다.

"그건 우연일 뿐이었어. 내 관점에서 보면 피차일반이야. 사람 목숨이 날아갔잖아, 헤이스팅스. 세상에 중요하지 않은 목숨은 없어."

"물론 그렇죠. 그런 뜻은 아니었습니다."

"하지만 한편으로 자네 말도 맞아. 덕분에 사태가 악화됐어. 열 배는 악화됐지. 아직 살인자의 목적이 이뤄지지 않았으니까. 내 말 알겠나, 친구? 상황이 바뀌었어. 더 나빠졌다구. 그건 어쩌면 목숨 하나가 아니라 둘이 희생될지도 모른다는 뜻이야."

"당신이 있으니 그럴 리 없어요."

내가 단호히 말하자 그가 멈춰 서서 내 손을 꽉 쥐었다.

"메르시, 몬 아미(고맙네, 친구)! 아직 옛 친구를 믿어 주는군. 여전히 날 신뢰해. 자넨 내게 새로운 용기를 심어 줬어. 에르퀼 푸아로는 또 다시 실패하진 않을 걸세. 두 번째 희생은 절대 없어. 내 실수를 만회하겠네. 실수가 있었던 게 틀림없어! 평소 잘 정비된 내 사고방식 어딘가에 질서와 체계의 결함이 있었어. 다시 시작하겠네. 그래, 처음부터 다시 시작할 거야. 그리고 이번에는…… 실패하지 않아."

"그럼 당신은 닉 버클리의 목숨이 여전히 위험하다고 생각하는 겁니까?"

"이보게 친구, 안 그러면 내가 왜 그녀를 요양원으로 보냈겠나?"

"그거야 충격을 받았으니……."

"충격? 허! 충격 회복은 요양원이 아니라 집에서도 가능해. 오히려 낫지. 병원은 유쾌한 곳이 아냐. 녹색 리놀륨 바닥, 수다 떠는 간호사들, 쟁반에 담긴 식사, 끊임없는 씻기……. 오로지 안전 때문이야. 의사한테 내 생각을 이해시켰다네. 수긍하더군. 그가 모든 조치를 취해 줄 걸세. 아무도, 심지어 가장 가까운 친구조차 버클리 양을 면회할 수 없어. 자네와 나만 허락될 거야. 푸르 레 주트르, 에 비엉(다른 사람은 안 돼)! 다들 '의사 지시'라는 소릴 듣게 되겠지. 아주 편리하고 반박할 수 없는 말."

"그래요. 하지만……."

"하지만 뭐, 헤이스팅스?"

"계속 그럴 수는 없어요."

"당연한 지적이야. 하지만 숨 돌릴 여유는 생기지. 그리고 우리의 작전이 바뀌었다는 사실 깨달았나?"

"어떻게 달라졌는데요?"

"우리의 본래 임무는 마드무아젤의 안전을 확보하는 거였어. 지금 임무는 훨씬 더 간단하다네. 우리가 잘 아는 임무. 살인자만 추적하면 돼."

"그게 더 간단하다는 건가요?"

"당연하지. 일전에 말했듯, 살인자가 '범죄 현장에 자기 이름을 남겼으니까.' 세상 밖으로 모습을 드러낸 거야."

"당신은……."

나는 잠시 머뭇거리다 다시 말을 이었다.

"살인 충동을 지닌 수상쩍은 정신병자, 미치광이의 소행이라고는 경찰의 판단을 믿지 않는 거군요."

"믿고 자시고 할 것도 없이 그건 이 사건과 무관해."

"그럼 당신은 정말로……."

내가 말을 멈추었다.

푸아로가 내 말을 받아 아주 심각하게 이야기했다.

"살인자가 마드무아젤 주변 사람이라고 믿느냐고? 암, 물론이지."

"하지만 지난밤은 그럴 가능성이 거의 없습니다. 우린 모두 함께 있었고……."

"헤이스팅스, 절벽 가장자리에 모여 있던 소규모 무리 중 아무도 자리를 비우지 않았다고 장담할 수 있나? 자네가 저녁 내내 눈길을 떼지 않았다고 장담할 사람이 하나라도 있었나?"

"아뇨."

푸아로의 말에 움찔하여 내가 느릿느릿 말했다.

"그럴 순 없었겠죠. 어두웠으니까. 다들 조금씩 흩어져 서성거렸죠. 간혹 라이스 부인, 라자러스, 자네, 크로프트, 바이스를 봤지만, 내내 보진 못했어요. 맞아요."

푸아로가 고개를 끄덕였다.

"틀림없어. 불과 몇 분 사이 벌어진 일일 거야. 두 아가씨가 집으로 갔어. 살인자는 몰래 빠져나가 잔디밭 한가운데 있는 무화과나무 밑에 숨었겠지. 매기가 창을 통해 밖으로 나와 약 30센티미터 이내로 지나치는 순간 범인은 닉이라고 생각하고 신속하게 세 발을 연달아 쏜 거야."

"세 발?"

내가 중간에 끼어들었다.

"그래. 이번엔 확실히 처리해야 했으니까. 시체에서 총알 세 개가 발견됐네."

"위험한 짓이었을 텐데?"

"한 발만 쏘는 것보다는 어느 모로 보나 덜 위험하지. 마우저 권총은 소음이 심하지 않아. 폭죽 터지는 소리와 어느 정도 비슷하기 때문에 그 소음과 잘 뒤섞일 거야."

"권총은 찾았나요?"

"아니. 바로 그 점이 이 사건에서 이방인을 배제할 수 있는 증거라네. 애초에 닉 양의 권총이 사라진 이유는 단 하나라고 동의하지 않았나. 그녀의 죽음을 자살로 위장하려는 의도."

"맞아요."

"이유는 그것뿐이야. 안 그런가? 하지만 보다시피 이번에는 자살 위장이 없어. 살인자가 더 이상 그걸로 우릴 속일 수 없다는 사실을 안 게지. 실제로 그자는 우리가 아는 걸 알아!"

나는 논리적인 푸아로의 추론을 인정했다.

"권총은 어떻게 처리했을 것 같습니까?"

푸아로가 어깨를 으쓱 했다.

"그 문제는 단정하기 어려워. 하지만 바다에 버리는 게 가장 손쉽지. 팔만 살짝 흔들어 던지면 권총은 절대 발견되지 않을 테니까. 물론 절대적인 확신은 아냐. 하지만 나라면 그랬을 거야."

푸아로의 사무적인 어조에 내 몸이 조금 오싹했다.

"그럼 당신은…… 그자가 엉뚱한 사람을 죽인 사실을 눈치챘다고 생각하나요?"

"장담하건대 몰랐을 거야. 그래, 만약 사실을 알았다면 조금 놀라면서 언짢아졌겠지. 표정을 감추고 감정을 완전히 숨기는 건 쉽지 않았을 거야."

푸아로의 무서운 말을 듣는 동안, 퍼뜩 내 머릿속에 관리인 엘렌의 이상한 태도가 떠올랐다. 푸아로에게 엘렌의 기묘한 태도를 이야기해 주었더니 몹시 흥미로워했다.

"매기가 죽었다는 사실에 놀라워하던가?"

"아주 놀라던데요."

"흥미롭군. 하지만 비극이 벌어졌다는 사실에 정말로 놀라지는 않았어. 그래, 필히 조사해야 할 뭔가가 있어. 엘렌이라는 여자는 누굴까? 아주 조용하고, 아주 품위 있는 영국식 태도? 혹시 그녀가……."

푸아로가 말을 멈췄다.

"하지만 남자가 아니고서야 그 무거운 바위를 어떻게 절벽 아래로 굴릴 수 있나요?"

"꼭 그렇진 않아. 지렛대만 있으면 간단해."

푸아로는 다시 방 안을 천천히 오락가락 거닐기 시작했다.

"어젯밤 엔드하우스에 있던 사람은 모두 의심스러워. 하지만 손님들은…… 그래, 그들 중 한 명 같진 않아. 대부분 그저 아는 사람들일 뿐이니까. 그들 사이에는 친밀감도 전혀 없고 그 집의 젊은 여주인과도 친하지 않았어."

"찰스 바이스가 거기 있었습니다."

"맞아, 그를 잊어선 안 되지. 논리적으로 보면 가장 유력한 용의자니까."

푸아로가 절망적인 몸짓으로 내 맞은편 의자에 앉았다.

"부알라(젠장)! 우린 늘 제자리로 돌아오는군. 동기! 이 범죄를 이해하려면 반드시 동기를 알아내야 해. 그 때문에 내가 줄곧 당혹스러운 거라네, 헤이스팅스. 대체 누가 마드무아젤 닉을 제거하려는 동기를 품을 수 있지? 아주 터무니없는 가설까지 세워 봤네. 내가 이런 지극히 수치스런 상상의 나래로 전락하다니. 싸구려 스릴러의 사고방식까지 채택한 걸세. 도박으로 재산을 탕진했다는 그녀의 조부 '늙은 닉'. 정말일까? 이렇게 자문해 봤네. 반대로, 숨긴 것은 아닐까? 엔드하우스 어딘가에 감춰두거나 땅 속 어딘가에 묻어 둔 건 아닐까? 말하기 창피하지만 그 생각을 확인할 목적으로 닉에게 집을 사겠다는 제안이 있었는지 물어 본 걸세."

"내가 보기엔 썩 훌륭한 생각인데요. 의미심장한 주측입니다."

내 말에 푸아로가 신음했다.

"그렇게 말할 줄 알았어! 자네의 감상적이면서 조금 평범한 사고에 통할 줄 알았다구. 땅에 묻힌 보물……. 그래, 자넨 맘에 들겠지."

"글쎄…… 굳이 안 될 이유가……."

"이보게 친구, 가장 진부한 설명이 항상 더 그럴싸한 법이야. 그리고 마드무아젤의 부친…… 그에 관해서는 한층 더 저급한 생각을 했네. 여행가인 그가 신상(神像)의 눈에 박힌 보석을 훔쳤다고 혼자 가정했지. 시기 어린 사제들이 그를 쫓아다니고. 그래, 내가 이 정도로 전락했구먼. 부친에 대해 다른 생각도 해 봤네. 한층 품위 있고 개연성 높은 추측이지. 그가 세상을 떠돌다 두 번째 결혼 서약을 했다면? 그래서 찰스 바이스보다 더 가까운 상속자가 있다면? 하지만 그것도 같은 난관에 봉착하기 때문에 실마리가 못 돼. 물려받을 유산이 별 가치가 없다는 점. 난 어떤 가능성도 간과하지 않았네. 심지어 라자러스가 마드무아젤에게 얼마를 제안했는지 우연히 물어본 일까지. 기억하나? 조부의 초상화를 매입하겠다던 제안. 토요일에 전문 감정사에게 전화로 이리로 내려와 그림을 감정해 달라고 부탁해 놨네. 오늘 아침 내가 닉에게 보낸 쪽지에 적힌 사람이 그였어. 만약 그 그림이 수천 파운드 가치가 있다면?"

"설마 당신 생각엔 라자러스 같은 젊은 부자가……."

"부자라고? 겉모습이 다가 아냐. 심지어 궁궐 같은 전시실이 즐비하고 재무가 아주 탄탄해 뵈는 유서 깊은 회사조차 기둥뿌리가 썩어 있는 경우가 허다하네. 그럴 경우 어떻게 행동하겠나? 힘들어 죽겠다고 징싱거리며 돌아다닐까? 아니, 오히려 호화로운 새 차를 뽑을 거야. 평소보다 좀 더 많은 돈을 쓰면서 좀 더 화려하게 사는 거지. 알다시피 신용이 생명이니까! 하지만 이따금 거대한 회사도 망한다네. 단돈 몇 천 파운드 현금이 없어서."

푸아로가 잠시 숨을 고르더니 계속 말했다.

"막연한 추측이지. 하지만 복수심에 불타는 사제들이나 땅 속 보물보다는 덜 한심해. 어쨌건 현재 벌어지는 상황과 어느 정도 연관이 있으니까 어떤 것도 간과해서는 안 돼. 무엇이 우리를 좀 더 진실에 근접시킬지 모르니까."

푸아로는 눈앞에 놓인 탁자 위 물건들을 신중하게 정돈했다. 내게 말하는 동안 푸아로의 목소리는 심각하면서 처음으로 침착했다.

"동기! 그래, 다시 돌아가 이 문제를 침착하고 체계적으로 생각해 보세. 우선, 살인 동기의 종류가 얼마나 될까? 인간이 다른 인간의 목숨을 앗을 정도로 부추기는 동기는 어떤 것일까? 살인광일 가능성은 당장은 배제하세. 왜냐하면 이 문제의 해결점이 거기 없다고 절대적으로 확신하니까. 통제 불가능한 충동을 못 이겨 순간적으로 저지르는 살인도 배제하세. 이 사건은 냉혹하고 계획적인 범죄거든. 그런 살인을 야기한 동기는 무엇일까? 우선 '이득'이겠지. 누가 닉의 죽음으로 직·간접적으로 이득을 보지? 음, 그 점에서는 찰스 바이스가 고려 대상이야. 그는 재정적 관점에서 보면 거의 가치가 없는 재산을 물려받게 돼. 어쩌면 융자를 갚고 그 땅에 작은 빌라를 세워 나중에 약간의 수익을 올릴지도 모르지. 가능해. 그 집에 각별한 애정을 품고 있다면 그에게 또 다른 가치가 있을 수도 있어. 예를 들어 가족사가 담긴 장소라든가. 인간에게 깊이 각인된 본능이 실제 범죄로 이어지는 사례를 나는 많이 봤어. 하지만 찰스 바이스에게서는 그런 동기가 전혀 보이지 않아. 그 밖의 닉이 죽었을 때 이득 보는 유일한 인물은 그녀의 친구 라이스 부인이지. 하지만 상속액이 미미할 게 뻔해. 내가 아는 한 다른 사람 중에 마드무아젤 버클리의 죽음으로 이득 볼 자는 없어. 그렇다면 다른 동기는 없을까? 증오. 혹은 증오로 변한 사랑, 즉 크림 파쇼넬(치정 범죄). 자, 찰스 바이스와 챌린저 중령이 이 젊은 아가씨에게 빠져 있다는 눈썰미 좋은 크로프트 부인의 말을 되새겨 보세."

"후자의 상태는 우리 눈으로 직접 봤다고 할 수 있을 겁니다."

내가 빙긋이 웃으며 말했다.

"그래……. 속내를 쉽게 드러내는 솔직한 뱃사람이지. 전자에 대해서는 크로프트 부인의 말에 의지하는 셈이고. 자, 만약 찰스 바이스가 경쟁에서 밀려났다고 느낀다면, 자기 사촌이 다른 사내의 아내가 되게 내버려 두느니 차라리 죽이고 말겠다는 충동을 강하게 느끼지 않을까?"

"아주 통속적인 스토리군요."

내가 미심쩍게 말했다.

"자네라면 영국인답지 않다고 하겠지만 영국인이라고 감정이 없겠나. 게다가 찰스 바이스 같은 유형은 그런 감정을 품을 가능성이 농후해. 입이 무겁거나 감정을 쉽사리 드러내지 않는 타입은 종종 아주 광포한 감정에 휩싸이지. 챌린저 중령이 감정적인 이유로 살인을 저지를 가능성은 전혀 없어 보여. 아니, 그는 그런 타입이 아냐. 찰스 바이스는…… 그래, 가능해. 하지만 아주 만족스럽진 않아. 살인의 또 다른 동기, 질투. 내가 질투를 애정과 구분한 건 질투가 항상 육체적 욕망과 직결되지는 않기 때문이네. 단순한 부러움, 즉 재산에 대한 부러움, 우월에 대한 부러움이 존재하지. 위대한 셰익스피어의 희곡에 등장하는 이아고*가 세상에서 가장 영리한 범죄를 획책하도록 부추긴 그런 질투."

"어째서 그게 영리하다는 거죠?"

내가 잠시 딴 생각을 하며 물었다.

"파르블뢰(영리하다마다). 남에게 살인을 맡겼으니까. 본인은 아무 짓도 안 해서 수갑을 채울 수 없는 요즘 범죄를 생각해 보게. 하지만 그건 지금 따질 문제가 아냐. 어떤 종류의 질투가 이번 사건에 해당될까? 마드무아젤을 부러워할 만한 사람이 누구지? 다른 여자? 주변에는 라이스 부인뿐인데, 우리가 아는 한 두 여자 사이에는 아무 경쟁도 없어. 하지만 이 역시 '우리가 아는 한'일 뿐이야. 뭔가 있을 수도 있지. 마지막으로, 두려움. 만약 닉이 우연히 누군가의 비밀을 손에 쥐고 있다면? 만약 세간에 알려질 경우 타인의 삶을 망칠 뭔가를 알고 있다면? 설령 그렇다 해도 그녀가 그걸 의식하지 못한다는 사실은 분명히 말할 수 있네. 하지만 가능성은 있어. 가능성은 말이야. 하지만 그 역시 아주 골치 아파. 왜냐하면 그녀가 실마리를

----

* 『오셀로』의 음흉하고 간악한 인물.

쥐고 있다 해도 의식을 못하기 때문에 우리한테 말할 수가 없을 테니까."

"그게 정말 가능하다고 생각합니까?"

"하나의 가설일세. 달리 합당한 논리를 찾기가 어렵다 보니 그런 가설에 도달한 거야. 다른 가능성들을 제거하고 나면 남은 한 가지 가능성에 기울면서(나머지가 아니니까.) 이것이 분명⋯⋯."

푸아로가 갑자기 말을 멈추더니 오랫동안 골몰하는 듯했다. 그리고 마침내 정신을 차리고 종이 한 장을 끌어다 뭔가 적기 시작했다.

"뭐하는 거죠?"

내가 호기심 어린 눈길로 물었다.

"명단을 작성하는 중일세. 마드무아젤 버클리 주변 인물 명단이지. 내 논리가 옳다면 이 명단 안에 살인자의 이름이 반드시 있을 거야."

푸아로는 약 20분 동안 뭔가 써내려 가더니 종이 몇 장을 나한테 밀었다.

"부알라, 몬 아미(됐네, 친구). 어떤지 한번 보게나."

종이에 적힌 내용은 다음과 같았다.

A: 엘렌.

B: 엘렌의 정원사 남편.

C: 엘렌 부부의 아이.

D: 크로프트.

E: 크로프트 부인.

F: 라이스 부인.

G: 짐 라자러스.

H: 챌린저 중령.

I: 찰스 바이스.

J:

설명

A: 엘렌 정황이 수상함. 범죄 소식을 듣고 보인 태도와 말들. 기존의 사고를 꾀하고 총에 대해 알고 있을 가능성이 가장 높지만, 자동차를 조작했을 가능성은 적으며 일반적인 범죄 의식은 그녀 수준이 아님.

동기 없음. 알려지지 않은 사건으로 인해 증오를 품지 않았다면.

비고 그녀의 조상을 조사해 볼 것. 더불어 NB와의 전반적인 관계 조사.

B: 엘렌의 정원사 남편 상동(上同). 자동차를 만졌을 가능성 높음.

비고 면담 요망.

C: 엘렌 부부의 아들 제외 가능.

비고 면담 요망. 중요한 정보를 제공할지도 모름.

D: 크로프트 침실 마루로 이어진 계단을 올라 가다 우리와 마주친 점이 유일하게 수상한 정황. 그의 신상 설명은 사실일 수도 있음. 하지만 아닐 수도 있음. 조상에 대해 알려진 바 없음.

동기 없음.

E: 크로프트 부인 수상한 정황 없음.

동기 없음.

F: 라이스 부인 수상한 정황 다수. 가능성 농후. 닉에게 외투를 가져오라고 부탁했음. NB가 거짓말쟁이며 그녀의 '사고' 이야기는 믿을 게 못 된다는 분위기를 의도적으로 조성하려 했음. 사고 발생 당시 타비스톡에 없었음. 어디 있었을까?

동기 이득? 가능성 희박. 질투? 가능하지만, 알려진 바 없음. 두려움 역시 가능하지만 알려진 바 없음.

비고 이 문제에 대해 NB와 상담할 것. 새로운 사실이 있는지 확인할 것. FR의 결혼과 관련된 것일 수도 있음.

G: 짐 라자러스 수상한 정황 다수. 대체로 가능성 있음. 그림 매입 제안. 자동차 브레이크는 이상 없다고 했음(FR의 말대로). 금요일 이전에 근방에서 어슬렁거렸을 수도 있음.

동기 그림을 매입했을 때 얻을 이득을 제외하면 없음. 두려움? 가능성 적음.

비고 세인트루에 도착하기 전 어디 있었는지 알아낼 것. '애런 라자러스 앤드 선'의 재정 상황 확인할 것.

H: 챌린저 중령 수상한 정황 없음. 지난주 내내 근방에 있으면서 '사고'를 저질렀을 가능성은 충분함. 살인 발생 30분 뒤에 도착.

동기 없음.

I: 찰스 바이스 수상한 정황 다수. 호텔 정원에서 총이 발사되었을 때 사무실에 없었음. 가능성 충분. 엔드하우스 매각에 관해 노골적이고 회의적인 발언. 입이 무거운 기질. 어쩌면 권총에 관해 알지도 모름.

동기 이득? 약간. 사랑 혹은 증오? 기질로 봐 가능. 두려움? 가능성 적음.

비고 융자 담보를 누가 쥐고 있는지 알아낼 것. 바이스의 법률 사무소 재정 상태 확인.

J: 미지의 인물. 예를 들어 외부인. 하지만 앞서 기술한 인물 중 한 명, 즉 A, D, E, 혹은 F와 연관 가능. 인물 J가 존재한다면 세 가지가 설명된다. (1) 범죄 사실에 놀라지 않은 엘렌의 태도와 유쾌한 만족감. (하지만 죽음에 대해 그녀가 속한 계층이 본래 타고난 유쾌한 흥분 때문일 수도 있다.) (2) 크로프트 부부가 이 동네로 찾아와 오두막에서 살게 된 이유. (3) 비밀이 알려질까 봐 두려워하는 FR 혹은 그녀의 질투

동기.

내가 읽어내려 가는 동안 푸아로가 나를 유심히 바라봤다.

"영국인 냄새가 물씬 나지 않나? 나는 말보다 글이 더 영국인스
럽거든."

그가 자랑스럽게 말했다.

"훌륭한 솜씨네요. 모든 가능성을 아주 선명하게 규정했어요."

"그래."

푸아로가 골똘한 표정으로 말하며 종이를 도로 가져갔다.

"그리고 이름 하나가 눈에 확 들어와. 우리 친구 찰스 바이스. 가
능성이 가장 높아. 우린 그에게 두 가지 동기 선택을 부여했어. 마
푸아(아마도)…… 이게 경주마 목록이라면 이 친구가 우승 예상마
일 거야. 네 스 파(안 그런가)?"

"확실히 가장 유력한 용의자죠."

"사람들은 가장 가능성 낮은 쪽을 선호하는 경향이 있다네, 헤이
스팅스. 틀림없이 탐정 소설을 너무 많이 읽어서 그럴 거야. 실제 삶
에서는 십중팔구 가장 가능성 높고 가장 확실한 인물이 범죄를 저
지르는데."

"그럼 이번에는 정말로 그게 옳다고 믿지 않는 건가요?"

"걸리는 게 딱 하나 있거든. 범죄의 대담성! 처음부터 그랬어. 그
때문에 동기가 모호하다는 거야."

"맞아, 당신은 처음부터 그렇게 말했죠."

"그리고 다시 그 말이 떠올라."

갑자기 그가 퉁명스럽게 종이를 꾸겨 바닥에 던져 버렸다. 놀란 내가 말리려 하자 푸아로가 딱 잘라 말했다.

"됐어. 저 명단은 무의미해. 덕분에 내 정신은 맑아졌지만. 질서와 체계! 저건 첫 단계야. 정연하고 정확한 사실 정리. 다음 단계는……."

"뭐죠?"

"다음 단계는 심리 수사야. 뇌세포의 치밀한 작동! 자넨 눈 좀 붙이는 게 좋겠네, 헤이스팅스."

"됐습니다. 당신이 안 자면 나도 안 잡니다. 곁에 있겠어요."

"더없이 믿음직스런 충견! 하지만 이보게 헤이스팅스, 자넨 내 숙고에 도움이 안 돼. 이제부터 내가 할 일은 하나야. 숙고."

나는 계속 고개만 저었다.

"나와 상의할 문제가 있을지 몰라요."

"그래, 그래. 자넨 충성스런 친구야. 그럼 최소한 편한 의자에라도 앉게나."

그 제안을 받아들였다. 이윽고 객실이 흔들리고 흐느적거렸다. 마지막으로 기억나는 것은 푸아로가 구겨진 종이를 살며시 바닥에서 회수해 깔끔하게 쓰레기통에 버리는 모습이었다. 그 뒤로 나는 잠에 빠져 버렸다.

닉의 비밀

잠에서 깬 것은 동틀녘이었다. 푸아로는 지난밤 앉아 있던 곳에 그대로 앉아 있었다. 태도는 똑같았지만 표정은 달랐다. 푸아로의 눈동자가 내뿜는, 고양이처럼 괴상한 녹색 안광을 나는 익히 알고 있었다.

나는 아주 뻣뻣하고 불편한 기분을 느끼면서 가까스로 몸을 곧추세웠다. 의자에서 자는 것은 권할 만한 게 못 된다. 하지만 덕분에 적어도 한 가지는 좋았다. 게으른 비몽사몽의 나른한 쾌감 속에서 깨어나진 못했지만, 잠들 때와 다름없이 마음과 머리는 쌩쌩했다.

"푸아로! 뭔가 생각났군요."

그러자 푸아로가 고개를 끄덕이며 몸을 숙여 앞에 놓인 탁자를 두드렸다.

"헤이스팅스, 이 세 가지 질문에 대답해 보게. 닉이 어째서 최근에 잠을 설쳤을까? 어째서 검은 이브닝드레스를 샀을까? 검은색 옷은 절대 안 입는다면서. 어째서 어젯밤 '난 이제 살아갈 목적이 없어'라고 말했을까?"

나는 눈을 동그랗게 떴다. 요점을 벗어난 질문 같았다.

"질문에 답해 보게, 헤이스팅스. 답해 보라구."

"글쎄요…… 첫 질문은…… 그녀가 최근에 걱정이 많았다고 말했었죠."

"틀림없어. 뭣 때문에 걱정했을까?"

"그리고 검은 드레스는…… 글쎄요, 누구나 가끔은 변화를 원하니까."

"자넨 유부남이라 여성 심리에 깜깜하군. 여자는 어떤 색깔이 자기한테 안 맞는다고 느끼면 절대로 그 색을 입지 않아."

"그리고 마지막 질문은…… 흠, 끔찍한 충격 뒤에는 당연한 탄식 아닙니까."

"아닐세, 친구. 그건 당연한 탄식이 아니었어. 사촌의 죽음에 끔찍한 충격을 받고, 그 때문에 자책하는 것. 그래. 그럴 만도 해. 하지만 나머지는 아냐. 그녀는 삶에 지쳤다고 했어. 더 이상 소중한 게 없다고. 전에는 그런 태도를 한 번도 보인 적이 없었는데. 그녀는 반항적이었어. 맞아. 시건방졌지. 그리고 그게 깨지자 두려워했어. 두려움, 그게 중요해. 왜냐하면 삶은 달콤하고 그녀는 죽고 싶지 않았거든. 그런데 삶에 지쳤다고? 아니! 절대 아냐! 만찬 전까지만 해도 그렇지 않았어. 심리적 변화가 생긴 건 그때라네, 헤이스팅스. 흥미롭지.

무엇이 그녀의 인생관을 변화시킨 걸까?"

"사촌이 죽은 충격."

"글쎄. 그 충격으로 탄식을 쏟아내긴 했지. 하지만 변화가 그 전에 있었다면? 뭘로 그걸 설명할 수 있지?"

"짐작도 안 가네요."

"생각해, 헤이스팅스. 뇌세포를 발동하라구."

"정말로……."

"우리가 그녀를 관찰한 마지막 순간이 언제였나?"

"음, 아마도 실질적으로는 만찬 때였겠죠."

"정확해. 그 후에는 그녀가 손님을 맞이하고 인사하는 모습만 봤지. 순전히 형식적인 태도였어. 만찬 끝 무렵에 무슨 일이 있었나, 헤이스팅스?"

"전화 받으러 갔어요."

내가 천천히 말했다.

"알 라 본 뇌르(좋았어)! 마침내 도달했군. 그녀가 전화 받으러 갔지. 그리고 적어도 20분 동안 자리를 비웠고. 전화 받는 것치고는 긴 시간이야. 누가 전화했을까? 무슨 말을 했을까? 정말로 전화를 받았을까? 그 20분 동안 무슨 일이 있었는지 알아내야 해, 헤이스팅스. 분명히 거기에 우리가 찾는 단서가 있을 거야."

"정말 그렇게 생각합니까?"

"메 위, 메 위(물론, 물론)! 줄곧 내가 마드무아젤이 뭔가 숨기고 있다고 말하지 않았나. 그녀는 그게 살인 사건과 관련 있다고 생각하지 않아. 하지만 나 에르퀼 푸아로는 달라! 분명히 연관이 있어. 줄곧 뭔가 빠진 요소가 있다고 느꼈거든. 만약 빠진 요소가 없었다면 모든 게 명백했겠지! 하지만 여전히 명백한 느낌이 안 드니, 빠진 요소가 미스터리의 핵심인 셈이야! 난 내가 옳다고 믿네, 헤이스팅스. 난 세 가지 질문의 해답을 알아야겠어. 그러면 윤곽이 보일 거야……."

"그렇군요. 난 목욕과 면도를 하는 게 좋겠습니다."

나는 기지개를 켜며 욕실로 들어갔다. 목욕을 마치고 일상복으로 갈아입자 한결 기분이 나아졌다. 불편한 자세로 보낸 밤의 뻣뻣함과 피로가 사라졌다. 뜨거운 커피 한 잔만 마시면 평소 나 자신으로 돌아갈 것 같은 기분이었다.

신문을 훑어보았지만 마이클 시튼의 죽음이 확인되었다는 소식 외에는 변변한 뉴스가 없었다. 용맹스런 하늘의 사나이가 요절한 것이다. 나는 내일 신문의 새 헤드라인을 생각해 봤다. '불꽃놀이 파티 도중 여인 살해. 불가사의한 비극.' 뭐 이 정도.

막 아침 식사를 마쳤을 때 프레데리카 라이스가 내 탁자로 다가왔다. 작고 단순한 검은 마로카인* 프록코트 차림이었는데 하얀 칼라가 살짝 부드럽게 주름져 있었다. 우아함은 그 어느 때보다 확연했다.

"푸아로 선생님을 뵙고 싶어요, 헤이스팅스 대위님. 일어나셨는

* 잔주름을 넣은 크레이프 천의 일종.

지, 혹시 아시나요?"

"당장 제가 모셔다 드리죠. 객실에 있을 겁니다."

"고마워요."

"혹시라도 잠을 설치신 건 아니겠죠?"

함께 식당을 나서며 내가 물었다.

"충격 받았어요. 물론 그 가련한 아가씨는 잘 모르지만요. 닉이
당했다면 그 정도가 아니었겠죠."

라이스 부인이 명상에 잠긴 듯한 어조로 말했다.

"전에 그 아가씨를 만난 적이 없나 보군요?"

"한 번 본 적 있어요. 스카보로에서. 닉과 함께 점심 먹으러 왔었
거든요."

"그 아가씨 부모도 충격이 클 겁니다."

"섬뜩하겠죠."

아주 냉정한 말투였다. 이기주의자라는 생각이 들었다. 자기 관심
사가 아니면 전혀 실감을 못 하는 여자였다. 푸아로는 아침 식사를
마친 뒤 앉아서 조간신문을 읽고 있었다. 그는 금세 자리에서 일어
나 프랑스 인 특유의 점잖은 태도로 프레데리카에게 인사했다.

"부인, 엉섕테(매혹적이십니다)!"

그가 의자 하나를 앞으로 끌어 왔다. 프레데리카는 아주 가식적
인 미소로 감사를 표하고 자리에 앉았다. 그녀의 두 손이 의자 팔걸
이에 내려앉았다. 아주 꼿꼿이 앉아 눈앞을 똑바로 쳐다봤다. 곧바
로 입을 열지는 않았다. 고요함과 초연함 속에 조금 섬뜩한 기운이

있었다. 마침내 그녀가 말문을 열었다.

"푸아로 선생님, 아마 지난밤에 벌어진 슬픈 사건은…… 결국 같은 맥락이 틀림없는 것 같아요. 제 말은…… 범인이 목표한 희생자가 사실은 닉이었죠?"

"의심의 여지가 없다고 말씀드려야겠습니다, 부인."

프레데리카가 살짝 찡그렸다.

"닉은 저주받은 인생이에요."

그 목소리에 담긴 묘한 저의를 나는 이해할 수 없었다.

"흔히 운은 돌고 돈다고 하죠."

푸아로가 말했다.

"그럴지도 모르죠. 그 말에 반박하는 건 부질없는 짓일 거예요."

이제 프레데리카의 어조에는 피곤함만 담겨 있었다. 잠시 후 그녀가 계속 말했다.

"죄송하단 말씀을 드려야겠어요, 푸아로 선생님. 닉의 사고도 함께요. 어젯밤까지도 전 믿지 않았거든요. 상상도 못 했어요. 그게 심각한 위험일 줄은……."

"그러셨나요, 부인?"

"이제 모든 걸 신중히 받아들여야 한다는 걸 깨달았어요. 그리고 아마 닉의 가까운 주변 친구들이 용의 선상에서 자유롭지 못하리라 생각해요. 물론 우스꽝스럽지만, 어쩌겠어요. 제 말 맞죠, 푸아로 선생님?"

"아주 총명하십니다, 부인."

"일전에 타비스톡에 관해 몇 가지 물으셨죠? 조만간 아시게 되겠지만, 이 자리에서 털어놓는 편이 나을 듯싶어요. 전 타비스톡에 없었어요."

"안 계셨다구요?"

"지난주 초에 라자러스와 함께 차를 몰고 이 동네로 내려왔거든요. 쓸데없이 사람들 입에 오르내리고 싶지 않았어요. 셸라쿰이라는 작은 마을에 머물렀어요."

"여기서 12킬로미터 정도 떨어진 곳으로 아는데 맞죠, 부인?"

"그쯤…… 맞아요."

여전히 조용하고 멍한 피곤함.

"좀 당돌하게 여쭤도 괜찮을까요, 부인?"

"요즘 누가 격식 따위 차리나요?"

"맞는 말씀입니다, 부인. 라자러스 씨와는 얼마나 오래 사귀셨는지요?"

"6개월 전에 만났어요."

"부인께서는…… 그를 좋아하십니까?"

프레데리카가 어깨를 으쓱 했다.

"그 사람은…… 부자죠."

"올랄라(이런, 이런)! 껄끄러운 말이군요."

푸아로가 소리치자 프레데리카는 은근히 재미있어 하는 눈치였다.

"제 입으로 말하는 게 훨씬 낫죠. 제 대신 선생님이 말씀하시는 것보다야."

"뭐…… 다 그렇죠. 다시 말씀드리지만 부인, 아주 총명하십니다."

"조만간 상장이라도 주세요."

프레데리카가 자리에서 일어섰다.

"더 하실 말씀은 없으신가요, 부인?"

"없는 것 같아요. 닉에게 줄 꽃이나 좀 사서 병원에 들러야겠어요."

"정말 다정하시군요. 솔직한 말씀 감사드립니다, 부인."

그녀는 매섭게 쏘아보며 뭔가 말할 듯하다가 이내 마음을 고쳐먹고 방을 나섰다. 내가 문을 열어 주자 희미하게 미소 지었다.

"영리한 여자야."

"맞아. 하지만 에르퀼 푸아로도 못지않지!"

"무슨 소리죠?"

"아주 영리하고 깜찍해. 라자러스가 부자라는 사실을 억지로 내 목구멍에 밀어 넣으려 하다니……."

"난 좀 역겹던데요."

"이보게 친구, 자넨 늘 반응은 제대로인데 방향이 틀려. 지금은 취향의 좋고 나쁨을 논할 때가 아냐. 만약 라이스 부인의 남자친구가 부자라서 뭐든 필요한 건 다 주는 헌신적인 남자라면 라이스 부인은 푼돈 때문에 가장 친한 친구를 살해할 이유가 전혀 없는 셈이지."

"아하!"

내가 감탄했다.

"프레시제멍(바로 그거야)! 아하!"

"그녀가 요양원에 가는 걸 왜 막지 않았죠?"

"속내를 드러내란 말인가? 나더러 닉이 친구를 못 만나게 하라고? 퀠 이데(말도 안 되는 소리)! 그건 의사와 간호사의 몫이야. 성가신 간호사들! 온갖 규칙과 규정, 그리고 '의사'의 지시."

"혹시 그녀를 들여보낼지도 모른다는 걱정은 안 합니까? 닉이 고집 부릴 수도 있는데."

"아무도 들어가지 못해, 헤이스팅스. 자네와 나 말고는. 어쨌든 가능한 한 빨리 가 보는 게 좋겠어."

그때 객실 문이 활짝 열리더니 조지 챌린저가 후닥닥 들어왔다. 그을린 얼굴이 분노로 이글거렸다.

"이보세요, 푸아로 선생. 대체 무슨 속셈입니까? 닉이 요양 중인 그 망할 놈의 병원에 전화했습니다. 그녀가 좀 어떤지, 언제 면회가 가능한지 물었죠. 그랬더니 의사가 면회를 전면 금지시켰다지 뭡니까. 그게 무슨 뜻인지 알아야겠습니다. 간단히 말하죠. 당신 짓 아닙니까? 아니면 닉이 정말로 충격 때문에 몸져누운 겁니까?"

"분명히 말씀 드리지만 요양원 규칙은 제가 관여할 바가 아닙니다. 주제넘은 짓이죠. 그 훌륭한 의사에게 전화해 보지 그러십니까? 그 친구 이름이…… 아, 맞습니다. 그레이엄."

"벌써 했습니다. 금세 좋아질 거랍디다. 별일 아니라고. 하지만 나한테 그런 수작은 안 통합니다. 내 숙부가 의사란 말입니다. 할리 거리에서 정신분석을 비롯한 온갖 정신과 진료를 하는 신경전문의죠. 늘 안심시키는 말로 친척과 친구를 쫓아냅니다. 나 역시 귀에 못이 박히도록 들었습니다. 내가 보기에 닉은 면회도 못할 상태는 아닙니다. 아마 당신이 이 일의 배후일 겁니다, 푸아로 선생."

푸아로는 아주 친절한 미소를 지었다. 내가 늘 보았듯 푸아로는 사랑에 빠진 사람에게 친근한 호의를 느낀다.

"자, 제 말 좀 들어 보세요. 손님 한 분을 허락하면 다른 사람도 막을 수 없습니다. 이해하시죠? 다 허락하든가 다 금지시켜야 합니다. 당신과 나, 우리 모두 마드무아젤의 안전을 원하지 않습니까? 그러니 이해하세요. 모두 금지시켜야 합니다."

"말씀은 알겠습니다만 그래도……."

챌린저가 느릿느릿 말했다

"쉿! 더 이상 말하지 맙시다. 방금 말한 것도 잊읍시다. 신중, 극도의 신중이야말로 지금 우리에게 필요한 겁니다."

"입은 다물 수 있습니다."

해군 장교가 조용히 말한 후 문 쪽으로 돌아가다 잠시 멈추었다.

"꽃은 보내도 되겠죠? 하얀색 꽃만 아니라면."

푸아로가 대답 대신 미소를 보냈다.

충동적인 챌린저가 나가고 문이 닫히자 푸아로가 대뜸 말했다.

"그럼 이제 챌린저와 라이스 부인, 어쩌면 라자러스까지 모두 꽃 가게에서 마주칠 동안 자네와 난 조용히 우리 목적지로 가세."

"그리고 세 가지 질문의 대답을 요청하겠죠?"

"그래. 물어 볼 거야. 사실 답은 알고 있지만."

"네?"

내가 놀라 소리쳤다.

"안다고."

"언제 알아냈죠?"

"아침 먹다가. 그게 내 얼굴을 뚫어져라 바라보더군."

"말해 보세요."

"아니, 그건 마드무아젤 몫으로 남겨 두겠네."

그리곤 나를 혼란에 빠뜨리려는 듯 개봉된 편지 한 장을 내밀었다. 그것은 푸아로가 니콜라스 버클리 영감의 초상화를 감정하라고 보낸 전문가의 보고서였다. 초상화의 값어치가 기껏해야 20파운드라는 사실을 분명히 밝히고 있었다.

"그 덕에 문제 하나는 해소됐네."

"쥐구멍에 쥐가 없다."

나는 푸아로가 과거의 사건 때 사용한 은유를 떠올리며 말했다.

"아! 기억하는군? 자네 말마따나 쥐구멍에 쥐가 없어. 20파운드짜리에 라자러스는 50파운드를 제안했지. 영특해 뵈는 젊은이가 그런 어처구니없는 판단 착오를 하다니. 하지만 거기서 우리 일이 시작되는 거야."

요양원은 만(灣)을 굽어보는 높은 언덕에 자리잡고 있었다. 하얀 가운을 입은 직원이 규정대로 우리를 들여보냈다. 아래층 작은 방에서 기다리고 있자 이윽고 활달한 표정의 간호사가 다가왔다.

푸아로를 힐끗 쳐다보는 것만으로도 충분한 듯했다. 그녀는 그레이엄 박사로부터 자그마한 탐정 푸아로에 대해 세세히 듣고 지시를 확실히 받았을 것이다. 심지어 미소마저 감췄다.

"버클리 양은 밤새 아주 양호했어요. 따라오시겠어요?"

햇살이 쏟아지는 아늑한 방에서 우리는 닉을 발견했다. 좁은 철제 침대에 누워 있는 모습이 마치 지친 어린애 같았다. 얼굴은 창백하고 눈동자는 다소 충혈됐으며 전반적으로 멍해 보였다.

"와 주셔서 고마워요."

맥없는 목소리였다.

푸아로가 두 손으로 그녀의 손을 잡았다.

"용기를 내세요, 마드무아젤. 삶의 목적은 늘 있는 법입니다."

그 말에 닉이 움찔했다. 그리곤 푸아로의 얼굴을 올려다보았다.

"아!"

닉이 탄식했다.

"마드무아젤, 최근에 뭣 때문에 걱정스러웠는지 이제 말씀해 주시겠습니까? 아니면 제가 맞춰 볼까요? 그리고 뭐라 위로의 말씀을 드려야 할지 모르겠습니다, 마드무아젤."

닉의 얼굴이 붉게 상기되었다.

"아시는군요. 그래요, 이제 누가 알든 상관없어요. 다 끝났으니까. 그분을 다시는 못 볼 테니까."

닉의 목소리가 잠시 끊겼다.

"힘을 내세요, 마드무아젤."

"이제 아무런 힘도 남아 있지 않아요. 지난 몇 주 동안 한 톨도 남김없이 다 써 버렸어요. 희망을 갖고 또 희망을 가지면서…… 최근까지도 가망 없는 희망을 품었어요."

내 눈이 휘둥그레졌다. 한 마디도 이해할 수 없었다.

"가엾은 헤이스팅스를 보세요. 우리가 무슨 말을 하는지 모르고 있습니다."

닉의 서글픈 눈이 내 눈과 마주쳤다.

"비행사 마이클 시튼은 제 약혼자였고, 이제 죽었어요."

동기

어안이 벙벙했다. 나는 푸아로에게로 고개를 돌렸다.

"당신이 했던 말이 이겁니까?"

"그렇다네, 친구. 오늘 아침…… 난 알았어."

"어떻게 알았죠? 어떻게 맞춘 겁니까? 아침 먹을 때 그게 당신 얼굴을 뚫어져라 바라봤다고 했는데……."

"정말 그랬다네, 친구. 신문 1면을 보고 지난밤 만찬 때 나눈 대화가 떠올랐거든. 그러자 모든 게 보였네."

푸아로는 다시 닉을 바라보았다.

"그날 밤에 소식을 들으셨죠?"

"네. 전화로요. 제가 양해를 구하고 전화 받으러 갔었죠? 혼자 소식을 듣고 싶었거든요. 만약……."

닉이 힘겹게 눈물을 삼켰다.

"그리고 소식을 들었어요."

"압니다, 압니다."

푸아로가 두 손으로 닉의 손을 꼭 쥐었다.

"정말…… 섬뜩했어요. 때맞춰 다들 도착하더군요. 그때 어떻게 사람들을 맞이했는지 모르겠어요. 모든 게 꿈만 같더군요. 평소처럼 행동하면서도 혼이 빠져나간 느낌이었어요. 여하튼 어질어질했어요."

"네, 네, 이해합니다."

"그러고 나서 프레디의 외투를 가지러 가서…… 잠깐 동안 엉엉 울었어요. 그리곤 잽싸게 몸을 추슬렀죠. 하지만 매기는 계속 코트가 없다고 소리쳤어요. 결국 제 숄을 걸친 채 나갔고, 저는 파우더도 바르고 입술도 칠한 뒤 걔를 따라 나갔어요. 그런데 걔가…… 죽어 있었어요……."

"네, 네, 끔찍한 충격이었을 겁니다."

"선생님은 이해 못 해요. 전 화가 났어요! 그게 저였으면 싶었어요! 죽고 싶었어요…… 하지만 저는 살아 있었고…… 어쩌면 앞으로 몇 년이나 더 살겠죠! 그리고 마이클은 죽었어요. 멀리 태평양에서 익사했어요."

"프브르 엉팡(가엾은 아가씨)."

"전 이제 살고 싶지 않아요. 정말이지, 살고 싶지 않아요!"

닉이 반항하듯 소리쳤다.

"압니다…… 알아요. 마드무아젤, 누구나 죽음이 삶보다 편할 때가 있습니다. 하지만 그것도 이내 잊혀집니다. 슬픔과 고통도 지나 갑니다. 아마 지금은 믿지 못하겠죠. 저 같은 늙은이가 떠들어 봐야 소용없습니다. 부질없는 소리라고 생각하겠죠."

"제가 과거를 잊고…… 다른 사람과 결혼할 수 있을 거라 생각하시나요? 절대 아니에요!"

닉은 사랑스러운 얼굴로 침대 위에 앉아 두 손을 꽉 쥐었다. 순간 두 볼이 타오르듯 빨개졌다.

푸아로가 다정하게 말했다.

"아뇨, 아뇨. 그런 생각은 추호도 없습니다. 당신은 대단한 행운아입니다, 마드무아젤. 용감한 사내의 사랑을 받았으니까. 영웅이죠. 그분을 어떻게 만났습니까?"

"르 토케에서요. 지난 9월이었죠. 거의 일 년 전이네요."

"약혼하신 건 언제입니까?"

"크리스마스 지나자마자. 하지만 비밀로 해야 했어요."

"왜죠?"

"마이클의 숙부님인 늙은 매튜 시튼 경 때문이었어요. 새를 사랑하고 여자를 증오하는 분이셨거든요."

"아! 한심한 노친네 같으니!"

"뭐, 그렇게까지는 생각하지 않아요. 아주 괴팍한 분이셨죠. 여자가 남자의 인생을 망친다고 생각하셨거든요. 그리고 마이클은 그분께 절대적으로 의지했어요. 그분은 마이클을 끔찍이 자랑스러워하셨고요. 알바트로스 호의 제작과 세계일주 비행 경비도 대 주셨어요. 그건 마이클 못지않게 그분께도 간절한 소망이었거든요. 만약 마이클이 성공했다면…… 그땐 숙부님께 뭐든 부탁할 수 있었을 거예요. 그리고 설령 연로하신 매튜 경이 계속 화낸다 해도 정말로 문제 될 건 없었어요. 마이클은 아마…… 세계적인 영웅이 됐을 테니까요. 결국 숙부님도 뜻을 굽히셨을 테고요."

"네, 네, 압니다."

"하지만 마이클은 비밀이 새 나가면 치명적일 거라며 철저히 비밀에 부치라고 했어요. 그래서 전 그렇게 했죠. 전 아무한테도 말 안 했어요. 프레디한테까지."

푸아로가 신음했다.

"저한테는 말씀하셨어야죠, 마드무아젤."

닉이 그를 골똘히 바라보았다.

"하지만 그런다고 뭐가 달라졌겠어요? 저를 노리고 일어난 이 불가사의한 공격을 막을 수도 없었잖아요? 아뇨, 전 마이클과 약속했어요. 그리고 약속을 지켰어요. 하지만 끔찍했어요. 근심하고, 걱정하고, 항상 불안에 휩싸이고. 사람은 용감해야 한다고들 해요. 그러니 하소연할 수도 없었어요."

"네, 전부 이해합니다."

"아시다시피 마이클은 전에도 실종된 적이 있어요. 인도로 가는 사막을 건너다 그랬죠. 몹시 섬뜩했지만 결국 다 잘 됐어요. 망가진 비행기를 고쳐서 계속 날아갔죠. 그래서 전 이번에도 같을 거라고 계속 자위했어요. 다들 그가 죽은 게 확실하다고 했지만…… 전 그가 멀쩡할 거라고 계속 강변했어요. 그러다…… 어젯밤……."

닉이 말꼬리를 흐렸다.

"그때까지도 희망을 갖고 있었나요?"

"모르겠어요. 아마 믿고 싶지 않았던 게 맞을 거예요. 아무한테도 말할 수 없다는 건 끔찍해요."

"네, 상상이 갑니다. 말하고픈 충동이 인 적은 없었나요? 예를 들어 라이스 부인한테?"

"가끔은 그러고 싶어 미칠 지경이었어요."

"그녀가 눈치챘을 거란 생각은 안 하십니까?"

"그렇진 않을 거예요."

닉이 그의 말을 곰곰이 되씹었다.

"아무 말 없었거든요. 물론 이따금 넌지시 말하곤 했어요. 우리의 절친한 친구 관계, 뭐 그런 것들에 관해서."

"시튼의 숙부가 죽었을 때 비밀을 털어놓을 생각은 안 했습니까? 그분이 일주일 전에 돌아가신 건 아시죠?"

"알아요. 수술 같은 걸 받으셨다더군요. 당시에는 모두에게 알려도 되지 않을까 싶었어요. 하지만 그건 현명한 방법이 아닐 거예요, 그죠? 그 시기에 그랬다면 오히려 과시하는 걸로 비쳤을 거란 뜻이에요. 신문마다 마이클 소식뿐일 때였거든요. 그리고 기자들이 들이닥쳐 저한테 인터뷰를 해 댔겠죠. 모든 게 싸구려로 전락했을 거예요. 마이클은 싫어했을 테고요."

"동감합니다, 마드무아젤. 공개적으로 알릴 수는 없었겠죠. 제 말은, 친구에게 사적으로 말할 수는 있었을 거란 뜻입니다."

"한 사람에게 넌지시 말하긴 했어요. 전…… 그 정도는 괜찮다고 생각했어요. 하지만 그가…… 그 사람이 얼마나 심각하게 받아들였는지는 몰라요."

푸아로가 끄덕였다.

"당신 사촌 찰스 바이스와는 친한 사입니까?"

푸아로가 뜬금없이 화제를 바꾸며 물었다.

"찰스? 뭣 땜에 그 사람을 떠올리신 거죠?"

"그냥 궁금해서죠. 그뿐입니다."

"찰스는 선량해요. 물론 지독히 고지식해서 제 생활방식에는 반대하는 것 같아요. 그는 이 동네를 떠나 본 적이 없어요."

"오! 마드무아젤, 제가 듣기로는 당신께 지대한 애정을 품고 있다던데!"

"반대한다고 연정을 품지 말란 법은 없죠. 찰스는 제 생활방식이 비난받아 마땅하다고 여기고, 제 음주, 성격, 친구, 대화를 좋아하지 않아요. 하지만 제 치명적인 매력은 잊지 못하죠. 늘 저를 개조하고 싶어 하는 것 같아요."

닉은 잠시 말을 멈췄다가 희미하게 눈을 껌뻑이며 다시 말했다.

"대체 누굴 다그쳐서 동네 정보를 얻으셨나요?"

"저를 욕하지 마십시오, 마드무아젤. 오스트레일리아 여인 크로프트 부인과 짧은 대화를 나눴을 뿐입니다."

"좋은 아주머니죠. 함께 있다 보면 알아요. 지극히 감상적이죠. 사랑과 가정과 아이들, 알 만하시죠?"

"저 역시 늙고 감상적입니다, 마드무아젤."

"정말요? 전 두 분 중 헤이스팅스 대위님이 감상적일 거라 생각했는데."

나는 화가 나서 얼굴이 빨개졌다.

"저 친구 화났군요."

당황한 내 모습을 몹시 재미있게 바라보며 푸아로가 말했다.

"하지만 맞습니다, 마드무아젤. 네, 맞는 말이죠."

"절대 아닙니다."

내가 화를 내며 말했다.

"헤이스팅스는 유난히 아름다운 성품의 소유자입니다. 그래서 이따금 엄청난 방해가 되긴 하지만."

"터무니없는 소리 말아요, 푸아로."

"우선 저 친구는 사악한 건 뭐든 꺼려합니다. 그리고 그런 게 눈에 띄면 분노가 어찌나 대단한지 숨길 방도가 없지요. 아주 드물고 아름다운 성품입니다. 됐네, 친구. 자네의 반박은 허락지 않겠어. 내 말이 맞아."

"두 분 모두 제게 정말 친절하세요."

닉이 다정하게 말했다.

"이런, 마드무아젤. 그건 아무것도 아닙니다. 우린 이제부터 할 일이 더 많습니다. 우선 당신은 여기 계속 있으십시오. 지시를 따라야 합니다. 제가 시키는 대로 하세요. 이 중대한 시기에 제 일이 꼬이면 안 되니까요."

닉이 지친 한숨을 내쉬었다.

"뭐든 시키는 대로 하죠. 뭘 하든 상관없으니까."

"한동안 친구 면회는 금지입니다."

"아무렴 어때요. 아무도 보고 싶지 않은걸요."

"당신은 수동적인 부분, 저희는 능동적인 부분을 맡겠습니다. 자, 마드무아젤, 이제 가야겠군요. 더 이상 당신의 슬픔에 끼어들지 않 겠습니다."

그는 문으로 다가가 손잡이를 잡고 잠시 멈춰 어깨 너머로 말했다.

"그나저나 언젠가 유언장을 쓴 적이 있다고 하셨죠? 그 유언장 지금 어디 있습니까?"

"아! 어딘가 굴러다닐 거예요."

"엔드하우스에?"

"네."

"금고 안에? 아님, 책상에 넣고 잠가 두셨나요?"

"글쎄요, 잘 모르겠어요. 어딘가 있겠죠. 전 지독한 덜렁이거든요. 서류 같은 것은 대부분 서재 책상 속에 두어요. 유언장도 아마 그 속에 섞여 있을 거예요. 아니면 침실에 있거나."

"조사를 허락해 주시겠습니까?"

"네, 원하신다면 뭐든 맘대로 살펴보세요."

"메르시(고맙습니다), 마드무아젤. 당신의 허락을 십분 활용하겠 습니다."

엘렌

푸아로는 요양원 밖으로 나올 때까지 아무 말도 하지 않았다. 이윽고 그가 내 팔을 잡았다.

"봤지? 젠장! 내가 옳았어! 내 생각이 맞았다구! 줄곧 난 뭔가 빠져 있다는 걸 알았어. 눈에 보이지 않던 퍼즐 조각. 그 사라진 조각 없이는 모든 게 무의미하지."

하지만 나는 그의 승리감을 통 이해할 수 없었다. 대체 뭐가 그리 획기적인지 알 길이 없었다.

"줄곧 있었는데 난 알지 못한 거야. 하지만 알 도리가 있었겠나? 뭔가 있다는 건 알았지만 그게 뭔지는 몰랐어. 아! 사 세 비엥 플뤼 디피실(그건 더 어려운 문제야)."

"이게 범죄와 직접적인 연관이 있다는 겁니까?"

"마 푸아(물론이지), 자넨 모르겠나?"

"솔직히 모르겠는걸요."

"정말로? 허허, 우리가 찾고 있던 걸 알려 주잖아. 동기. 감춰진 모호한 동기!"

"내가 아둔해서 그런지 잘 모르겠습니다. 질투 같은 건가요?"

"질투? 아냐, 이 친구야. 흔하고 필연적인 동기. 바로 돈일세, 돈!"

내 눈이 휘둥그레졌다. 푸아로는 좀 더 차분하게 이야기했다.

"잘 듣게, 친구. 불과 일주일 전에 매튜 시튼 경이 죽었네. 그리고 매튜 시튼 경은 잉글랜드 최고 갑부 중 한 사람이었지."

"맞아요, 하지만……."

"아텅데(듣기나 해). 차례차례 말해 줄 테니. 매튜 시튼 경이 조카를 떠받들기 때문에 어마어마한 유산을 남겼으리라는 추측은 누구든 할 수 있어."

"하지만……."

"메 위(틀림없어). 유산, 그리고 자신의 취미와 관련된 유증(遺贈), 맞아. 하지만 막대한 돈은 마이클 시튼에게 상속됐겠지. 지난 화요일 마이클 시튼의 실종 소식이 보도됐어. 그리고 수요일에 마드무아젤의 목숨을 노린 암살이 시작됐고. 생각해 보게, 만약 마이클 시튼이 비행 출발 전에 유언장을 작성했고, 그 내용이 약혼자에게 모든 재산을 상속한다는 것이었다면……."

"그건 순전히 추측이에요."

"추측이지. 하지만 틀림없어. 만약 그렇지 않다면 이제껏 벌어진 사건은 아무 의미가 없어. 이건 하찮은 유산이 걸린 문제가 아냐. 엄청난 재산이지."

나는 몇 분간 입을 닫은 채 머릿속으로 그 문제를 저울질했다. 푸아로가 너무 무모하게 비약적인 결론을 내린 것 같긴 했지만 마음속으로는 옳다는 확신이 들었다. 자기 생각을 확신하는 푸아로의 비상한 육감이 내게도 영향을 끼친 것이다. 하지만 입증해야 할 게 아직 너무 많다는 생각도 들었다.

"만약 아무도 그들의 약혼 사실을 몰랐다면?"

내가 반박했다.

"아니, 분명 누군가는 알고 있었어. 몰랐다 해도 추측은 했겠지. 라이스 부인이 의심했을 거야. 마드무아젤 닉은 은근슬쩍 시인했고. 어떤 계기를 통해 그녀의 의심이 확신으로 변했는지도 모르지."

"어떤?"

"글쎄, 마이클 시튼이 닉에게 보냈을 편지가 하나의 가능성이야. 그들은 얼마 전 약혼했으니까. 그리고 닉의 제일 친한 친구는 이 젊은 아가씨가 지극히 덜렁댄다고 했네. 그녀는 물건을 여기 저기 사방에 늘어놔. 평생 뭘 잠가 본 적이나 있는지 의심스러울 정도야. 그래, 맞아. 확신을 갖게 된 계기가 있을 거야."

"그러니까 라이스 부인이 자기 친구가 작성한 유언장에 대해 알거다?"

"틀림없어. 그래, 이제 범위가 좁혀지는군. 내 명단 기억하지? A부터 J까지 정리한 용의자 명단. 딱 두 명으로 범위가 좁혀졌어. 집안 하인들은 제외야. 챌린저 중령도 제외고. 비록 플리머스에서 여기까지 불과 48킬로미터 거리를 1시간 반이나 걸려 왔지만. 20파운드에 불과한 그림에 과도한 금액을 제시했던 건방진 라자러스도 제외야. 생각해 보면 이상하긴 해. 전혀 그런 부류답지 않으니까. 오스트레일리아 사람들도 제외하겠어. 마음씨 좋고 유쾌한 사람들이니까. 결국 명단에 남은 사람은 둘이지."

"그 중 하나가 프레데리카 라이스로군요."

그녀의 얼굴, 금빛 머리칼, 창백하고 연약한 외모가 머릿속에 떠올랐다.

"맞아. 그녀는 혐의가 아주 뚜렷해. 마드무아젤이 아무리 부주의하게 유언을 작성했다 해도 라이스 부인이 잔여 유산 상속인으로 지목될 게 뻔하니까. 엔드하우스를 제외한 전 재산을 물려받게 돼 있었어. 만약 닉이 매기 대신 어젯밤 총에 맞았다면 프레디는 오늘 여자 갑부가 됐겠지."

"도무지 믿기질 않아요!"

"아름다운 여인이 살인자가 된다는 사실을 못 믿겠다는 소린가? 하긴 그런 경우 배심원을 납득시키기 힘들 때가 종종 있지. 하지만 자네가 옳을 수도 있네. 아직 용의자가 하나 더 있으니까."

"누구?"

"찰스 바이스."

"하지만 그 친구가 상속받는 건 집뿐이잖아요."

"그렇지. 허나 그 친구가 그 사실을 모를 수도 있어. 그가 마드무아젤의 유언장을 작성했을까? 아닐 거야. 그랬다면 마드무아젤의 말처럼 '어딘가 굴러다니는' 게 아니라 그가 갖고 있겠지. 따라서 유언장 내용을 전혀 모를 가능성이 높다네, 헤이스팅스. 어쩌면 유언장을 작성한 사실조차 모르거나, 만약 작성했다면 자신이 다음 친족으로서 전 재산을 상속받게 된다고 믿을 수도 있어."

"그쪽이 훨씬 더 가능성 있어 보이는군요."

"그게 바로 감상적인 사고방식이라네, 헤이스팅스. 간교한 사무 변호사. 소설에 등장하는 익숙한 인물이지. 사무 변호사인데다 표정까지 심드렁하다면 심증은 더욱 확고해질 테고. 일면 그가 라이스 부인보다 유력한 건 사실이야. 권총을 잘 알고 직접 사용할 가능성은 그쪽이 더 높으니까."

"그리고 바위를 굴릴 가능성도."

"어쩌면. 하지만 일전에 말했듯이 지렛대를 사용해도 가능해. 그리고 제때 바위를 굴리지 못해 결국 마드무아젤을 빗나간 점으로 미뤄 보면 여자일 가능성이 더 높지. 자동차 내부를 건드린 점은 상식적으로 남자를 의심하게 해. 하지만 요즘은 여자도 남자 못지않게 기계를 잘 안다네. 반면 찰스 바이스를 의심하는 논리에는 한두 가지 틈이 있어."

"예를 들어……?"

"그 친구가 약혼에 대해 알았을 가능성은 라이스 부인보다 낮아. 그리고 그의 행동치고는 조금 경솔한 면이 있어."

"무슨 뜻이죠?"

"어젯밤까지는 시튼이 죽었다고 확신할 수 없었다는 점. 확신도 없는 경솔한 행동은 법률가의 사고방식과는 아귀가 안 맞거든."

"맞아. 여자라면 성급한 결론을 내리겠죠."

"정확해. 스 크 팜크 뵈, 듀 뵈(여자의 소망은 신의 소망이지). 그런 느낌이었어."

"닉이 죽음을 모면했다는 게 놀라워요. 믿기 어려울 정도입니다."

그때 갑자기 프레데리카가 했던 말이 생각났다. '닉은 저주받은 인생이에요.' 조금 오싹했다.

"맞아. 나 역시 믿을 수가 없네. 치욕적이야."

푸아로가 골똘한 표정을 지었다.

"신의 섭리죠."

"어휴, 이 친구야! 나라면 선한 신의 어깨에 인간이 저지른 악행의 짐을 올려놓진 않겠네. 그것도 일요일 아침 예배 시간 때 감사하는 말투로 그런 소릴 하다니. 그 말은 르 봉 듀(선한 신)가 매기 버클리 양을 죽였다는 뜻이 되잖아."

"듣고 보니 그렇군요, 푸아로!"

"그렇다니까! 난 뒤로 물러나 앉아 '모든 일은 선한 신의 뜻이야. 간섭 않겠어'라고 자위하진 않겠네. 왜냐하면 선한 신께서 에르퀼 푸아로를 창조하신 건 세상사에 간섭하라는 중대한 목적 때문이라고 확신하니까. 그게 내 메티에르(직업)야."

우리는 지그재그 길을 따라 느릿느릿 절벽을 올라갔다. 얼마 후 작은 문을 지나 엔드하우스의 땅으로 들어섰다. 푸아로가 한숨을 내쉬었다.

"휴! 꽤나 가파르군. 더워 죽겠어. 구레나룻이 늘어질 지경이야. 그래, 방금 말했듯이 난 죄 없는 사람 편이야. 내가 마드무아젤 닉 편인 건 그녀가 공격을 받았기 때문이야. 내가 마드무아젤 매기 편인 건 그녀가 살해당했기 때문이고."

"그럼 당신은 프레데리카 라이스와 찰스 바이스의 적이로군요."

"아냐, 아냐, 헤이스팅스. 난 항상 마음이 열려 있네. 단지 지금 둘 중 하나가 유력하다는 거지. 쉿!"

집 근처 잔디밭의 기다란 오솔길로 나왔을 때 남자 하나가 풀 베는 기계를 몰고 있었다. 길고 우둔한 얼굴에, 눈동자는 흐리멍덩했다. 그 곁에는 열 살쯤 되는 꼬마가 있었는데, 못생겼지만 똑똑해 보였다. 나는 풀 베는 기계 소리가 안 들렸다는 생각이 스쳤지만, 정원사가 설렁설렁 일하고 있었겠거니 싶었다. 아님 일하다 쉬는 중에 우리가 다가오자 후닥닥 일을 시작했을 것이다.

"안녕하십니까."

푸아로가 먼저 인사했다.

"안녕하세요."

"정원사신가 보군요. 집 안에서 일하는 부인의 바깥양반……."

"우리 아빠예요."

꼬마가 말했다.

"맞습니다. 선생님이 그 훌륭한 외국인 탐정이시죠? 아가씨 소식은 좀 없나요?"

"방금 뵙고 오는 길입니다. 간밤에 아무 탈 없었습니다."

"여기 경찰이 왔었어요. 저기서 아줌마가 죽었어요. 여기 계단 근처에서요. 나 돼지 죽이는 거 봤어요, 그죠 아빠?"

꼬마가 끼어들어 말했다.

"응."

애 아빠가 무심히 대답했다.

"아빠는 농장에서 일할 때 돼지를 죽이곤 했어요. 그죠 아빠? 나 돼지 죽이는 거 봤어요. 재밌었어요."

"애들은 돼지 도살 광경을 좋아하죠."

남자는 마치 불변의 진리를 말하는 듯했다.

"총 맞아 죽었잖아요, 그 아줌마. 목 잘려 죽지 않았어요. 정말이에요!"

꼬마가 계속 떠들었다.

그들을 지나쳐 집으로 가는 동안 나는 잔인한 꼬마에게서 벗어난 것에 감사했다. 푸아로는 창문이 열린 응접실로 들어가 종을 울렸다. 검은 옷을 단정하게 차려 입은 엘렌이 종소리를 듣고 방으로 들어왔다. 우릴 보고 놀라는 기색이 전혀 없었다.

푸아로는 버클리 양이 집안 수색을 허락했노라고 설명했다.

"잘 알겠습니다, 선생님."

"경찰은 일을 마쳤습니까?"

"필요한 건 다 봤다더군요. 아주 이른 아침부터 정원 주변을 살폈어요. 뭘 찾아냈는지 모르겠어요."

그녀가 방을 나서려 하자 푸아로가 그녀를 멈춰 세우고 물었다.

"어젯밤 매기 버클리 양이 피격 당했다는 소식에 많이 놀라셨죠?"

"네, 몹시 놀랐어요. 매기 양은 착한 아가씨였거든요. 그녀를 해칠 만큼 사악한 사람이 있다는 게 도무지 상상이 안 가요."

"만약 다른 사람이었다면 그렇게 놀라셨겠습니까?"

"무슨 말씀인지 모르겠네요?"

"어젯밤 제가 홀에 들어왔을 때 부인은 곧장 누가 다치기라도 했냐고 물으셨죠. 그런 일이 있을 거라고 예상하셨습니까?"

그녀는 말없이 손가락으로 치마 모서리에 주름을 잡았다. 그리고 고개를 저으며 중얼거렸다.

"두 분은 이해 못 하실 거예요."

"아뇨, 아뇨. 저는 이해합니다. 아무리 허무맹랑한 말씀을 하셔도 저는 이해합니다."

엘렌을 미심쩍은 눈길로 바라보다가 이내 그를 믿기로 마음먹은 듯했다.

"보시다시피 여긴 좋은 집이 아니에요."

나는 놀람과 동시에 조금 반감이 들었다. 하지만 푸아로는 그 말을 전혀 이상하게 여기지 않는 듯했다.

"낡은 집이란 말씀이군요."

"네, 좋은 집이 아니에요."

"여기 오래 계셨습니까?"

"6년 됐어요. 하지만 어릴 때 여기서 지낸 적이 있어요. 니콜라스 영감님이 살아 계실 때에 부엌데기로 살았죠. 그때도 지금이나 다를 바 없었죠."

푸아로가 그녀를 유심히 바라보았다.

"낡은 집은 종종 사악한 기운이 느껴져요. 그래요. 사악한 기운. 게다가 나쁜 생각과 나쁜 행동. 집 전체가 썩어 가는데 몰아낼 수가 없어요. 일종의 분위기죠. 언젠가는 뭔가 나쁜 일이 이 집에서 벌어질 줄 알았어요."

엘렌이 열을 올리며 말했다.

"음, 부인 생각이 입증된 셈이군요."

"네."

엘렌의 어조에 깔린 아주 희미한 만족감은 음침한 예언이 적중했을 때의 만족감이었다.

"하지만 그게 매기 양일 줄은 모르셨군요."

"물론이죠. 모를 수밖에요. 아무도 그녀를 미워하지 않았거든요. 장담해요."

내가 보기에 그 말 속에 실마리가 있었다. 나는 푸아로가 말꼬리를 물고 늘어지리라 예상했지만 놀랍게도 아주 다른 주제로 질문을 바꾸었다.

"총성은 못 들으셨습니까?"

"불꽃놀이 때문에 말하기도 힘들었는걸요. 아주 시끄러웠어요."

"그걸 보러 밖에 나가지 않았습니까?"

"만찬 뒷정리가 안 끝나서 나가지 않았어요."

"웨이터가 도와줬습니까?"

"아뇨, 그 사람은 정원에 나가 불꽃놀이를 구경했어요."

"부인만 안 나가셨군요."

"네."

"왜 그러셨죠?"

"일을 끝마치고 싶었어요."

"불꽃놀이를 안 좋아하시나요?"

"어머, 아뇨. 그건 아니에요. 하지만 알다시피 불꽃놀이는 이틀간 계속되거든요. 윌리엄과 전 다음 날 저녁 일을 쉬고 마을로 내려가서 볼 생각이었어요."

"알겠습니다. 그러면 마드무아젤 매기가 코트를 못 찾겠다고 투덜거리던 소리는 들으셨습니까?"

"닉 양이 위층으로 뛰어 올라가자 버클리 양이 홀 앞쪽에서 뭘 못 찾겠다고 고함치는 소리는 들었어요. 이렇게 말하더군요. '됐어. 숄을 걸칠게…….'"

"죄송합니다만……."

푸아로가 말을 가로막았다.

"부인께서 그녀의 코트를 찾아 주려 하지는 않으셨습니까? 혹은 차에 둔 코트를 갖다 줄 생각은 안 하셨나요?"

"할 일이 있었다니까요."

"그러셨군요. 그리고 틀림없이 두 아가씨는 부인이 불꽃놀이를 구경하러 밖에 나간 줄 알고 아무도 부탁을 안 했군요?"

"네."

"그렇다면 다른 해에는 밖에 나가 불꽃놀이를 구경하셨습니까?"

갑자기 그녀의 창백한 볼이 상기되었다.

"무슨 말씀인지 모르겠네요. 저흰 언제든 정원에 나가도 돼요. 다만 올해는 그럴 기분이 아니었을 뿐이에요. 차라리 계속 일하다 자러 가고 싶었어요. 그게 전부예요."

"메 위, 메 위(그럼요, 그럼요). 부인을 몰아세우려는 게 아닙니다. 내키는 대로 못할 이유가 어디 있겠습니까. 변화란 유쾌한 것이죠."

푸아로는 잠시 말을 멈추었다가 이내 한마디 덧붙였다.

"부인께서 도움을 주실지 몰라 사소한 질문 한 가지만 더 하겠습니다. 여긴 낡은 집입니다. 혹시 집 안에 밀실 따위가 있습니까?"

"글쎄요…… 미닫이 벽 같은 게 하나 있어요. 바로 이 방에요. 어릴 때 본 기억이 나요. 지금은 어딘지 가물가물하지만요. 서재에 있었나? 확실히 모르겠어요."

"사람이 안에 숨을 만큼 큰가요?"

"어머, 그건 아니에요! 작은 벽장인걸요. 벽감(壁龕) 같은 거죠. 가로 세로 한 30센티미터 정도밖에 안 돼요."

"이런! 전 그걸 여쭤 본 게 아닙니다."

그녀의 얼굴이 다시 붉어졌다.

"제가 어딘가에 숨어 있었다고 생각하신다면, 아니에요! 저는 닉 양이 계단을 내려와 밖으로 달려 나가 비명 지르는 소리를 들었어요. 그래서 홀 안으로 들어가 혹시…… 무슨 일이 있나 살핀 거예요. 주님께 맹세코 참말이에요. 맹세코 참말이라구요."

편지들

엘렌을 쫓아내는 데 성공하자 푸아로는 조금 골똘한 표정으로 나를 바라보았다.

"조금 미심쩍어. 그녀는 총성을 듣고 부엌문을 열었어. 닉이 계단을 뛰어내려 가는 소리를 듣자 홀 안으로 들어가 무슨 일이 벌어졌는지 살폈겠지. 그건 충분히 자연스러워. 하지만 그날 저녁 어째서 밖에 나가 불꽃놀이를 구경하지 않았을까 그걸 알고 싶은 거라네, 헤이스팅스."

"무슨 생각으로 비밀 은신처에 대해 물었죠?"

"아직 J의 존재 가능성이 있다고 상상해 본 것뿐이야."

"J?"

"그래. 내 명단의 마지막 인물. 문제의 외부인. 엘렌과 연관된 어떤 이유를 빌미로 인물 J가 지난밤 이 집에 들어왔다고 가정해 보세.

그는(남자로 가정할 경우) 이 방 밀실에 몸을 숨겼을 거야. 닉으로 추측되는 여자가 지나가면 그는 뒤를 따라가 총을 쏘는 거지. 농, 세 이디오(아냐, 멍청한 생각이야). 어쨌건 숨을 데가 없다는 건 알았어. 어젯밤 엘렌이 부엌에 남기로 결심했다는 게 몹시 맘에 걸려. 자, 마드무아젤 닉의 유언장이나 찾아 보세."

응접실에는 아무 서류도 없었다. 현관 도로가 내다보이는 조금 컴컴한 서재로 자리를 옮겼다. 그곳에는 커다란 구식 호두나무 책상이 하나 있었다. 한동안 책상을 샅샅이 뒤졌다. 완전히 아수라장이었다. 청구서와 영수증이 한데 뒤섞여 있었다. 초청장, 청구서, 친구들의 편지 등등.

"이 문서들을 정리해야겠어. 질서와 체계를 잡아서."

푸아로의 말은 허튼소리가 아니었다. 30분 뒤, 그는 만족스러운 표정을 지으며 물러나 앉았다. 모든 문서가 말끔히 분류되고, 정리되어 묶여 있었다.

"세 비엥, 사(아주 좋아). 적어도 한 가지는 잘됐군. 모든 문서를 철저히 정리한 덕에 뭐 하나 놓치고 지나갈 가능성이 전혀 없어."

"물론 그렇죠. 찾을 건 별로 없지만."

"아마 이것만 제외하면."

푸아로가 편지 하나를 건넸다. 크고 들쭉날쭉한 필체라 판독이 거의 불가능했다.

소중한 친구…… 파티는 너무너무 근사했어. 오늘은 영 찌뿌드드

해. 네가 약에 손대지 않은 건 현명한 처사야. 앞으로도 손대지 마. 시작했다 끊는 건 끔찍이 어렵거든. 남자 친구한테 공급을 서둘러 달라고 편지 쓸 참이야. 정말 지옥 같은 삶이야!

너의 벗, 프레디

"날짜는 지난주 화요일이야. 역시나 마약쟁이로군. 처음 볼 때부터 알아봤어."

푸아로가 골똘한 표정으로 말했다.

"정말입니까? 난 의심조차 못 했는데."

"뻔히 보이는걸. 눈동자만 보면 알아. 게다가 그 여자 기분이 극도로 오락가락해. 어떨 땐 몹시 흥분해 신경질 부리고, 어떨 땐 생기 없이 축 늘어져."

"마약 복용이 윤리의식에 영향을 끼치겠죠?"

"당연하지. 하지만 중독자 같진 않아. 초기일 거야. 말기가 아니라."

"그럼 닉은?"

"그런 기미는 전혀 없어. 이따금 재미 삼아 마약 파티에 참석했을지 모르지만 마약 복용자는 절대 아냐."

"그거 다행이군요."

갑자기 닉이 프레데리카에 대해 했던 말이 떠올랐다. 그녀가 이따금 헛소리를 한다고. 푸아로가 고개를 끄덕이며 손에 쥔 편지를 두드렸다.

"이래서 닉이 그런 소릴 했던 게로군. 자, 자네 말처럼 여긴 우리가 찾는 게 없어. 마드무아젤의 방으로 올라가 보세나."

닉의 방에도 책상이 있었지만 비교적 내용물은 적었다. 이곳에도
역시 유언장의 흔적은 없었다. 자동차 등록증과 아주 훌륭한 한 달
전 배당금 지급증밖에 못 찾았다. 그밖에는 별로 중요한 게 없었다.

푸아로가 약이 오른 듯 탄식했다.

"요즘 젊은 여자들은 제대로 교육을 받지 못하는지 질서와 체계
가 없어. 마드무아젤은 매력적이지만 지독히 덜렁거려. 명백한 덜렁
이야."

푸아로는 이제 서랍 속 내용물을 샅샅이 뒤지기 시작했다.

"저기요, 푸아로. 저건 속옷이 분명해요."

내가 조금 당황하며 말하자 푸아로가 놀란 듯 잠시 멈췄다.

"그래서 어쩌라고, 친구?"

"당신 생각에…… 그러니까 내 말은…… 우린 절대로……."

푸아로가 갑자기 큰 소리로 웃기 시작했다.

"딱한 헤이스팅스, 자넨 빅토리아 시대 사람이 틀림없어. 마드무
아젤 닉이 여기 있다면 그렇게 말했을 거야. 십중팔구 자네 사고방
식이 고리타분하다고 비웃었겠지. 요즘 젊은 여자들은 속옷을 부끄
러워하지 않아. 캐미솔이나 캐믹니커* 따위는 더 이상 부끄러운 비
밀이 아니라네. 언제, 어느 때든 해변에만 나가면 몇 미터 눈앞에서
다들 홀랑홀랑 벗어 버리지. 그런 마당에 안 될 게 뭔가?"

---

* 여성용 콤비네이션 속옷.

"굳이 그럴 필요가 있나 모르겠습니다."

"에쿠테(잘 듣게), 친구. 필시 마드무아젤 닉은 소중한 것들을 서랍에 넣고 잠가 두지 않았을 거야. 만약 눈에 안 띄게 숨기려 한다면 어디다 숨기겠나? 스타킹이나 페티코트 밑이겠지. 아! 이게 뭘까?"

푸아로가 빛바랜 핑크색 리본으로 묶인 편지 꾸러미를 집어 들었다.

"내 생각이 틀리지 않다면 마이클 시튼의 연애편지가 분명해."

푸아로가 아주 침착하게 리본을 풀고 편지를 개봉하기 시작했다.

"푸아로! 정말 그런 짓은 안 돼요. 이건 놀이가 아닙니다."

내가 분개하며 소리쳤다.

"난 놀고 있지 않아. 살인자를 추적하는 중이지."

갑자기 푸아로의 목소리가 매섭고 단호하게 울려 퍼졌다.

"맞아요, 하지만 사적인 편지는……."

"아무것도 알려 주지 않을 수도 있지. 혹은 그 반대거나. 우린 모든 가능성을 고려해야 해. 자, 자네도 나랑 같이 읽는 게 좋아. 눈 한 쌍보다야 두 쌍이 나을 테니까. 철두철미한 엘렌이 어쩌면 이것들을 속속들이 알고 있을지 모른다는 생각으로 위안을 삼게나."

나는 내키지 않았지만 푸아로가 고지식하게 굴 입장이 아니라는 사실을 인정하면서 닉의 마지막 말을 핑계 삼아 스스로를 합리화했다. '뭐든 맘대로 살펴보세요.'

편지들은 지난겨울부터 시작해 날짜가 여러 개였다.

내 사랑, 새해가 밝고부터 나는 훌륭한 결심을 했어. 믿기 어려울 만큼 멋진 결심이라 당신도 정말로 날 사랑하게 될 거야. 당신 덕분에 내 인생은 완전히 달라졌어. 아마 우리 둘 다 알았을 거야, 처음 만난 그 순간부터. 행복한 새해가 되길, 나의 사랑스런 아가씨.

새해 첫날에, 영원한 당신의 남자 마이클

소중한 내 사랑, 당신을 좀 더 자주 볼 수 있다면 좋으련만. 이건 정말 너무 불쾌하지 않아? 나는 이 모든 추잡한 은폐가 혐오스럽지만, 전에 설명했듯 사정이 그런 걸 어쩌겠어. 당신이 거짓말과 은폐를 얼마나 싫어하는지 잘 알아. 나도 마찬가지야. 하지만 이실직고했다가는 계획이 무산될지도 몰라. 매튜 숙부님은 머릿속이 지극히 복잡한 분이라 결혼을 빨리 하면 남자 인생이 끝장난다고 믿거든. 마치 당신이 내 인생을 망칠 것처럼. 당신 같은 사랑스런 천사가!

2월 8일, 당신의 남자 마이클

이틀간 당신에게 편지 쓰면 안 돼. 잘 알고 있어. 하지만 써야겠어. 어제 잠에서 깼을 때 당신 생각을 했지. 비행기를 타고 스키보로로 날아갔어. 축복의 땅, 축복의 땅, 축복의 땅 스카보로. 세상에서 가장 멋진 곳. 내 사랑, 내가 당신을 얼마나 사랑하는지 모를 거야!

3월 2일, 당신의 남자 마이클

소중한 여인 그대, 모든 준비는 끝났어. 이번 비행만 성공하면(성공하고 말 거야.) 매튜 숙부님과 담판을 짓겠어. 설령 싫어하신다 해도 무슨 상관이겠어? 알바트로스 호에 대한 장황하고 기술적인 설명에 당신이 그토록 관심을 기울이다니 사랑스러워. 당신을 그 비행기에 태우고 싶어 미치겠어. 언젠가 그럴 날이 오리라 믿어! 부디 내 걱정은 마. 보기보다 그렇게 위험한 일이 아니야. 당신이 날 사랑하는 걸 아니 이젠 쉽게 죽을 수도 없다고. 모두 잘될 거야, 내 사랑. 당신의 마이클을 믿어 줘!

4월 18일에

나의 천사, 당신이 하는 말은 모두 진실하고, 난 그 편지를 늘 소중히 간직할 거야. 당신은 내게 너무 과분해. 당신 같은 사람은 세상 어디에도 없어. 사랑해.

4월 20일, 당신의 마이클

마지막 편지는 날짜가 없었다.

소중한 그대, 나는 내일 출발해. 몹시 짜릿한 흥분을 느끼고 있고, 성공을 절대적으로 확신하고 있지. 멋진 알바트로스 호는 모든 조정이 끝났어. 나를 추락시키는 일은 없을 거야.

기운 내, 내 사랑. 그리고 걱정 마. 물론 위험성은 있지만, 사실 삶 자체가 위험투성이잖아. 그나저나 누가 나더러 유언장을 작성하라길래(약삭빠른 친구지만, 호의로 그런 거야.), 메모지 반쪽에 적어 위트필드에게 보냈어. 거기 들를 시간이 없었거든. 언젠가 어떤 남자가 '모두 어머니에게'라고 두 단어로만 쓴 유언장이 법적으로 아무 이상 없다는 말을 들은 적이 있어. 내 유언장도 비슷했어. 당신의 진짜 이름이 막달라라는 사실이 떠올랐어. 나 정말 똑똑하지 않아? 내 동료 둘이 증인이야.

유언장에 관한 이 심각한 이야기를 심각하게 받아들이지는 마.(웃기려고 똑같은 말 반복한 건 아니야. 쓰다 보니 그런 거라고.) 난 멀쩡할 테니까. 인도와 오스트레일리아에서 전보 보내고, 그 후로도 이따금 소식 전할게. 마음 굳게 먹어. 다 잘될 거야. 알겠어?

잘 자. 그리고 신의 가호가 있기를.

마이클

푸아로가 다시 편지를 접었다.

"봤지, 헤이스팅스? 확실히 하려면 이것들을 읽어야 했어. 내 예상대로야."

"하지만 다른 방법으로도 알아낼 수 있었을 텐데?"

"아니, 다른 방법으론 불가능했어. 이렇게 해야만 했네. 이제 아주 귀중한 증거가 생겼어."

"어떤?"

"마이클이 닉을 위해 작성한 유언장이 실제 문서로 기록되었다는 사실을 알게 된 거야. 누구든 이 편지들만 읽으면 그 사실을 알 테고. 그리고 이렇게 엉성하게 숨겨진 편지라면 아무나 읽을 수 있지."

"엘렌?"

"엘렌이 거의 확실해. 가기 전에 그녀에게 간단한 실험을 하나 해 보세."

"닉의 유언장은 흔적도 없어요."

"그래, 그게 이상해. 하지만 십중팔구 책장 꼭대기에 던져졌거나 도자기 안에 들어 있겠지. 어쨌건 여기선 더 이상 찾을 게 없어."

아래층으로 내려갔을 때 엘렌이 홀을 청소하고 있었다.

푸아로는 엘렌을 지나치며 아주 유쾌하게 아침 인사를 했다. 그리곤 현관에서 다시 돌아와 말했다.

"버클리 양이 비행사 마이클 시튼과 약혼한 사실은 아셨겠죠?"

엘렌의 눈이 휘둥그레졌다.

"네? 신문마다 떠들썩하던 그 사람 말씀인가요?"

"네."

"어머, 전혀 몰랐어요. 닉 양과 약혼하다니······."

집 밖으로 나오자 곧바로 내가 말했다.

"의심하기 어려울 만큼 아주 화들짝 놀라던데요."

"그래. 정말 놀란 것 같더군."

"아마 진짜 놀란 모양이죠, 뭐."

내가 의견을 말했다.

"그럼 저 편지 꾸러미가 몇 달 동안 란제리 밑에 고이 누워 있었다고? 아닐세, 친구."

'다 좋지요. 하지만 모든 사람이 에르퀼 푸아로는 아니라고요. 모

든 사람이 다 자기와 아무 상관도 없는 일에 일일이 기웃거리지는 않는다고요.'

　나는 속으로만 생각하고 아무 말도 하지 않았다.

　"엘렌이라는 여자…… 수수께끼야. 맘에 안 들어. 내가 이해 못 하는 뭔가가 있어."

사라진 유언장의 수수께끼

우리는 곧장 요양원으로 돌아갔다. 닉이 우릴 보고 조금 놀란 표정을 지었다.

"네, 마드무아젤."

푸아로가 닉의 표정에 화답하듯 말했다.

"제가 도깨비상자 속 인형 같겠죠. 또 불쑥 나타났으니. 우선 이번 사건의 체계가 잡혔다는 사실을 알려드리죠. 이제 모든 아귀가 잘 맞습니다."

"네, 시간이 문제였지만."

닉이 빙긋이 미소 지었다.

"푸아로 선생님은 아주 깔끔한 걸 좋아하시나요?"

"여기 있는 제 친구 헤이스팅스에게 물어 보시죠."

닉이 호기심 어린 눈길로 나를 보았다.

나는 푸아로의 사소한 습관 몇 가지를 상세히 들려주었다. 토스트는 네모난 빵으로 만든 것만 먹고, 달걀은 크기가 일정해야 하며, 골프는 '볼썽사납고 우연이 남발하는' 놀이로서 봐줄 만한 건 티* 상자뿐! 그리고 벽난로 장식을 정돈하는 푸아로의 습관 덕에 해결된 유명한 사건을 들려주며 이야기를 끝맺었다. 푸아로는 앉아서 싱글거렸다.

"재미나게 이야기하는구먼."

내 이야기가 끝나자 그가 입을 열었다.

"하지만 대체로 사실입니다. 한번 생각해 보세요, 마드무아젤. 저는 헤이스팅스에게 가르마를 옆이 아니라 가운데로 타라고 누누이 지적합니다. 삐딱하게 좌우 불균형인 저 머리 꼴 좀 보세요."

"그럼 제 머리 모양도 싫으시겠네요, 푸아로 선생님."

닉이 말했다.

"전 옆가르마를 타거든요. 그리고 앞가르마 타는 프레디를 좋아하실 테고요."

"확실히 지난번 저녁 때 그녀를 흠모하더군요. 이제야 이유를 알겠네요."

내가 심술궂게 끼어들었다.

"세 타세(그만해). 난 여기 농담하러 온 게 아냐. 마드무아젤, 당신 유언장을 못 찾았습니다."

---

* 골프공을 올려놓는 받침.

푸아로가 잘라 말했다.

"어머! 하지만 그게 그렇게 중요한가요? 어쨌건 전 안 죽었어요. 유언장은 죽기 전에는 별로 중요하지 않잖아요?"

닉의 눈썹에 주름이 졌다

"맞는 말입니다. 그래도 당신 유언장을 봤으면 좋겠는데. 그것과 관련해 이런저런 사소한 궁금증이 있거든요. 생각해 보세요, 마드무아젤. 어디다 뒀는지 기억해 보세요. 마지막으로 어디서 봤습니까?"

"특별한 곳에 둔 것 같진 않아요. 저는 물건을 제자리에 두는 법이 없거든요. 아마 서랍 속에 넣어 뒀을 거예요."

"우연히 비밀 벽장에 넣어 두진 않았나요?"

"비밀 뭐요?"

"당신 하녀 엘렌 말이 응접실인지 서재인지에 비밀 벽장이 있다던데요?"

"말도 안 돼요. 그런 소린 들어 본 적도 없는걸요. 엘렌이 그러던가요?"

"네, 어릴 적에 엔드하우스에서 일한 것 같던데요. 요리사가 그걸 보여 줬답니다."

"전 처음 듣는 이야기예요. 어쩌면 할아버지는 아셨겠지만, 그랬다 해도 저한텐 아무 말씀 없었어요. 분명 제겐 말씀하셨을 텐데……. 푸아로 선생님, 엘렌이 꾸며낸 이야기가 아니라고 확신하시나요?"

"아뇨, 전혀 확신하지 않습니다! 뭔가 있는 것 같군요……. 엘렌이라는 당신 하녀가 수상합니다."

"어머! 전 그렇게 생각지 않아요. 윌리엄은 얼뜨기고 아들놈은 괴팍한 꼬마 짐승이지만, 엘렌은 아주 정상이에요. 근본이 훌륭한 여인이죠."

"어젯밤 그녀에게 불꽃놀이 구경을 허락하셨나요, 마드무아젤?"

"물론이죠. 늘 그러는걸요. 뒷정리는 나중에 하죠."

"하지만 그녀는 나가지 않았습니다."

"아뇨, 나갔어요."

"그걸 어떻게 아십니까, 마드무아젤?"

"글쎄요…… 잘 모르겠어요. 제가 나가도 좋다고 하자 고맙다고 했거든요. 그래서 당연히 나갔겠거니 한 거죠."

"당신 추측과 달리 그녀는 집에 남았습니다."

"하지만…… 정말 이상하네요!"

"이상하다고 생각하십니까?"

"네, 이상해요. 확실히 전에는 그런 적이 없거든요. 왜 그랬는지 말하던가요?"

"제가 납득할 만한 진짜 이유는 말하지 않았습니다."

닉이 푸아로를 의아하게 바라보았다.

"그게…… 중요한가요?"

푸아로가 손사래를 쳤다.

"그건 저도 알 수 없습니다, 마드무아젤. 세 퀴리에(묘하다). 그 말밖에 못합니다."

"비밀 벽장도 좀 이상하다는 생각이 들어요. 미심쩍어요. 그 장소를 보여주던가요?"

닉이 골똘한 얼굴로 물었다.

"기억이 안 난다더군요."

"그런 게 있다니, 믿을 수 없어요."

"확실히 그렇죠."

"점점 노망이 드나 봐요, 딱한 여자."

"하지만 옛일을 정확히 진술했습니다. 그리고 엔드하우스가 살기 좋은 집이 아니라는 말도 했습니다."

닉이 살짝 몸서리쳤다.

"아마 그 말은 맞을 거예요. 이따금 저도 그런 느낌이 들거든요. 그 집에는 이상한 기운이 있어요……."

닉이 천천히 말했다. 눈동자가 커지고 어두워지면서 저주받은 표정이 감돌았다. 푸아로는 지체 없이 다른 주제를 환기시켰다.

"본래 주제에서 옆길로 샜군요, 마드무아젤. 막달라 버클리의 마지막 유언과 유서."

"제가 썼어요. 유언장 쓰던 게 기억나요. 빚을 전부 갚고 유언장에 언급된 비용을 모두 지불한다고 했죠. 언젠가 읽었던 책에서 나온 말을 썼던 게 기억나요."

닉이 조금 자랑스럽게 말했다.

"그럼 유언장 서식을 사용하지 않았군요?"

"네, 그럴 시간이 없었어요. 막 병원에 가려던 참인데다, 곁에서 크로프트 씨가 유언장 서식이 아주 위험하다고 그랬거든요. 간단한 유언장을 작성해야 지나치게 법률적이지 않아 좋다면서."

"크로프트? 그가 같이 있었습니까?"

"네. 저더러 유언장을 작성하지 않겠냐고 물은 게 그분이었어요. 전 생각도 못했거든요. 그분 말이, 죽을 때 유…… 유…….'"

"유언이 없으면."

내가 말했다.

"네, 그거예요. 유언 없이 죽으면 나라에서 재산을 몰수하고, 그건 비참한 노릇이라고."

"아주 현명합니다. 영리한 크로프트!"

"네, 맞아요. 그분이 엘렌과 윌리엄을 데려와 증인으로 삼았어요. 아! 맞아. 이런 천치 같으니!"

닉이 다정하게 말했다. 우리는 의아한 눈으로 닉을 바라보았다.

"전 진짜 바보예요. 두 분께 엔드하우스를 뒤지게 만들다니. 유언장은 당연히 찰스가 갖고 있어요. 제 사촌 찰스 바이스."

"아! 이제야 상황이 설명되는군요."

"크로프트 씨는 유언장을 변호사한테 맡기는 게 합당하댔어요."

"트레 코렉트(옳은 말입니다). 똑똑한 크로프트."

"남자들도 가끔은 쓸모가 있다나요. 변호사나 은행원처럼. 그분이 그러더군요. 전 찰스가 적임자라고 했어요. 그래서 유언장을 봉투에 넣어 곧바로 찰스에게 보냈죠."

닉이 베개에 머리를 기대고 한숨을 쉬었다.

"제가 너무 바보 같아서 죄송해요. 하지만 이제 됐어요. 찰스가 갖고 있을 테니까, 정말로 봐야 한다고 말하면 찰스도 보여드릴 거예요."

"당신 허가서 없이는 안 됩니다."

푸아로가 미소 지으며 말했다.

"정말 한심하군요."

"아닙니다, 마드무아젤. 단지 신중을 기하자는 거죠."

"음, 제가 보기엔 한심해요."

닉이 침대 옆에 놓인 작은 선반에서 종이 한 장을 꺼냈다.

"뭐라고 쓸까요? 개한테 토끼를 보여 주라고?"

"코멍(네)?"

나는 푸아로의 놀란 얼굴을 보고 웃었다. 푸아로가 형식에 맞는 문장을 불러 주자 닉이 고분고분 받아 적었다.

"감사합니다, 마드무아젤."

푸아로가 허가서를 받아 들며 말했다.

"두 분을 너무 고생시켜 죄송해요. 하지만 정말 까먹고 있었어요. 사람이 얼마나 순식간에 망각하는지 잘 아시죠?"

"머릿속에 질서와 체계가 잡혀 있으면 잊지 않습니다."

"그런 훈련을 해야겠군요. 제게 심각한 열등감을 선사하시네요."

"그럴 리가요. 오 르봐르(또 뵙죠), 마드무아젤."

푸아로가 방을 휘 둘러보더니 한마디 덧붙였다.

"꽃이 예쁘군요."

"그쵸? 카네이션은 프레디, 장미는 조지, 백합은 짐 라자러스가 보냈어요. 그리고 이건……."

닉이 곁에 있던 커다란 포도 바구니의 포장을 벗겼다. 푸아로의 낯빛이 바뀌었다. 그가 잽싸게 앞으로 나아갔다.

"아직 안 드셨죠?"

"네, 아직요."

"먹지 마세요. 밖에서 들여오는 건 절대 드시면 안 됩니다, 아시겠죠?"

"어머!"

푸아로를 바라보는 닉의 얼굴에서 핏기가 서서히 사라졌다.

"알았어요. 선생님은…… 아직 안 끝났다고 생각하시는군요. 아직도 누가 절 죽이려 한다고 생각하세요?"

닉이 속삭이듯 말했다. 푸아로가 그녀의 손을 잡았다.

"그런 생각 마십시오. 여기 있으면 안전합니다. 하지만 잊지 마세요. 밖에서 들여오는 건 절대로 먹으면 안 됩니다."

방을 나서는 동안 나는 베개 위에서 하얗게 겁먹은 얼굴을 의식했다. 푸아로가 시계를 바라봤다.

"좋아. 바이스가 점심 먹으러 나가기 전에 사무실에 도착하면 만날 시간은 충분해."

목적지에 도착한 후 아주 잠깐 기다린 뒤 찰스 바이스의 사무실로 안내 받았다.

젊은 변호사가 자리에서 일어나 인사했다. 늘 그렇듯 형식적이고 심드렁했다.

"안녕하십니까, 푸아로 씨. 뭘 도와 드릴까요?"

푸아로가 닉이 써 준 편지를 가벼운 마음으로 내밀었다. 찰스는 편지를 받아 읽더니 잠시 후 고개를 들고 어리둥절한 표정으로 우리를 바라보았다.

"죄송합니다만, 전 도무지 이해가 안 되는데요?"

"마드무아젤 버클리의 편지 내용이 명확하지 않습니까?"

"이 편지에서 닉은 작년 2월에 작성해서 제게 맡긴 유언장을 당신께 건네라고 요청하고 있습니다."

찰스가 손톱으로 편지를 두드리며 말했다.

"맞습니다."

"하지만 선생님, 저는 어떤 유언장도 맡은 적이 없습니다!"

"코멍(뭐라고요)?"

"제가 아는 한 제 사촌은 유언장을 쓴 적이 없습니다. 제가 그녀를 위해 작성해 준 적이 없는 건 확실합니다."

"제가 알기로는 그녀가 직접 메모지에 써서 당신한테 보냈다던데요."

·변호사가 고개를 저었다.

"이 경우 제가 할 수 있는 말은 그런 걸 받은 적이 없다는 것뿐입니다."

"바이스 선생, 정말로……."

"그런 건 받은 적이 없다니까요, 푸아로 씨."

잠시 침묵이 흐른 뒤 푸아로가 자리에서 일어났다.

"바이스 선생 말대로라면 더 이상 드릴 말씀이 없습니다. 뭔가 착오가 있었나 봅니다."

"분명 착오가 있을 겁니다."

그 역시 일어났다.

"안녕히 계십시오, 바이스 씨."

"안녕히 가십시오, 푸아로 씨."

"헛수고 했군요."

다시 거리로 나오자 내가 중얼거렸다.

"프레시제멍(그런 셈이지)."

"그가 거짓말하는 것 같습니까?"

"알 수 없어. 훌륭한 포커페이스야. 한 가지 확실한 건, 그가 방금 취한 태도를 바꾸지 않으리라는 사실이야. 유언장을 받은 적이 없다. 그게 그의 요지야."

"아마 서면으로 작성한 수령증을 닉이 받았을 겁니다."

"세트 프티트(그 꼬마 아가씨)는 그런 일에 신경 쓸 위인이 아냐. 유언장도 급히 보냈고, 마음도 혼란스러웠어, 부알라(젠장). 게다가 바로 그날 충수염 수술로 병원에 갔지. 십중팔구 싱숭생숭한 상태였을 거야."

"자, 이제 뭘 하죠?"

"당연히 크로프트를 만나러 가야지. 이 일에 대해 뭘 기억하고 있는지 알아보자고. 아주 많이 관여한 듯하니까."

"그 친구는 이득 볼 게 전혀 없어요."

"맞아, 그의 관점에서 보면 아무 이득도 없어. 어쩌면 단순히 참견쟁이일지 몰라. 동네일에 시시콜콜 관여하는 그런 사람……."

나는 그런 태도가 실제로 크로프트의 대표적 특성 같았다. 그는 이 세상에 온갖 골칫거리를 야기하는 친절한 참견쟁이였다.

우리가 찾아갔을 때, 그는 부엌에서 셔츠 바람으로 모락모락 김이 피어오르는 솥에 음식을 하느라 분주했다. 아주 향기로운 냄새가 작은 오두막 전체에 퍼졌다. 크로프트는 살인 사건에 대해 이야기하고 싶어 들뜬 나머지 요리를 뒷전으로 미뤘다.

"잠시만요. 위층으로 올라가죠. 아내가 끼고 싶어 할 겁니다. 우리가 밑에서 이야기하면 절대 용서하지 않을 겁니다. 쿠이, 밀리! 두 분께서 오셨소."

크로프트 부인은 다정하게 인사하면서 닉의 소식에 애태웠다. 나는 그녀가 남편보다 훨씬 더 좋았다.

"딱한 아가씨. 요양원에 있단 말씀인가요? 완전히 망가졌대도 이상할 게 없죠. 끔찍한 일이에요, 푸아로 선생님. 정말 끔찍해요. 그렇게 순진한 처자가 총에 맞아 죽다니 상상이 안 가요. 이 유서 깊은 나라 한복판에서 이런 일이 일어나다니, 이런 무법천지가 어디 있습니까. 밤새 잠 한숨 못 잤답니다. 정말이에요."

"당신을 두고 나가려니 여간 신경이 쓰여야지. 어제 저녁 당신 혼자 여기 남았을 걸 생각하니 오싹할 지경이라오."

그녀 남편이 코트를 입고 대화에 끼어들었다.

"다시는 날 두고 나가지 말아요, 제발. 적어도 어두워진 뒤에는. 그리고 아무래도 가능한 한 빨리 이 동네를 뜨는 게 좋겠어요. 가련한 닉 버클리는 다시는 저 집에서 못 잘 거예요."

우리의 방문 목적에 도달하기는 좀처럼 쉽지 않았다. 크로프트와 크로프트 부인 둘 다 말이 너무 많고 모든 걸 알고 싶어 안달이었다. 그 가련한 아가씨 친척이 이리 내려온다나요? 장례식은 언제죠? 시체 부검이 있을라나요? 경찰은 뭐라나요? 포착한 실마리라도 있나요? 플리머스에서 남자 하나가 체포됐다던데 사실인가요?

그리고 모든 질문의 대답을 듣고 나자 굳이 점심을 대접하겠다고 고집을 부렸다. 경찰서장과의 점심 약속 때문에 빨리 돌아가야 한다는 푸아로의 거짓말 덕분에 가까스로 모면하긴 했지만.

마침내 짧은 침묵이 흐른 뒤 푸아로가 줄곧 물어 보려고 기다렸던 질문을 꺼냈다.

"아, 물론입죠."

크로프트는 블라인드 줄을 두 번 올렸다 내렸다 하면서 멍한 표정으로 얼굴을 찡그렸다.

"전부 다 기억합니다. 아마 저희가 여기 처음 왔을 때일 겁니다. 기억나네요. 충수염. 의사가 그랬죠."

그때 크로프트 부인이 끼어들어 설명했다.

"아마 충수염 따윈 없었을 거예요. 의사라는 작자들은 반드시 수술해야 할 상황이 아닌데도 기회만 되면 늘 칼을 들이대려고 하죠. 닉은 그때 단순한 소화불량 뭐 그런 거였는데, 의사들이 X레이를 찍어 보더니 염증을 제거하는 게 낫댔어요. 그래서 불쌍한 아가씨가 불쾌하기 그지없는 병원으로 막 가려던 참이었죠."

"제가 농담 삼아 아가씨한테 물었습니다. 유언장은 작성했냐고."

"그래서요?"

"그러자 그 자리에서 쓰더군요. 우체국에서 유언장 서식을 가져오는 게 어떠냐고 묻길래 안 그러는 편이 낫다고 충고했죠. 종종 골칫거리만 잔뜩 생긴다는 말을 누구한테 들었거든요. 어쨌거나 아가씨 사촌이 변호사이니 내용에 이상만 없다면 나중에 그 친구가 제대로 뽑아 줄 수 있죠. 물론 제 생각이었습니다. 단순히 예방 조치였습니다."

"누가 증인이었습니까?"

"아! 하녀 엘렌 남편이었죠."

"그런 다음엔 그걸 어떻게 했습니까?"

"아! 바이스 씨에게 부쳤죠. 변호사 말입니다."

"유언장이 배달됐다고 생각하십니까?"

"푸아로 선생님, 제가 직접 부쳤는걸요. 출입문 옆 우체통에 넣었습니다."

"그런데 만약 바이스가 받은 적이 없다고 한다면……."

크로프트가 빤히 쳐다봤다.

"배달 도중 유실됐단 말씀인가요? 맙소사! 하지만 그건 절대 불가능합니다."

"어쨌든 부친 건 확실하다는 거죠?"

"그렇다마다요. 두고두고 맹세할 수 있습니다."

크로프트가 열을 올리며 말했다.

"아! 좋습니다. 다행히 지금은 상관없습니다. 마드무아젤이 한동안은 죽을 가능성이 없으니까요."

그들 곁을 떠나 호텔로 걸어 내려가는 동안 푸아로가 투덜댔다.

"에 부알라(젠장)! 누가 거짓말하는 거지? 크로프트? 아니면 찰스 바이스? 솔직히 크로프트가 거짓말할 이유는 전혀 없어 보여. 유언장을 방해해서 이득 볼 게 하나도 없으니까. 더욱이 작성을 돕기까지 했잖아. 맞아, 그의 진술은 마드무아젤의 이야기와 정확히 맞아떨어져. 하지만 그렇다 해도……."

"네?"

"우리가 도착했을 때 크로프트가 요리하고 있었다는 게 정말 다행스러워. 식탁보를 덮은 신문 모퉁이에 그 친구 엄지와 검지 지문이 선명하게 찍혀 있었거든. 내가 몰래 그 부분을 찢어 왔네. 이걸 런던 경시청에 있는 친구 재프 경감에게 보낼 생각이야. 그러면 뭔가 알아낼 가능성이 있으니까."

"엥?"

"헤이스팅스, 난 크로프트가 너무 선량해서 어쩐지 진실하지 않다는 느낌을 지울 수가 없네. 그리고 이제 르 데쥐네르(아침 먹어야겠어). 배가 고파서 어질어질해."

프레데리카의 수상한 행동

푸아로가 지어낸 경찰서장과의 점심 약속은 새빨간 거짓말은 아니었다. 점심 식사가 막 끝날 무렵 웨스턴 서장이 찾아왔던 것이다. 그는 군인 같은 체구에 상당히 준수한 외모를 지닌 키 큰 사내였다. 푸아로의 업적을 꽤나 존경했는데, 당시 사건들을 잘 아는 듯했다.

"선생께서 이 동네로 오신 건 저희에겐 굉장한 행운입니다."

서장은 같은 말을 몇 번이고 되풀이했다. 사실 사건을 해결하지 못하면 런던 경시청의 도움을 받아야 할 처지였다. 그래서 어떻게든 이 미스터리를 풀어 그들 도움 없이 범인을 잡고 싶었던 것이다. 때문에 푸아로가 가까이 있다는 사실이 기쁠 따름이었다.

내가 보기에 푸아로는 서장을 완전히 신뢰하고 있었다.

"정말 이상한 사건입니다. 이런 일은 금시초문이거든요. 뭐, 그 아가씨야 요양원에 있으니 충분히 안전하겠죠. 하지만 영원히 거기 둘 수는 없습니다."

"바로 그게 어려운 점입니다, 서장님. 해결 방법은 하나뿐입니다."

"그게 뭐죠?"

"우리 손으로 범인을 잡아야 합니다."

"그건 그리 쉽지 않을 겁니다."

"아! 즈 르 세 비엥(저도 잘 압니다)."

"증거! 증거 확보가 골칫거리겠죠."

푸아로는 멍한 표정으로 얼굴을 찡그렸다.

"늘 어렵습니다. 이런 비정상적인 사건들은. 그 권총만 확보할 수 있다면······."

"십중팔구 바다 밑바닥에 있을 겁니다. 살인자가 생각 있는 놈이라면 말이죠."

"하지만 미련한 놈도 종종 있죠. 사람들이 얼마나 바보짓을 하는지 아시면 놀랄 겁니다. 다행히 이 지역에는 살인 사건이 별로 없습니다만, 일반적인 경범죄자들을 보면 얼마나 한심하고 어리석은지 그저 놀라울 따름이죠."

웨스턴 서장이 말했다.

"하지만 이번 범인은 차원이 다릅니다."

"네, 그럴지도 모르죠. 만약 찰스가 범인이라면 일이 쉽지 않을 겁니다. 신중하고 영리한 변호사라 속셈을 드러내지 않을 테니까요. 그 여자 쪽의 가능성이 더 높습니다. 십중팔구 암살을 재시도하겠죠. 여자들이란 인내심이 없으니까요."

서장이 일어섰다.

"부검은 내일 아침에 합니다. 코로너가 우리와 함께 부검에 참여하겠지만, 검시 결과를 누설하는 일은 아마 없을 겁니다. 현재로서는 만사를 비밀에 부쳐야 하니까요."

서장이 문 쪽으로 가다가 갑자기 돌아왔다.

"맙소사, 선생께서 몹시 흥미로워하실 일을 깜빡했군요. 고견을 들려주셨으면 합니다."

다시 자리에 앉은 서장이 찢어진 종이쪽지를 주머니에서 꺼내 푸아로에게 건넸다.

"저희 경찰이 그 주변을 수색하다 발견했습니다. 불꽃놀이를 보고 있던 장소에서 그리 멀지 않은 곳이었죠. 경찰이 발견한 것 중 유일한 단서입니다."

푸아로가 종이를 판판하게 폈다. 크고 산만한 글귀가 씌어 있었다.

'……당장 돈이 필요해. 만약 네가…… 않는다면…… 무슨 일이 벌어질지 몰라. 이건 경고야.'

푸아로가 눈살을 찌푸리며 쪽지를 읽고 또 읽었다.

"흥미롭군요. 제가 가져도 될까요?"

"물론이죠. 거기 지문은 전혀 남아 있지 않습니다. 선생께서 뭔가 알아내신다면 저도 기쁘죠."

웨스턴 서장이 다시 일어섰다.

"이제 정말 가야겠습니다. 말씀드렸듯이 부검은 내일입니다. 그건 그렇고, 선생께서는 증인으로 소환되지 않을 것입니다. 대신 헤이스팅스 대위께서만 와 주십시오. 신문기자들이 선생께서 이번 일에 관여하신 걸 눈치 채면 곤란하니까요."

"이해합니다. 아, 그 불쌍한 아가씨의 친척은 어떻게 됐습니까?"

"부모가 오늘 요크셔에서 오십니다. 5시 30분쯤 도착할 예정이라는군요. 딱한 양반들. 정말 안됐습니다. 이튿날 시신을 데리고 간답니다."

서장이 고개를 절레절레 저으며 다시 말을 이었다.

"영 찜찜하군요. 도무지 맘에 안 듭니다, 푸아로 선생."

"마찬가지입니다, 서장님. 정말 찜찜합니다."

서장이 가고 나자 푸아로는 다시금 종이쪽지를 살펴보았다.

"중요한 단서일까요?"

내가 묻자 푸아로가 어깨를 으쓱 하며 말했다.

"낸들 알겠나? 하지만 낌새를 보아 하니 협박 편지가 분명해! 그날 밤 모인 사람들 중 누군가 돈 때문에 협박당하고 있었어. 물론 외부인 중 한 명일 수도 있지만."

푸아로는 작은 돋보기안경으로 쪽지를 꼼꼼히 살폈다.

"이 글씨체 아주 익숙하지 않나, 헤이스팅스?"

"좀 그런 느낌인데……. 아! 이건 라이스 부인의 필체입니다."

"맞아, 많이 비슷해. 신기하군. 하지만 내가 보기에 이건 라이스 부인이 쓴 게 아냐."

그때 노크 소리가 들렸다. 챌린저 중령이었다.

"진전이 좀 있는지 궁금해서 잠깐 들렀습니다."

"파르불뢰(물론이죠). 전진이 아니라 후진한 느낌입니다만……. 자꾸 퇴보하는 것 같습니다."

"나쁜 소식이군요. 하지만 전 정말로 그렇게 믿진 않습니다, 푸아로 씨. 당신이 얼마나 뛰어난 사람인지 다 들었습니다. 사람들 말이 한 번도 실패한 적이 없다더군요."

"그건 사실이 아닙니다. 1893년 벨기에에서 참담한 실패를 경험했는걸요. 생각나나, 헤이스팅스? 초콜릿 상자 사건 말일세."

"생각납니다."

당시 푸아로는 그 일을 이야기하면서 자기가 점점 오만해지는 기색이 보이면 '초콜릿 상자'라고 말해 달라고 했다. 원하는 대로 1분 15초 뒤 그 마법의 말을 해 줄 때면 푸아로는 몹시 움찔하곤 했다.

"뭐 그렇다 해도 그건 아주 오래된 일이라 별로 중요하지 않습니다. 어쨌든 이번 사건의 내막을 파헤치시겠죠?"

챌린저가 말했다.

"그건 장담합니다. 에르퀼 푸아로의 명예를 걸고. 전 냄새 나는 곳을 절대 떠나지 않는 사냥개거든요."

"훌륭하십니다. 알아낸 거라도 있습니까?"

"두 사람이 의심스럽습니다."

"그게 누군지 물어 보면 안 되겠죠?"

"당연하죠! 틀릴 수도 있으니까요."

"제 알리바이는 확실하다고 믿습니다."

챌린저의 눈동자가 어렴풋이 깜빡거렸다. 푸아로는 자신을 바라보는 그을린 얼굴을 향해 관대한 미소를 지었다.

"당신은 8시 30분이 조금 지나서 데븐포트를 떠나셨죠. 여기 도착하신 건 10시 5분, 즉 사건 발생 20분 뒤였습니다. 하지만 데븐포트까지 거리는 고작 50킬로미터가 조금 안 되기 때문에 교통이 원활하면 1시간 만에 주파할 수 있죠. 그렇게 따지면 당신 알리바이도 그리 확실한 건 아닙니다!"

"글쎄요, 전……."

"제 입장에서는 모든 정황을 조사해야 한다는 점을 이해하십시오. 어쨌든 당신 알리바이는 정확하지 않습니다. 그리고 알리바이 말고 다른 문제도 있습니다. 제 생각이 맞는다면, 당신은 마드무아젤 닉과 결혼하고 싶으신 거죠."

뱃사람의 얼굴이 붉어졌다.

"늘 그녀와 결혼하고 싶었죠."

챌린저가 허스키한 목소리로 말했다.

"역시 그렇군요. 허허, 마드무아젤 닉은 다른 남자와 약혼했습니다. 그건 어떤 면에서 살인 동기가 될 수 있죠. 하지만 이젠 그럴 필요도 없습니다. 그 남자는 영웅이 돼서 죽었으니까."

"그럼 닉이 마이클 시튼과 약혼했다는 게…… 사실인가요? 오늘 아침 동네 전체에 그런 소문이 돌던데."

"네…… 신기하게도 소문은 순식간에 퍼지죠. 전에는 의심해 본 적이 없습니까?"

"닉이 누군가와 약혼했다는 건 알았습니다. 이틀 전에 그녀한테 들었거든요. 하지만 그게 누군지는 말하지 않았습니다."

"마이클 시튼이었습니다. 엉트르 누(우리끼리 이야긴데), 그가 그녀에게 아주 막대한 유산을 남긴 것 같습니다. 아! 당신 입장에서는 이런 말이 마드무아젤 닉을 죽이는 거라고 하겠죠. 그녀는 지금 연인을 잃은 슬픔에 빠져 있지만 조금씩 진정되고 있습니다. 그녀는 젊습니다. 그리고 제 생각에 당신을 아주 좋아하고……."

챌린저는 잠시 말이 없었다.

"제발 그랬으면."

챌린저가 힘없이 중얼거렸다. 그때 노크 소리가 들렸다. 프레데리카 라이스였다.

"줄곧 찾았어요. 당신이 여기 있다고 사람들이 그러더군요. 제 손목시계 찾아왔는지 궁금해서요."

라이스 부인이 챌린저에게 말했다.

"아, 물론이에요. 오늘 아침 그 때문에 전화했습니다."

챌린저가 주머니에서 시계를 꺼내 라이스 부인에게 건넸다. 모양이 조금 특이한 시계였다. 검고 단순한 물결무늬 끈에 붙은, 공처럼 둥근 시계. 나는 거의 같은 모양의 시계를 닉 버클리의 손목에서 본 기억이 났다.

"이제 시간이 잘 맞을 거요."

"정말 짜증나는 시계예요. 너무 자주 고장이 나거든요."

"실용성보다 아름다움이 목적이라서 그렇지요."

푸아로가 말했다.

"둘 다 갖추면 얼마나 좋아. 어머, 제가 회담을 방해한 건가요?"

프레디가 우리 둘을 번갈아 쳐다봤다.

"절대 아닙니다, 부인. 잡담 중이었습니다. 소문이 얼마나 빨리 퍼지는지 이야기하고 있었죠. 마드무아젤 닉이 며칠 전 죽은 용감한 비행사와 약혼한 사실을 이제 모르는 사람이 없다면서요?"

"그럼 닉이 마이클 시튼과 약혼했다는 건가요?"

프레데리카가 놀라 소리쳤다.

"모르셨습니까, 부인?"

"네. 아마 지난 가을에 닉한테 홀딱 반했을 거예요. 그 이후 둘이 함께 돌아다닌 적이 많거든요. 하지만 크리스마스 이후로는 둘 다 냉랭해진 것 같았어요. 제가 아는 바로는 거의 만나질 않았거든요."

"비밀을 아주 잘 지켰죠."

"매튜 영감 때문이었겠죠. 그 양반은 정말 머리가 어떻게 된 사람 같았어요."

"의심한 적은 없습니까? 마드무아젤과 그토록 가까운 친구셨는데."

"닉은 맘만 먹으면 속내를 드러내지 않는 꼬마 악마죠. 하지만 개가 최근에 왜 그리 예민했는지 이제 알겠군요. 얼마 전 넌지시 말할 때 알아챘어야 하는 건데."

프레데리카가 중얼거렸다.

"당신의 작은 친구는 아주 매력적입니다, 부인."

"영리한 짐 라자러스도 한때는 그렇게 생각했지."

챌린저가 조금 경박하게 큰 소리로 웃으며 말했다.

"아! 짐……."

프레데리타는 어깨를 으쓱하며 얘기했지만 약이 오른 듯했다. 잠시 후 푸아로에게 고개를 돌렸다.

"말해 주세요, 푸아로 선생님. 혹시……."

그녀의 길쭉한 몸이 흔들리며 낯빛이 창백해졌다. 눈동자가 탁자 한가운데로 꽂혔다.

"몸이 불편하시군요, 부인."

나는 의자를 앞으로 밀어 앉을 수 있도록 도왔다. 그러나 프레데리카는 도리질을 치며 중얼거렸다.

"전 말짱해요."

그리곤 몸을 앞으로 숙여 두 손으로 얼굴을 감쌌다. 우리는 어색하게 그녀를 바라보았다.

잠시 후 프레데리카가 자세를 고쳐 앉았다.

"맙소사! 조지, 그렇게 걱정스런 표정 짓지 말아요. 살인 사건 이야기나 해요. 재밌는 이야기. 푸아로 선생님이 단서를 찾으셨는지 궁금해요."

"아직은 말하기 이릅니다, 부인."

푸아로가 말을 얼버무렸다.

"하지만 알아낸 건 있으시죠? 그쵸?"

"어쩌면. 하지만 훨씬 더 많은 증거가 필요합니다."

"아!"

미심쩍은 어조였다. 갑자기 그녀가 일어섰다.

"머리가 아프네요. 가서 좀 누워야겠어요. 아마 내일은 닉을 만나게 해주겠죠."

프레데리카가 후닥닥 방에서 나갔다. 챌린저가 눈살을 찌푸렸다.

"저 여자가 어떤 여잔지 절대 모르실 겁니다. 닉은 저 여자를 좋아했는지 모르지만, 제 생각에 저 여자는 닉을 좋아하지 않았습니다. 물론 여자 속은 알 수 없지만요. 늘 내 사랑, 내 사랑, 내 사랑 하지만 사실은 '우라질 년'이 진심에 가까울 겁니다. 이제 나가실 겁니까, 푸아로 씨?"

푸아로가 자리에서 일어나 모자의 얼룩을 조심스레 털자 챌린저가 물었다.

"네, 시내로 갈 생각입니다."

"마침 할 일도 없는데 같이 가도 될까요?"

"물론이죠. 즐겁겠네요."

모두 방을 나서는데 푸아로가 갑자기 미안하다면서 방으로 돌아갔다. 잠시 후 푸아로가 지팡이를 들고 나타났다. 챌린저가 살짝 움찔했다. 사실 그 지팡이는 금빛 띠가 돋을새김되어 꽤 화려했다.

푸아로는 가장 먼저 꽃가게를 방문했다.

"마드무아젤 닉에게 꽃을 좀 보내야 해서."

푸아로는 꽃을 고르는 것도 까다로웠다. 한참을 둘러본 뒤 결국 오렌지빛 카네이션이 가득 담긴 화려한 금빛 바구니를 골랐다. 바구니 전체에 푸른색의 커다란 장식 띠가 묶여 있었다. 여점원이 카드를 주자 푸아로가 장식체로 글씨를 썼다. '에르퀼 푸아로의 마음

을 담아.'

"저도 오늘 아침에 꽃을 보냈습니다. 과일도 좀 보낼까 합니다."

조지가 말했다.

"이뉘틸(쓸데없는 짓)!"

푸아로가 말했다.

"네?"

"음식은 반입 금지니까 쓸데없다는 말입니다."

"누가 그럽디까?"

"제가 그랬습니다. 제가 만든 규칙이죠. 마드무아젤도 이해하더군요."

"하느님 맙소사!"

챌린저가 얼떨떨한 표정을 지었다. 그리고 묘한 눈길로 푸아로를 빤히 쳐다봤다.

"결국 그거로군요? 여전히 두려우신 겁니다."

위트필드 면담

부검 절차는 삭막하고 아주 간단했다. 사망자 확인 증언이 있은 뒤 내가 시체 발견 과정을 증언했다. 뒤이어 의사의 증언이 있었다. 부검은 일주일 동안 계속되었다.

살인 사건은 단숨에 일간 신문 머리기사를 장식했다. 사실 그 전 헤드라인은 '시튼, 여전히 실종 상태. 사라진 비행사의 불확실한 운명'이었다.

언론사로서는 이제 죽은 시튼을 기리는 추모 행사를 마치자 새로운 사건이 필요했다. 세인트루 미스터리는 8월 한 달간 뉴스에 목말라 있던 신문사들에 하늘이 내린 선물이었다.

부검이 끝난 뒤 기자들을 피하는 데 성공한 나는 푸아로를 만나 질레스 버클리 목사 부부를 면담했다. 매기의 부모는 세속적이고 교활한 구석이 전혀 없는 매력적인 한 쌍이었다. 버클리 부인은 키가 크고 아름다웠다. 북부 조상의 흔적이 아주 희미하게 남아 있었다. 남편은 머리가 희끗하고 내성적이면서 호감 가는 인상의 작은 사내였다. 딱한 사람들. 애지중지하던 딸을 잃은 불행 때문에 완전히 넋을 잃은 상태였다.

"우리 매기!"

그들은 딸의 이름을 부르짖었다.

"전 아직도 실감이 안 납니다."

버클리 목사가 말했다.

"그렇게 착한 애를, 그렇게 조용하고 욕심 없는 애를…… 항상 남을 배려할 줄 아는 아이였는데. 푸아로 선생님, 그런 애에게 누가 해칠 마음을 품을 수 있단 말입니까?"

"전보를 믿을 수가 없었어요. 바로 전날 아침 그애가 떠나는 걸 봤는데."

버클리 부인이 말했다.

"이제 우리 삶은 죽은 거나 마찬가지야."

남편이 중얼거렸다.

"웨스턴 서장님은 아주 친절하셨어요. 이번 사건의 범인을 찾기 위한 모든 조치가 취해졌다고 위로하시더군요. 정신병자의 소행이 틀림없어요. 달리 설명할 길이 없어요."

"부인, 두 분의 상실감을 어떻게 위로해야 할지 모르겠습니다. 그리고 두 분의 용기에 존경을 금할 수 없군요!"

"절망한다고 매기가 돌아오겠어요."

버클리 부인이 애처롭게 말했다.

"제 아내는 훌륭한 여잡니다. 그녀의 믿음과 용기는 저보다 강합니다. 정말 모든 게…… 너무 당혹스러울 따름입니다, 푸아로 선생님."

"압니다…… 압니다, 선생님."

"위대한 탐정이시죠, 푸아로 선생님?"

버클리 부인이 물었다.

"그렇다고들 합니다, 부인."

"아! 저도 알아요. 저희 외딴 시골 마을에도 선생님 명성이 자자하거든요. 진실을 밝혀내시겠죠, 푸아로 선생님?"

"그때까지는 쉬지도 않을 겁니다, 부인."

"푸아로 선생님은 반드시 밝혀내실 겁니다. 악행은 징벌을 피할 수 없으니까요."

목사가 떨리는 목소리로 말했다.

"절대 못 피하죠. 하지만 징벌은 은밀하게 내려지기도 합니다."

"그게 무슨 뜻입니까, 푸아로 선생님?"

푸아로는 그냥 고개만 저었다.

"불쌍한 닉. 지금 그애 기분이 어떨지 이해가 가요. 제발 면회 좀 시켜 주면 좋겠는데. 가족도 못 만나게 하는 건 너무 부당해요."

버클리 부인이 말했다.

"의사와 간호사들은 아주 엄격하죠. 그들이 만든 규칙은 그 누구도 바꿀 수 없습니다. 그리고 그녀가 두 분을 보고 감정을 주체하지 못할까 봐 염려하는 게 틀림없습니다."

푸아로가 회피하듯 말했다.

"그럴지도……."

버클리 부인이 미심쩍게 말했다.

"하지만 요양원은 찬성할 수 없어요. 저희 집으로 데려가는 편이 닉에게 훨씬 나아요. 당장 이 동네를 떠나야 해요."

"안 될 거야 없지만…… 병원에서 동의할지 의문이군요. 마드무 아젤 버클리를 본 지 오래되셨죠?"

"작년 가을 이후로 통 못 봤어요. 닉은 스카보로에 있었죠. 매기가 찾아가 함께 하루를 보낸 뒤 저희 집에 와서 하룻밤 잤지요. 닉은 예쁜 애랍니다. 물론 그애 친구들은 좋다고 말할 수 없지만. 그리고 그애 인생은…… 에휴, 그건 개 잘못이 아니에요, 딱한 녀석. 교육다운 교육을 제대로 못 받고 컸어요."

"이상한 집이군요…… 엔드하우스는."

푸아로가 심각한 표정으로 말했다.

"저도 맘에 안 들어요. 그 집에는 뭔가 아주 나쁜 기운이 돌거든요. 저는 니콜라스 영감님을 끔찍이 싫어했어요. 생각만 해도 소름이 끼쳤답니다."

"훌륭한 분은 아니었지. 하지만 묘한 매력이 있었어."

남편이 말했다.

"난 전혀 못 느꼈어요. 저 집에는 사악한 기운이 감돌아요. 우리 매기를 그리 보내지 말았어야 했는데."

버클리 부인이 말했다.

"아! 그럴걸."

버클리 목사가 고개를 저었다.

"자, 더 이상 두 분을 괴롭히지 말아야겠습니다. 그저 깊은 애도를 표할 따름입니다."

푸아로가 말했다

"정말 고맙습니다, 푸아로 선생님. 그리고 애써 주셔서 진심으로 감사합니다."

"요크셔로 돌아가셔야죠. 언제 가십니까?"

"내일 갑니다. 슬픈 여행이죠. 안녕히 가십시오, 푸아로 선생님. 그리고 다시 한 번 감사드립니다."

"아주 순박하고 상냥한 분들이군요."

그들과 헤어진 뒤 내가 말하자 푸아로가 고개를 끄덕였다.

"가슴이 미어져. 안 그런가, 친구? 쓸데없는 비극…… 너무도 무의미해. 세트 쾬느 필(그렇게 젊은 아가씨가)……. 아! 내 자신이 원망스러워. 에르퀼 푸아로가 현장에 있었는데 범죄를 막지 못하다니."

"아무도 막을 수 없었어요."

"생각 없이 말하는군, 헤이스팅스. 보통 사람이라면 막을 수 없겠지. 하지만 보통 사람이 할 수 없는 일을 해내지 못한다면 다른 사람보다 뛰어난 뇌세포를 지닌 푸아로가 무슨 소용이란 말인가?"

"그야 그렇죠. 그런 식으로 말한다면야……."

"그래, 맞아. 난 부끄럽고 우울해. 부끄러워 미칠 지경이야."

푸아로의 수치심이 이상하게도 자만심처럼 느껴졌지만 경솔하게 입방정을 떨지는 않았다.

"언 아벙(가세나). 런던으로."

"런던?"

"그래. 2시 열차는 너끈히 탈 수 있어. 지금 이곳은 모든 게 평온해. 마드무아젤은 요양원에 있으니 안전할 거야. 아무도 해칠 수 없어. 따라서 감시견들은 잠시 자리를 비워도 돼. 한두 가지 사소한 정보가 필요하거든."

런던에 도착하자마자 우리는 고(故) 시튼 기장의 사무 변호사 파지터 앤드 위트필드 법률사무소 소장 위트필드를 방문했다. 오기 전에 푸아로가 미리 약속을 잡아 놓은 터라 6시가 넘은 시각이었지만 금세 사무실로 들어가 회사 대표 위트필드를 면담할 수 있었다.

위트필드는 아주 도회적이고 강한 인상을 풍겼다. 위트필드 앞에 놓인 편지 중 하나는 웨스턴 경찰서장이 보낸 것이고, 다른 하나는 런던 경시청 고위 관리가 보낸 것이었다.

"이건 매우 파격적이고 이례적인 경우입니다, 푸…… 푸아로 씨."

그가 안경을 닦으며 말했다.

"물론입니다, 위트필드 씨. 하지만 살인 사건 또한 파격적이죠……. 그리고 기쁘게도 충분히 이례적입니다."

"맞습니다, 맞아요. 하지만 좀 막연하군요……. 이번 살인 사건과 고인이 된 제 고객의 유산을 연관시키다니…… 안 그런가요?"

"제 생각은 다릅니다."

"아! 생각이 다르시다. 음…… 그런 상황이라면 저도 헨리 경의

서신이 아주 강한 어조라는 사실을 인정해야겠군요. 힘닿는 대로 뭐든…… 기꺼이 돕겠습니다."

"고(故) 시튼 기장의 법률 자문으로 활동하셨죠?"

"시튼 가문 전체가 고객이었습니다. 지난 백 년간 저희, 그러니까 저희 회사가 담당했습니다."

"파르페트멍(훌륭하군요). 매튜 시튼 경은 유언장을 작성했습니까?"

"저희가 작성해 드렸습니다."

"그럼 유산을 남겼겠군요. 어떤 식으로?"

"여러 곳에 남기셨죠. 자연사 박물관에도 일부 남기셨지만, 아주 막대한 재산 대부분은 마이클 시튼 기장에게 무조건 남기셨습니다. 다른 가까운 친척이 하나도 없었거든요."

"아주 막대한 재산이란 말씀인가요?"

"돌아가신 매튜 경은 잉글랜드에서 둘째가는 부자였습니다."

위트필드가 태연하게 대답했다.

"정신세계가 조금 독특하셨다면서요?"

위트필드가 푸아로를 매섭게 노려보았다.

"푸아로 씨, 백만장자는 괴짜여도 됩니다. 다들 그렇게 생각하죠."

푸아로는 위트필드의 지적을 순순히 받아들이고는 다른 질문을 했다.

"뜻밖의 죽음이라던데, 맞습니까?"

"전혀 뜻밖이었습니다. 건강 상태가 아주 양호했거든요. 하지만 속병을 키우고 있다는 걸 아무도 눈치채지 못했습니다. 그 병이 중요한 세포 조직에 닿자 상태가 나빠져서 당장 수술이 필요했습니다. 그런 경우 늘 그렇듯 수술은 아주 성공적이었죠. 하지만 매튜 경은 돌아가셨습니다."

"그래서 그분 재산이 시튼 기장에게 상속되었군요."

"그런 셈이죠."

"제가 알기로, 시튼 기장이 잉글랜드를 떠나기 전 유언장을 썼다던데?"

"그걸 유언장이라고 할 수 있다면…… 네, 맞습니다."

위트필드가 강한 혐오감을 내비치며 말했다.

"합법적인가요?"

"백 퍼센트 합법적입니다. 유언자의 뜻이 명확하고 증인도 확실합니다. 합법적이죠."

"하지만 당신은 인정하지 않는군요?"

"선생님, 저희가 뭣 땜에 있겠습니까?"

나도 종종 그게 궁금했다. 언젠가 아주 간단한 유언장을 작성한 적이 있는데 변호사 사무소에서 작성한 길고 장황한 결과물을 보고 기겁했었다.

"문제의 본질은 이렇습니다. 당시 시튼 기장은 유산으로 남길 게 거의 없다시피 했습니다. 숙부가 주는 용돈에 의지하는 처지였으니까요. 아마 어떤 말을 써도 상관없다고 여겼겠죠."

나는 위트필드의 말에도 일리가 있다는 생각이 들었다.

"그럼 유언장 내용은?"

푸아로가 물었다.

"자신이 죽으면 전 재산을 무조건 약혼자 막달라 버클리 양에게 준다고 했습니다. 저를 유언 집행인으로 지정했고요."

"그럼 버클리 양이 상속자인가요?"

"당연히 버클리 양이 상속받죠."

"그렇다면 만약 버클리 양이 지난 월요일에 죽었다면?"

"시튼 기장이 먼저 죽었으니 그 돈은 그녀가 유언장에 잔여 유산 상속인으로 지정한 사람에게 가겠죠. 유언장이 유실될 경우 다음 친척이 물려받을 테고. 아마, 상속세가 어마어마할 겁니다. 무지막지하겠죠! 순식간에 세 명이 연달아 죽은 상황이니."

위트필드가 즐기는 듯한 태도로 말하며 고개를 절레절레 저었다.

"어쨌든 남는 게 있겠죠?"

푸아로가 온화하게 중얼거렸다.

"선생님, 방금 말씀드렸지만 매튜 경은 잉글랜드에서 둘째가는 부자였습니다."

푸아로가 일어섰다.

"고맙습니다, 위트필드 씨. 아주 유용한 정보를 주셨습니다."

"별말씀을. 아무것도 아닌걸요. 저도 조만간 버클리 양과 연락할 겁니다. 아마 편지가 벌써 그리로 갔을 겁니다. 할 수만 있다면 기꺼이 그녀를 돕고 싶습니다."

"그녀는 젊은 여인입니다. 훌륭한 법률 조언 정도는 감당할 수 있을 겁니다."

푸아로가 말했다.

"재산 사냥꾼들이 어슬렁거릴까 봐 걱정입니다."

위트필드가 고개를 저으며 말했다.

"좋은 지적입니다. 안녕히 계십시오."

푸아로가 동의하며 인사를 했다.

"안녕히 가십시오, 푸아로 씨. 도움이 되었다니 기쁩니다. 당신 이름은…… 아! …… 낯이 익습니다."

그가 다정하게 말했다. 마치 귀중한 허가서라도 주는 듯.

"정확히 당신 생각대로군요, 푸아로."

밖으로 나오자마자 내가 말했다.

"이 친구야, 그럴 수밖에. 불을 보듯 뻔했으니까. 이제 체셔 치즈 식당에 가서 재프를 만나 이른 저녁이나 하세."

우리는 접선 장소에서 기다리고 있던 런던 경시청 재프 경감을 발견했다. 경감은 환대를 아끼지 않으며 푸아로를 반겼다.

"정말 오랜만일세, 푸아로. 시골에서 호박이나 키우고 있을 줄 알았는데."

"해 봤네, 재프. 하지만 호박을 기른다고 살인 사건에서 멀어질 순 없지."

푸아로가 한숨을 쉬었다. 아마 펀리 파크의 기묘한 사건*을 떠올렸을 것이다. 당시 내가 멀리 나가 있던 게 통탄스러울 따름이었다.

---

* 『애크로이드 살인 사건』의 배경이었던 저택으로 당시 푸아로는 은퇴하여 호박을 길렀다.

"헤이스팅스 대위도 오셨구먼. 잘 지냈습니까?"

재프가 반갑게 말했다.

"아주 좋죠. 감사합니다."

내가 말했다.

"그래, 살인 사건이 또 있나?"

재프가 농담조로 말했다.

"자네 말대로…… 또 있지."

"흠, 풀 죽을 것 없네. 설령 앞길이 또렷하지 않아도, 그래, 한창 때처럼 빨빨 쏘다니며 성공을 거두리라 기대해서는 안 돼. 세월이 가면 우리 모두 무력해지는 법이니까. 젊은이들에게 기회를 줘야지. 자네도 알잖나."

"하지만 늙은 개는 속임수에 놀아나지 않지. 교활하거든. 냄새를 놓치는 법이 없어."

푸아로가 중얼거렸다.

"아! 그거야 뭐…… 지금 우리가 논하는 건 사람이지 개가 아냐."

"그게 그렇게 다른가?"

"글쎄, 세상을 어떻게 보느냐에 달렸지. 하지만 자넨 괴짜잖아. 안 그렇습니까, 헤이스팅스 대위? 항상 그랬지. 외모도 별로 달라진 게 없고…… 머리숱은 좀 적어졌지만, 얼굴 버섯은 전보다 훨씬 더 풍성해졌는걸."

"엥? 얼굴 버섯이라니? 그게 뭔데?"

푸아로가 물었다.

"당신 턱수염을 칭찬하는 겁니다."

내가 달래듯 말했다.

"맞아, 울창하지."

푸아로가 구레나룻을 만족스럽게 쓰다듬자 재프가 큰 소리로 웃어댔다.

"자, 부탁한 일은 처리했네. 자네가 보낸 지문들은……."

"어떤가?"

푸아로가 애태우듯 말했다.

"관련 자료가 없더군. 그 남자가 누구인지 우리가 가진 지문 자료에는 없어. 멜버른에도 전보를 보냈는데 그런 신상과 이름을 가진 사람을 그곳에서도 알지 못하더군."

"아!"

"따라서 뭔가 수상한 구석이 있긴 해. 하지만 오스트레일리아 사람은 아냐. 그리고 다른 부탁에 관해서인데."

재프가 계속 이야기했다.

"어떻던가?"

"'라자러스 앤드 선'은 평판이 좋아. 사업 방식이 아주 올바르고 깨끗해. 물론 약삭빠르지. 하지만 다른 문제가 하나 있네. 사업은 약삭빠르게 하는데 상황이 나빠. 재정적으로 말일세."

"아하! 정말인가?"

"그렇다니까. 미술 시장 불황에 심한 타격을 받았지. 고가구도 마찬가지고. 유럽의 현대적인 제품들이 유행을 타고 있거든. 그런데도 작년에 새로 토지를 매입하고 건물을 세웠다네. 한마디로 쪼들릴 날이 멀지 않았지."

"정말 고맙네."

"천만에. 알다시피 이런 일은 내 분야가 아냐. 하지만 자네가 알고 싶어 하는 건 확실히 찾아 줬네. 우린 언제나 정보를 얻을 수 있으니까."

"고마운 재프, 자네 없이 내가 뭘 할 수 있겠나?"

"어허! 괜찮다니까. 옛 친구를 돕는 건 언제나 기쁜 일이지. 과거에 꽤 멋진 사건 때마다 내가 자넬 끌어들이지 않았나?"

나는 이 말이 재프가 푸아로에게 진 빚에 대한 감사 표시라는 걸 알아챘다. 푸아로는 경감이 당혹해하는 많은 사건을 해결해 주었다.

"좋은 시절이었지. 맞아."

"난 요즘도 자네와 이따금 잡담하는 게 전혀 부담스럽지 않아. 자네 방식은 구식일지 모르지만 머리는 항상 올바른 쪽으로 돌아가니까, 푸아로."

"다른 부탁은 어찌 됐나? 매칼리스터 박사 말일세."

"아, 그 친구! 여성 전문의더군. 산부인과 의사란 소린 아냐. 일종의 신경전문의지. 벽이 자주색이고 천장이 주황색인 방에서 자게 만들고, 성적 충동에 관해 거리낌 없이 이야기하면서 마구 소리 지르라고 시키는 의사. 내가 보기엔 돌팔이 같은데, 여자들을 잘 고친다더군. 그래서 사람이 몰려. 외국 출장도 아주 빈번하고. 아마 파리에서 의료 행위 따위를 하겠지."

"매칼리스터 박사는 왜 개입시키죠?"

내가 어리둥절해서 물었다. 들어 본 적 없는 이름이었다.

"매칼리스터 박사는 챌린저 중령의 숙부야. 그 친구가 의사 숙부를 언급했던 일 생각나지?"

푸아로가 설명했다.

"철두철미하군요. 그 사람이 매튜 경을 수술했다고 생각합니까?"

"그는 외과의사가 아닙니다."

나의 말에 재프가 설명했다.

"이보게 친구. 난 모든 걸 조사하고 싶다네. 에르퀼 푸아로는 명견이야. 명견은 냄새를 좇다가 아쉽게 더 이상 따라갈 냄새가 없으면 킁킁거리며 주변을 살피지. 뭔가 구린 것을 항상 찾으면서. 에르퀼 푸아로도 마찬가지야. 그리고 종종, 아니 번번이 그걸 찾아낸다구!"

푸아로가 말했다.

"우리 일이라는 게 좋은 직업은 아니지. 스틸턴* 달라고 했나? 난 상관없어. 그래, 좋은 직업은 아냐. 자네 직업은 한술 더 뜨지. 경찰이 아니기 때문에 은밀히 잠입해야 하는 경우가 더 많으니까."

재프가 말했다.

"난 위장하지 않아, 재프. 한 번도 위장한 적 없어."

"그럴 수도 없겠지. 자넨 독특하니까. 한번 보면 절대 못 잊어."

재프의 말에 푸아로가 조금 미심쩍은 눈길로 바라보았다.

----

* 전통적인 영국 블루치즈.

"웃자고 한 소리야. 신경 쓰지 말게. 포트와인? 좋아, 자네가 원한다면."

그날 저녁은 분위기가 아주 화기애애했다. 우린 금세 이런저런 사건을 떠올리며 회상의 늪에 빠졌다. 나 역시 옛 시절 이야기가 즐거웠다. 좋은 시절이었으니까. 나도 이제 정말 늙고 노련해진 느낌이 들었다.

가련한 푸아로. 그는 이번 사건으로 혼란에 빠졌다. 난 그걸 알 수 있었다. 그의 능력은 예전 같지 않았다. 실패할 거라는 느낌이 들었다. 매기 버클리의 살인범이 절대로 처벌받지 않으리라는 느낌.

"기운 내게, 친구. 다 끝난 건 아냐. 제발 시무룩한 얼굴 좀 하지 말게."

푸아로가 내 어깨를 토닥이며 말했다.

"괜찮습니다. 난 멀쩡해요."

"나도 그래. 재프도 그렇고."

"우리 모두 멀쩡해."

재프가 명랑하게 단언했다.

그리고 이런 유쾌한 기분으로 헤어졌다.

다음 날 아침, 우리는 세인트루로 돌아갔다. 호텔에 도착하자마자 푸아로가 요양원에 전화를 걸어 닉을 바꿔 달라고 요청했다. 갑자기 그의 낯빛이 바뀌었다. 하마터면 수화기를 떨어뜨릴 뻔했다.

"코멍(뭐요)? 무슨 소립니까? 다시 말씀해 보세요."

1~2분 동안 수화기를 귀에 대고 상대방의 말만 듣고 있던 푸아

로가 말했다.

"네, 네, 당장 가죠."

푸아로의 창백한 얼굴이 내게로 향했다.

"내가 왜 멀리까지 갔을까, 헤이스팅스? 몬 듀(하느님 맙소사)!"

"무슨 일인데요?"

"마드무아젤 닉이 위험하대. 코카인 중독. 간신히 살려 내긴 했다는데…‥. 몬 듀! 몬 듀! 내가 왜 멀리 갔을까?"

초콜릿 상자

요양원으로 가는 내내 푸아로는 혼잣말을 뇌까렸다. 자책감에 사로잡혀 있는 듯했다.

"미리 생각했어야 했는데. 알았어야 했는데! 하지만 내가 뭘 할 수 있지? 모든 예방 조치를 취했어. 따라서 불가능해. 불가능하다고. 아무도 그녀에게 접근할 수 없어! 누가 내 지시를 어긴 거지?"

푸아로가 괴로워하며 신음을 토했다.

요양원에 도착하자 우리는 아래층 작은 방으로 안내되었고, 몇 분 뒤 그레이엄 박사가 찾아왔다. 기진맥진하고 창백해 보였다.

"아가씨는 괜찮을 겁니다. 문제는 그 망할 놈의 약을 얼마나 먹었는지 알아내는 것입니다."

"어떤 약이었습니까?"

"코카인입니다."

"살아날까요?"

"네, 네, 살아날 겁니다."

"헌데 어쩌다 이런 일이 벌어졌습니까? 그자가 어떻게 접근한 거죠? 누가 면회를 허락받았습니까?"

푸아로는 자신의 무기력함에 흥분하여 몹시 휘청거렸다.

"아무도 들여보내지 않았습니다."

"말도 안 돼요."

"사실입니다."

"하지만 그건……."

"초콜릿 상자였습니다."

"아! 사크레(빌어먹을). 아무것도 먹지 말라고 일렀건만…… 밖에서 가져오는 건 절대 먹지 말라고."

"그건 잘 모르겠습니다. 젊은 아가씨와 초콜릿 상자를 떼어 놓기는 어렵죠. 다행히도 딱 하나만 먹었습니다."

"모든 초콜릿 속에 코카인이 들었습니까?"

"아뇨. 아가씨는 하나만 먹었습니다. 상단에 두 개가 더 있었고요. 나머지는 멀쩡했습니다."

"어떻게 만들었던가요?"

"아주 서툴렀습니다. 초콜릿을 반으로 잘라 코카인을 내용물과 섞은 뒤 다시 붙였더군요. 아마추어 솜씨였습니다. 집에서 만든 초콜릿 같더군요."

푸아로가 신음했다.

"아! 알았어야 하는 건데…… 알았어야 하는 건데. 마드무아젤을 볼 수 있을까요?"

"한 시간 뒤에 돌아오시면 만날 수 있을 겁니다. 기운 내십시오. 죽지는 않을 겁니다."

박사가 말했다.

1시간 동안 우리는 세인트루 거리를 배회했다. 나는 푸아로의 마음을 돌리려고 최선을 다했다. 염려했던 것처럼 나쁜 일이 일어난 건 아니니 진정하라고. 하지만 그는 고개만 저으면서 같은 말을 띄엄띄엄 되풀이할 뿐이었다.

"두려워, 헤이스팅스, 두려워……."

푸아로의 묘한 말투는 나까지 두렵게 만들었다.

한참 후 푸아로가 느닷없이 내 팔을 잡고 말했다.

"잘 듣게, 친구. 내 생각은 죄다 틀렸어. 처음부터 죄다 틀렸어."

"그럼 돈이 문제가 아니라는……."

"아냐, 아냐, 그건 맞아. 틀림없어. 하지만 그 두 사람…… 너무 단순해……. 아니, 너무 간단해. 여전히 풀리지 않은 게 있어. 그래, 뭔가 있어!"

그리곤 이내 노기 어린 탄식을 토해 냈다.

"아! 세트 프티트(그 철부지)! 내가 금지시키지 않았던가? 밖에서 들여오는 건 아무것도 손대지 말라고 분명히 일렀건만. 그런데 내 지시를 어겼어. 나 에르퀼 푸아로의 지시를. 네 번의 구사일생으로도 부족하단 말인가? 다섯 번째 위기를 맞아야만 정신을 차릴 건가? 세 티뷰(어이없어)!"

한 시간 뒤 우리는 다시 병원으로 돌아왔다. 잠시 후 우리는 위층으로 안내되었다.

닉은 침대에 앉아 있었다. 동공이 잔뜩 확장되어 있었다. 열이 끓는 듯 보였고, 두 손은 계속 거칠게 경련했다.

"일이 또 터졌어요."

닉이 힘겹게 중얼거렸다.

닉의 몰골을 본 푸아로는 참담한 심정을 드러냈다. 목청을 가다듬고 닉의 손을 쥐었다.

"아! 마드무아젤…… 마드무아젤."

"상관없어요. 그자가 이번에 절 죽였다 해도. 죄다 지겨워요. 지긋지긋해요!"

그녀가 반항하듯 말했다.

"포브르 프티트(가엾은 아가씨)!"

"제 안의 뭔가가 그자의 승리를 인정하려 들지 않아요."

"그 정신입니다. 르 스포르(기백). 정말 대단한 기백입니다, 마드무아젤."

"선생님이 권한 요양원도 결국 썩 안전하진 못하네요."

"마드무아젤, 당신이 지시만 따랐다면……."

닉이 희미하게 놀란 표정을 지었다.

"전 지시대로 했어요."

"하지만 이 초콜릿은……."

"그건 선생님이 보내셨잖아요."

"무슨 말입니까, 마드무아젤?"

"선생님이 보내셨다구요!"

"제가요? 절대 아닙니다. 이런 건 보낸 적이 없습니다."

"하지만 사실이에요. 상자 안에 선생님 카드가 있었는걸요."

"뭐라고요?"

닉이 침대 옆 탁자를 향해 발작하듯 몸을 뒤틀었다. 간호사가 다가왔다.

"상자 안의 카드가 필요하세요?"

"네, 부탁해요, 언니."

잠시 침묵이 흘렀다.

간호사가 손에 카드를 들고 병실로 돌아왔다.

"이거예요."

나는 숨이 멎을 뻔했다. 푸아로도 마찬가지였다. 카드에는 푸아로가 화려한 필체로 써서 꽃바구니와 함께 보낸 것과 똑같은 글귀가 적혀 있었다.

'에르퀼 푸아로의 마음을 담아.'

"사크레 토네르(빌어먹을)!"

"거 보세요."

닉이 힐난하듯 말했다.

"이건 내가 쓴 게 아냐!"

푸아로가 소리쳤다.

"네?"

"하지만…… 이건 내 필체잖아."

푸아로가 중얼거렸다.

"그 카드는 오렌지빛 카네이션 바구니에 꽂혀 있었어요. 그래서 전 아무 의심 없이 선생님이 보내신 초콜릿이라고 믿었죠."

푸아로가 고개를 저었다.

"어떻게 의심하셨겠습니까? 오! 악마 같은 놈! 영리하고 잔인한 악마! 이런 생각을 다 하다니! 아! 이자는 천재예요, 천재! '에르퀼 푸아로의 마음을 담아.' 너무나 간단해요. 맞습니다. 누군가는 예상했어야 합니다. 하지만 전…… 생각도 못 했습니다. 이런 행위를 전혀 예상하지 못했습니다."

닉이 불안에 몸을 떨었다.

"흥분하지 마세요, 마드무아젤. 당신 잘못이 아닙니다. 아무 잘못 없습니다. 잘못은 제게 있습니다. 한심한 저능아인 저한테! 이런 짓을 예상했어야 합니다. 네, 예상했어야죠."

푸아로의 턱이 가슴팍으로 툭 떨어졌다. 마치 비참한 그림 속 인물 같았다.

"제 생각엔 아무래도……."

간호사가 우물거렸다. 그녀는 탐탁찮은 표정으로 줄곧 근처에서 서성거리고 있었다.

"아, 예, 갈 겁니다. 용기 잃지 마세요, 마드무아젤. 이번 일은 저의 마지막 실수일 겁니다. 부끄럽습니다. 감쪽같이 허를 찔려 참담할 따름입니다. 마치 꼬맹이 학생이 된 기분입니다. 하지만 다시는 이런 일 없을 겁니다. 절대로. 약속하죠. 가세나, 헤이스팅스."

푸아로는 나가자마자 수간호사를 면담했다. 수간호사는 이번 일로 지독한 공황 상태에 빠져 있었다.

"도무지 믿을 수가 없어요, 푸아로 선생님. 우리 요양원에서 이런 일이 벌어지다니 정말 말도 안 돼요."

푸아로는 동정심을 내비치며 영리하게 대처했다. 그녀를 달랜 뒤 죽음의 소포가 도착한 정황에 관해 질문했다. 수간호사는 소포 도착 당시 근무 중이던 직원을 면담하는 게 최선이라고 단언했다.

후드라는 직원은 멍청하지만 정직해 뵈는 스물두 살 가량의 젊은 이였다. 그는 불안하고 겁먹은 표정이었다. 하지만 푸아로가 그를 진정시켰다.

"당신한테는 아무도 죄를 묻지 않을 겁니다. 하지만 이 소포가 정확히 언제 어떻게 도착했는지 말해 주면 좋겠군요."

직원은 곤혹스런 표정이었다.

"말씀드리기 어렵습니다. 많은 사람이 찾아와 이것저것 묻고, 서로 다른 환자들에게 물건을 주고 가니까요."

"간호사는 이 물건이 어제 오후 6시경에 왔다고 했습니다."

내 말에 사내의 얼굴이 밝아졌다.

"아, 이제 기억나네요. 한 신사분이 가져왔습니다."

"얼굴이 갸름한 신사? 금발?"

"금발이었습니다……. 하지만 갸름한 얼굴이었는지는 잘 모르겠습니다."

"찰스 바이스가 직접 가져온 걸까요?"

사내가 지역 인사 이름을 알 거라는 사실을 깜빡한 채 내가 푸아로에게 중얼거렸다.

"바이스 씨는 아니었습니다. 그분은 제가 알거든요. 더 우람하고 잘생긴 신사였습니다. 그리고 커다란 차를 타고 왔습니다."

"라자러스!"

내가 외쳤다. 하지만 푸아로가 던진 경고의 눈길을 보고 경솔한 언행을 후회했다.

"그가 큰 차를 타고 와서 이 소포를 놓고 갔다…… 수취인은 버클리 양이었나요?"

"네."

"그럼 그걸 어떻게 했죠?"

"저는 손도 안 댔습니다. 간호사가 가져갔죠."

"그렇군. 하지만 그 신사한테서 건네받을 땐 만졌을 것 아닙니까?"

"아! 그야 그렇죠. 소포를 건네받고 곧바로 탁자 위에 놓았습니다."

"어느 탁자? 좀 보여 주세요."

직원은 우리를 데리고 홀 안으로 들어갔다. 앞문은 열려 있었다. 문 가까이, 홀 안에 있는 기다란 대리석 상단 탁자 위에는 편지와 소포들이 놓여 있었다.

"밖에서 들여오는 건 모두 여기 둡니다. 그러면 간호사들이 환자에게 갖다 주죠."

"이 소포를 둔 시각을 기억합니까?"

"5시 30분 무렵이었을 겁니다. 혹은 조금 뒤거나. 틀림없이 그때였을 겁니다. 대개 5시 30분쯤 두니까요. 꽃을 두고 가고 환자를 면회하는 사람이 많아서 아주 바쁜 오후였습니다."

"고맙소. 이제 소포를 들고 올라간 간호사를 만나 봐야겠어."

그녀는 견습 간호사 중 한 명이었는데, 흥분에 휩싸여 법석을 떠는 작고 맹한 인물이었다. 당시 근무 중이라 6시에 소포를 들고 올라간 사실을 기억했다.

"6시라······."

푸아로가 중얼거렸다.

"그렇다면 소포가 아래층 탁자에 놓여 있던 시간은 20분 정도였겠군."

"네?"

"아무것도 아닙니다. 계속하세요. 소포를 버클리 양에게 갖다 줬습니까?"

"네. 그밖에도 여러 개 있었어요. 이 상자랑 꽃도 조금 있었고······ 크로프트 부부가 보낸 스위트피*도 있었던 것 같아요. 그것들을 한꺼번에 갖고 올라갔죠. 그리고 우편으로 온 소포도 있었어요. 신기하게도 그것 역시 초콜릿 상자더군요."

"코멍(뭐라고요)? 상자가 또 있었단 말입니까?"

---

* 콩과에 속하는 1년생 식물.

"네. 우연의 일치죠. 버클리 양은 둘 다 뜯었어요. 이렇게 말하더 군요. '아차! 아쉽지만, 난 이걸 먹으면 안 돼.' 그리곤 뚜껑을 열어 안을 들여다보고 둘 다 같은 건지 확인했어요. 그리고 그 중 하나에 든 선생님 카드를 보고 이렇게 말했어요. '나머지 미심쩍은 상자는 치워 버려요, 언니. 먹다가 뒤섞일지도 모르니까.' 맙소사! 그런 일 이 실제로 벌어질 줄 누가 알았겠어요? 에드가 월리스*의 소설 같지 않나요?"

푸아로가 조잘대는 말을 중간에 끊었다.

"상자가 두 개였다는 말이죠? 두 번째 상자는 누가 보낸 겁니까?"

"안에 이름이 없었어요."

"제가 보낸(보낸 것처럼 보인) 상자는 어느 것이었습니까? 우편으 로 보낸 소포? 아니면 다른 소포?"

"분명히 말씀드리자면…… 기억이 안 나요. 올라가서 버클리 양 에게 물어 볼까요?"

"그래 주시면 고맙겠습니다."

그녀가 부리나케 층계를 올라갔다.

"상자가 둘이라니 혼란스럽군."

푸아로가 중얼거렸다. 잠시 후 간호사가 숨을 헐떡이며 돌아왔다.

"버클리 양도 잘 모른대요. 둘 다 뜯은 다음에 안을 봤거든요. 하 지만 우편으로 온 상자는 아닌 것 같대요."

---

* 탐정소설과 서스펜스 소설로 큰 인기를 누린 영국 극작가.

"엥?"

푸아로가 조금 혼란스러운 표정을 지었다.

"선생님이 보낸 상자는 우편으로 온 게 아니라구요. 적어도 아가씨 말은 그래요. 확신할 순 없지만."

"디아블(우라질)!"

병원을 나서며 푸아로가 말했다.

"확실히 아는 사람이 아무도 없는 건가? 탐정소설에는 있건만. 진짜 삶은 늘 혼란의 도가니야. 나 자신은 확실히 아는 게 있나? 아니, 수천 번 물어 봐도 대답은 '아니'야."

"라자러스."

내가 말했다.

"그래, 놀랍지 않나?"

"이 문제로 그를 취조할 겁니까?"

"당연하지. 그가 어떻게 반응할지 무척 흥미로운걸. 그건 그렇고, 마드무아젤의 상태가 심각하다고 허풍을 떠는 게 좋겠어. 그녀가 죽음의 문턱에 있다고 추측하게 만들어서 해 될 건 없으니까. 내 말 알겠나? 심각한 얼굴 좀 해봐……. 그래, 훌륭해. 흡사 장의사 같구먼. 세 투 타 페 비엥(아주 멋진 표정이야)."

우리는 운 좋게 호텔 바깥에서 자동차 보닛 위로 허리를 굽히고 있는 라자러스를 발견했다. 푸아로가 곧장 그에게 다가갔다.

"라자러스 선생, 어제 저녁 마드무아젤에게 초콜릿 상자를 주고 가셨더군요."

단도직입적으로 말했다.

라자러스는 다소 놀란 표정이었다.

"네?"

"아주 다정한 행동이었습니다."

"사실 그건 프레디가 보낸 겁니다. 저더러 갖다 주라고 하더군요."

"아! 그렇게 된 거군요."

"차에 싣고 갔습니다."

"그러셨겠죠."

푸아로는 1~2분 동안 침묵하다 다시 입을 열었다.

"마담 라이스는 어디 있습니까?"

"아마 라운지에 있을 겁니다."

우리는 차를 마시는 프레데리카를 발견했다. 그녀는 불안한 표정으로 우리를 올려다봤다.

"닉이 아프다는 소릴 들었는데 어찌 된 거죠?"

"아주 불가사의한 사건입니다, 부인. 혹시 어제 초콜릿 상자를 보냈습니까?"

"네. 걔가 저더러 보내 달랬으니까요."

"당신더러 보내 달랬다구요?"

"네."

"하지만 마드무아젤은 아무도 면회하지 못합니다. 어떻게 만나셨죠?"

"만나진 않았어요. 걔가 전화했죠."

"아! 그래 뭐라던가요?"

"풀러 초콜릿 2파운드 상자 하나만 보내 주겠냐고요."

"목소리가 어땠습니까? 약하던가요?"

"아뇨…… 전혀 안 그랬어요. 아주 기운차던걸요. 하지만 어딘가 달랐어요. 처음엔 닉인 줄도 몰랐거든요."

"그녀가 자신을 밝히기 전까지?"

"네."

"상대가 당신 친구였다고 확신하십니까, 부인?"

프레데리카가 놀란 표정을 지었다.

"저는…… 저는…… 물론 확신하죠. 달리 누구였겠어요?"

"그거 흥미로운 질문입니다, 부인."

"설마 그 말씀은……."

"부인, 그게 당신 친구 목소리였다고 맹세할 수 있습니까? 닉이 했던 말말고."

"아뇨. 그렇진 않아요. 확실히 다른 목소리였어요. 전화라서 그러려니 했죠. 혹은 몸이 아파서……."

프레데리카가 우물우물 대답했다.

"마드무아젤이 자신을 밝히지 않았다면 그녀의 목소리인지 몰랐을까요?"

"그럼요, 짐작도 못 했을 거예요. 선생님, 그게 누구였을까요?"

"제가 알고 싶은 게 그겁니다, 부인."

푸아로의 심각한 표정이 궁금증을 불러일으킨 듯했다.

"닉한테…… 무슨 일이 생겼나요?"

그녀가 숨죽여 묻자 푸아로가 고개를 끄덕였다.

"아픕니다. 위험한 상태입니다. 그 초콜릿에…… 독이 들어 있었거든요."

"제가 보낸 초콜릿에 독이요? 하지만 그건 불가능해요……. 불가능해요!"

"불가능하지 않습니다, 부인. 지금 마드무아젤이 죽음의 문턱에 있으니까요."

"하느님 맙소사."

프레데리카가 두 손으로 얼굴을 가렸다가 이내 창백하고 떨리는 표정으로 고개를 들었다.

"이해가 안 가요. 지난번 일은 알겠지만 이번 일은 모르겠어요. 절대 독이 들었을 리가 없어요. 저와 짐 말고는 아무도 손댄 적이 없거든요. 끔찍한 실수를 하시는 거예요, 푸아로 선생님."

"실수하는 건 제가 아닙니다. 설령 상자 안에 제 이름이 있었다 해도."

프레데리카가 멍한 얼굴로 푸아로를 바라보았다.

"만약 마드무아젤 닉이 죽는다면……."

푸아로가 다소 위협적인 손짓을 하며 말하자 프레디가 낮은 울음을 터뜨렸다.

푸아로가 프레디를 뒤로 한 채 내 팔을 잡고 객실로 올라갔다. 탁자 위에 모자를 던지며 소리쳤다.

"아무것도 모르겠어. 아무것도! 앞이 캄캄해. 철부지 애나 다름없어. 마드무아젤의 죽음으로 누가 이득을 보지? 라이스 부인. 누가 초콜릿을 샀다고 시인했지? 그리고 전화를 받았다는 얼토당토않은 이야기를 누가 했지? 라이스 부인. 너무 단순하고 너무 우둔해. 그리고 그녀는 우둔하지 않아. 절대 아냐."

"그렇다면……."

"하지만 라이스 부인은 코카인 복용자야, 헤이스팅스. 코카인을 복용하는 게 틀림없어. 거기엔 의심의 여지가 없어. 그리고 초콜릿 안에는 코카인이 들어 있었지. 게다가 그녀가 한 말은 무슨 뜻이지? '지난번 일은 알겠지만 이번 일은 모르겠어요.' 뭔가 설명이 필요해! 그리고 저 교활한 라자러스. 이번 일에 무슨 관련이 있지? 프레디는 뭘 알고 있을까? 뭔가 알고 있어. 하지만 입을 열게 할 방법이 없어. 말로 겁줄 수 있는 부류가 아니니까. 하지만 뭔가 알고 있다네, 헤이스팅스. 전화 이야기는 사실일까 아니면 지어낸 걸까? 만약 사실이라면 그 목소리는 누구였지? 이보게 헤이스팅스, 모든 게 너무 캄캄해. 너무 캄캄해."

"새벽 직전이 늘 가장 어두운 법이죠."

내가 안심시키듯 말했지만 푸아로는 고개를 저었다.

"그리고 또 다른 상자, 우편으로 온 상자를 제외할 수 있을까? 아니, 마드무아젤이 확실치 않다고 하니 그럴 수도 없어. 골칫거리야, 젠장!"

푸아로가 머리를 두드리며 신음했다. 내가 말을 꺼내려 하자 그가 제지했다.

"됐어, 됐어. 속담은 그만. 진절머리가 나. 자네가 좋은 친구라면…… 쓸모 있는 좋은 친구라면……."

"물론이죠."

내가 단호히 말했다.

"제발 나가서 트럼프 한 벌 사다 주게."

"그러죠 뭐."

내가 싸늘하게 말했다. 일부러 나를 쫓아낼 구실을 찾고 있다는 의심을 지울 수 없었다. 하지만 그건 오판이었다. 그날 밤 10시 무렵 객실로 들어갔을 때 푸아로는 신중하게 카드 집을 짓고 있었다. 그 모습을 보니 푸아로가 항상 마음을 진정시킬 때 늘 그 놀이를 했다는 기억이 떠올랐다. 푸아로가 나를 보고 미소 지었다.

"기억하는군. 사람에겐 정밀성이 필요해. 카드를 하나씩 정확히 제자리에 놓아야 위에 올릴 카드의 무게를 지탱해 계속 쌓아 올릴 수 있지. 눈 좀 붙이게, 헤이스팅스. 난 여기서 계속 카드 집을 지을 거니까. 마음을 비워야겠어."

푸아로가 나를 흔들어 깨운 것은 새벽 5시 무렵이었다. 푸아로는 만족스럽고 행복한 표정으로 침대 곁에 서 있었다.

"자네가 말한 그대로였네, 친구. 오! 딱 그대로였어. 정말 스피리튀엘(날카로운 통찰력)이야!"

내가 어렴풋이 깬 상태로 눈을 껌뻑이며 푸아로를 쳐다봤다.

"새벽 직전이 늘 가장 어두운 법…… 자네가 그렇게 말했지. 줄곧 암흑이었는데, 이젠 새벽이야."

창문을 바라보았다. 푸아로의 말이 틀림없었다.

"아니, 아니, 헤이스팅스. 머릿속! 정신! 뇌세포!"

짧은 침묵 뒤 그가 조용히 말했다.

"이보게 헤이스팅스, 마드무아젤이 죽었네."

"뭐라고요?"

잠기운이 확 달아났다.

"쉿, 쉿. 말이 그렇다는 거야. 진짜가 아니라……. 비엥 엉텅뒤(그 럴싸한 거짓말)이지만 믿게 만들 수 있어. 그래, 스물네 시간 동안은 믿게 만들 수 있어. 의사와 간호사들에게 지시하면 돼. 감이 오나, 헤이스팅스? '살인자가 성공했다.' 네 번의 시도는 실패했지만 다섯 번째는 성공한 거야. 이제 무슨 일이 벌어질지 두고 보세나…… 아주 흥미로울 테니."

창문에 비친 얼굴

다음 날 벌어진 일들은 기억이 희미하다. 불행히도 잠에서 깨자마자 열이 끓었기 때문이다. 과거에 말라리아로 고생한 뒤부터 툭하면 중요한 때 열병에 시달리곤 했다.

결국 그날 일들은 내 기억 속에서 악몽 비슷한 느낌으로 남았다. 푸아로는 마치 서커스에 간헐적으로 등장하는 광대의 환영처럼 들락날락거렸다. 한껏 즐기는 듯했다. 짐짓 당혹스럽고 절망적인 태도는 감탄스러울 정도였다. 어떻게 그 모호하던 실마리를 찾아 이른 새벽에 나한테 알려 주었는지 도무지 알 길이 없었다. 하지만 찾은 건 확실했다.

계획을 진행하기는 쉽지 않았을 것이다. 아마도 엄청난 속임수와 평계를 동원했을 것이다. 영국인은 기질상 그런 대대적인 거짓말을 싫어하지만, 그거야말로 푸아로의 계획에 필수적인 요소니까. 푸아로는 우선 그레이엄 박사를 포섭했다. 박사를 끌어들인 다음에는 수간호사와 요양원 직원 몇 명을 설득했다. 물론 엄청나게 어려웠겠지만 그레이엄 박사의 힘이 크게 작용했으리라.

관료주의에 젖어 있는 경찰서장과 경찰 당국도 문제였다. 하지만 결국 웨스턴 서장의 동의를 가까스로 얻어냈다. 서장은 허위 사실을 유포한 책임은 전적으로 푸아로에게 있다면서 절대 책임 못 진다는 사실을 분명히 했다. 푸아로는 계획 추진만 허락받는다면 뭐든 동의했을 것이다.

나는 거의 하루 종일 커다란 안락의자에서 담요를 무릎에 덮고 졸았다. 두세 시간마다 푸아로가 뛰어 들어와 진행 상황을 알렸다.

"코멍 사바, 몬 아미(좀 어떤가, 친구)? 정말 딱하구먼. 하지만 그게 나을지 몰라. 희극 배우로서 자네 연기력은 나에 비해 한참 떨어지니까. 방금 백합으로 만든 조화(弔花)를 주문하고 왔네. 큼지막한 걸로. 어마어마해. '심심한 조의를 표하며. 에르퀼 푸아로 증(贈)' 아! 정말 코미디야."

그가 다시 나갔다가 얼마 후 새로운 정보를 갖고 돌아왔다.

"라이스 부인과 아주 짜릿한 대화를 나누고 왔네. 검은 드레스를 아주 잘 차려 입었더군. 친구분 일은 정말 안됐습니다…… 정말 비극이죠! 난 고통스럽게 신음했네. 그러자 '닉은 정말 명랑하고 생기 넘쳤어요.'라더군. 죽었다는 걸 믿을 수 없다고. 난 동의했지. 그리고 말했네. '그런 여인을 앗아가다니, 정말 아이러니한 죽음입니다. 쓸모없는 늙은이는 남았는데.' 올랄라(안타까워라)! 다시 한 번 애통

해했지."

"즐기고 있군요."

내가 맥없이 중얼거렸다.

"뒤 투(그럴 리가). 계획의 일부일 뿐이야. 코미디 공연을 성공하려면 진심을 담아야 하는 법이지. 일상적인 조의를 표하고 나자 부인은 더욱 절실한 문제를 언급하더군. 그 초콜릿 때문에 고민하느라 밤을 꼬박 샜다며. '불가능해요…… 불가능해요.' 그래서 내가 말했네. '불가능하지 않습니다. 부검 보고서를 보여 드릴 수도 있습니다.' 그러자 전혀 침착하지 않은 목소리로 이러더군. '그게…… 코카인이었단 말씀이죠?' 나는 동의했지. 그러자 탄식하더군. '오, 맙소사. 이해가 안 돼요.'"

"그건 사실일지 모릅니다."

"그녀는 자신이 위험에 처했다는 걸 잘 알아. 전에도 말했듯 영리한 여자니까. 그래, 자신이 위험한 상황이란 걸 잘 알고 있어."

"사건을 맡고 처음으로 그녀를 범인으로 보지 않는 것 같은데요?"

내 말에 푸아로는 얼굴을 찡그렸지만 들뜬 태도는 누그러들었다.

"의미심장한 말이로군, 헤이스팅스. 그래…… 어딘가 사실들이 맞아떨어지지 않아. 지금까지 이 범죄의 가장 중요한 특징은 미묘함이었지? 기억나나? 범위가 아주 넓지. 하지만 이젠 전혀 미묘하지 않아. 미숙하고, 뻔하고, 단순할 뿐이야. 맞아, 엉성해."

푸아로가 탁자 앞에 앉았다.

"자, 사실들을 검토해 보세. 가능성은 세 가지야. 첫째, 부인이 초콜릿을 사서 라자러스가 배달을 했어. 이 경우 죄인은 둘 중 하나이 거나 둘 다야. 그리고 닉이 전화했다는 이야기는 뻔하고 단순한 거 짓말이겠지. 이건 눈에 보이는 간단한 설명이야. 둘째는 다른 초콜 릿 상자야. 우편으로 온 거 말일세. 그건 누구라도 보낼 수 있어. 내 명단 A부터 J까지의 인물 중 누구라도. 기억나? 범위가 아주 넓지. 하지만 그게 문제의 상자라면, '전화 이야기는 뭐지?' 두 번째 상자 와 복잡한 관련이 있는 걸까?"

나는 힘없이 고개를 저었다. 체온이 39도에 육박하는 상태라 복 잡한 생각은 불필요하고 귀찮게만 느껴졌다.

"셋째는 독이 든 상자가 부인이 산 깨끗한 상자와 바뀌었다는 거 야. 이 경우 전화 이야기는 교묘하고 타당해. 부인은 이른바 본의 아 니게 범인이 되는 거야. 눈먼 앞잡이 노릇을 한 셈이지. 따라서 셋째 가 가장 논리적이야. 하지만 안타깝게도 이 역시 지극히 까다로워. 어떻게 정확한 시간에 상자를 바꿔칠 수 있지? 직원이 곧장 상자를 갖고 올라가면 1퍼센트 확률로도 바꿔치기가 실패할지 모르는데 말야. 그래, 말이 안 돼."

"라자러스라면 말이 되죠."

푸아로가 나를 바라보았다.

"열이 있군, 친구. 심해지나?"

내가 끄덕였다.

"약간의 열 때문에 머리가 똑똑해지다니 신기하군. 자네 추측은 단순하지만 의미심장해. 너무 단순해서 고려를 못 했어. 하지만 그러려면 아주 묘한 상황을 설정해야 해. 부인의 애인 라자러스가 필사적으로 그녀를 죽이려 한다는 가정. 아주 묘한 가능성을 열어 놓는 셈이지. 하지만 복잡해…… 너무 복잡해……."

나는 눈을 감았다. 똑똑하다는 말은 고마웠지만 복잡한 생각은 아무것도 하고 싶지 않았다. 잠들고 싶을 뿐이었다. 푸아로는 계속 떠들었지만 나는 듣지 않았다. 그의 목소리가 희미한 자장가처럼 들렸다.

그를 다시 본 것은 늦은 오후였다.

"내 작은 계획 덕분에 꽃가게들이 횡재를 하는군. 다들 조화를 주문하느라 난리야. 크로프트, 찰스, 챌린저 중령……."

마지막 이름을 듣는 순간 내 마음에 죄책감이 일었다.

"이봐요, 푸아로. 그는 이 문제에서 제외시켜야 됩니다. 불쌍한 친구, 슬퍼서 미칠 지경이겠죠. 온당치 못해요."

"항상 그 친구를 싸고도는군, 헤이스팅스."

"좋아하니까요. 더없이 점잖은 친구입니다. 그에겐 비밀을 털어놔야 해요."

푸아로가 고개를 저었다.

"아니, 예외는 없어."

"하지만 당신도 그 친구를 의심하지 않잖아요."

"예외는 없어."

"지금 얼마나 고통스러울지 생각해 봐요."

"반대로 난 그에게 유쾌한 깜짝 선물을 준비한다고 생각하고 싶네. 사랑하던 여인이 죽었다고 생각했는데, 살아 있는 그녀를 발견하는 거지! 진기하고 굉장한 감동일 거야."

"정말 고집불통 악마로군요. 그 친구도 비밀을 잘 지킬 겁니다."

"글쎄."

"명예를 지키는 사람이에요. 확실해요."

"그렇다면 더더욱 비밀을 지키기 어려워. 비밀을 지키려면 교묘한 거짓말을 수없이 하는 재주가 필요해. 게다가 코미디를 연기하고 즐길 줄 아는 뛰어난 재능이 있어야지. 챌린저 중령이 속내를 감출 수 있을까? 자네가 생각하는 그런 위인이라면 절대 못 해."

"결국 알려주지 않을 셈인가요?"

"안쓰럽다고 내 계획을 위태롭게 만들 수는 없어. 우리 연극에는 삶과 죽음이 걸려 있네, 친구. 어쨌건 고통은 인간을 성숙시키는 법. 그런 말을 한 영국 목사가 많아. 내가 잘못 아는 게 아니라면 어느 주교도 그렇게 말했어."

나는 더 이상 푸아로의 결정을 흔들지 않기로 했다. 푸아로는 이미 마음을 굳히고 있었던 것이다.

"파티 정장은 입지 않겠어. 난 이제 완전히 망가진 늙은이야. 그게 내가 맡을 배역이라네. 내 자존심은 모두 박살났어. 망가진 거지. 난 패배했어. 만찬 음식은 절대 안 먹을 거야. 입도 안 대고 접시에 그대로 둬야지. 그런 태도가 필요해. 내 방에 가서 브리오슈*와 초

---

* 버터와 달걀이 든 롤빵.

콜릿 에클레르*를 좀 먹어야겠어. 이럴 줄 알고 미리 제과점에서 사 뒀거든. 에 부(자넨)?"

"키니네**나 좀 더 복용해야겠습니다."

내가 애처롭게 말했다.

"저런, 가엾은 헤이스팅스. 하지만 기운 내. 내일이면 완쾌될 테 니까."

"그렇겠죠. 이런 열병은 스물네 시간만 지나면 좋아지곤 하니까."

내가 깼을 때 푸아로는 탁자에서 뭔가 쓰는 중이었다. 탁자 위에 는 구겨졌던 종이가 판판히 펴져 있었다. A부터 J까지 용의자 명단 을 적은 뒤 구겨 버렸던 종이였다.

푸아로는 말없이 생각에 잠긴 내게 고갯짓으로 화답했다.

"맞네, 친구. 다른 관점에서 살펴보려고 다시 회수했어. 각 인물마 다 의문점을 목록으로 작성하고 있었네. 범죄와 무관한 질문일 수 도 있지. 그냥 궁금한 것들이야. 아직 해결되지 않은 상태라 내 머리 로만 해답을 찾으려는 것들."

"얼마나 했죠?"

"방금 마쳤어. 들어 볼 텐가? 몸은 견딜 만해?"

"네. 아주 많이 좋아진 기분입니다."

"알 라 본 뇌르(좋았어)! 읽어 주지. 물론 몇 가지는 엉성해 보일

---

* 가늘고 긴 슈크림에 초콜릿을 뿌린 것.
** 기나나무 껍질에서 얻는 해열제.

거야."

그가 목청을 가다듬고 목록을 쭉 읽어 나가기 시작했다.

"A. 엘렌……. 어째서 불꽃놀이를 안 보고 집에 남았을까? (마드무아젤의 증언과 놀라움이 입증하듯 이례적이다.) 무슨 일이 벌어질 거라고 생각 혹은 추측했을까? 그녀가 누군가(예를 들어 J)를 집 안에 들였을까? 비밀 벽장 이야기는 사실일까? 만약 그런 게 있다면 어째서 장소를 기억하지 못할까? (마드무아젤은 그런 건 절대 없다고 확신하는 듯하다. 그녀라면 알아야 마땅한데.) 만약 꾸며낸 이야기라면 왜 없는 말을 지어냈을까? 마이클 시튼의 연애편지를 읽었을까? 혹은 마드무아젤 닉의 약혼 소식에 정말로 놀랐을까?

B. 엘렌의 남편……. 인상만큼 그렇게 우둔할까? 엘렌이 아는 건 뭐든 공유할까? 그게 아니라면 정신병자로 볼 수 있을까?

C. 엘렌 부부의 아들……. 피를 좋아하는 습성이 그 또래의 발달 과정에 흔한 자연스런 본능일까, 아니면 병적인 것일까? 부모 양쪽에게서 물려받은 정신 질환일까? 장난감 권총을 쏴 본 적이 있을까?

D. 크로프트는 누구인가? 진짜 출신지는 어디일까? 맹세한 것처럼 유언장을 정말로 부쳤을까? 부치지 않았다면 동기가 뭘까?

E. 크로프트 부인. 상동……. 크로프트 부부는 누구일까? 이유가 있어 숨어 지내는 걸까? 만약 그렇다면 무슨 이유로? 버클리 집안과 관련이 있는 건 아닐까?

F. 라이스 부인……. 닉과 마이클 시튼이 약혼한 사실을 정말 알았을까? 단순히 추측한 것일까 아니면 실제로 두 사람이 나눈 편지

를 읽은 것일까? (그랬다면 마드무아젤이 시튼의 유산 상속인이라는 사실을 알았을 것이다.) 자신이 마드무아젤의 잔여 유산 상속인이라는 사실을 알았을까? (가능성 있다고 본다. 마드무아젤이 그녀에게 알려 주면서 남는 게 별로 없을 거라고 덧붙였을 수도 있다.) 라자러스가 마드무아젤에게 끌렸다는 챌린저 중령의 주장은 신빙성이 있을까? (이것이 사실이라면, 지난 몇 달간 두 여자 사이에 드러난 진심 결여를 설명할 수 있다.) 그녀가 편지에서 마약 공급책이라고 언급한 '남자 친구'는 누구일까? 이자가 J일 가능성은? 지난번에 이 방에서 창백해진 이유는 뭘까? 대화에서 나온 말 때문일까? 아니면 뭔가를 봤기 때문에? 초콜릿을 보내 달라는 전화를 받았다는 진술은 사실일까 아니면 고의적인 거짓말일까? '지난번 일은 알겠지만, 이번 일은 모르겠어요.'라는 말은 무슨 뜻이었을까? 그녀 자신에게 죄가 없다면, 어떤 비밀을 알면서 숨기고 있는 걸까?"

푸아로가 목록을 읽다 말고 갑자기 말했다.

"자네도 느낄 걸세. 라이스 부인과 관련된 질문이 무진장 많다는 사실. 처음부터 끝까지 그녀는 수수께끼야. 그게 나로 하여금 결론을 내리게 만든다네. 라이스 부인이 범인이거나 진범을 알고 있거나. 혹은 스스로 누가 범인인지 안다고 생각하거나. 하지만 그녀가 옳을까? 정말로 아는 걸까 아님 단순히 의심하는 걸까? 어떻게 해야 그녀가 입을 열지?"

푸아로가 답답한지 한숨을 내쉬었다.

"질문 목록을 계속 읽어 볼게. G. 라자러스……. 묘하다. 실질적으로 그와 관련된 질문은 없다. 시답잖은 의문점 하나만 제외하면. '독이 든 초콜릿을 바꿔치기 했을까?' 그것말고는 완전히 생뚱맞은 질문 하나만 남는다. 그래도 적어 봤다. '어째서 라자러스는 20파운드 가치밖에 없는 그림을 50파운드에 사려 했을까?'"

"닉한테 잘해 주고 싶었나 보죠."

내가 제안했다.

"그런 식으로는 아닐 걸세. 그는 미술상이야. 팔 때 손해 볼 물건은 사지 않아. 다정하게 대하고 싶다면 개인적으로 돈을 빌려 주겠지."

"어쨌건 범죄와는 아무 관련이 없어요."

"그래, 맞는 말이야……. 하지만 그렇다 해도 난 알고 싶어. 내가 심리학자란 사실을 이해해 주게."

"이제 H로 넘어가죠."

"H. 챌린저 중령……. 마드무아젤 닉이 어째서 그에게 다른 남자와 약혼한 사실을 알려 줬을까? 굳이 그 사실을 알릴 필요가 있었을까? 다른 사람에게는 철저히 입 다문 비밀을. 만약 그가 청혼했다면? 숙부와는 어떤 관계일까?"

"숙부리뇨, 푸아로?"

"그래, 의사 말일세. 약간 미심쩍은 인물이지. 공개적으로 발표하기 전에 마이클 시튼 사망 소식이 해군 본부로 은밀하게 흘러들어 가진 않았을까?"

"무슨 말을 하려는 건지 도통 모르겠군요, 푸아로. 설령 챌린저 중령이 시튼의 사망 소식을 미리 알았더라도 그건 아무 단서도 못 돼요. 사랑하는 여인을 죽일 세속적 동기가 전혀 안 되니까."

"충분히 동의해. 자네 말은 아주 합리적이야. 하지만 이건 그냥 내가 궁금한 것들일세. 난 여전히 구린 냄새를 찾아 킁킁대는 사냥개니까! 다음 I. 찰스 바이스. 엔드하우스에 대한 사촌의 애정을 어째서 광적인 집착이라고 폄하했을까? 그런 발언을 한 동기가 있을까? 유언장을 받았을까 안 받았을까? 실제로 정직한 사람일까 아니면 정직하지 않은 사람일까?

그리고 이제 J……. 에 비엥(그래), 전에는 I를 의심했지만 J도 커다란 물음표라네. 실재 존재하는 인물인지 아닌지…… 몬 듀(어이구 깜짝이야)! 왜 그러나, 친구?"

내가 갑작스레 비명을 지르며 의자 뒤로 움찔했기 때문에 푸아로가 당황했다. 나는 고개를 흔들며 창문을 가리켰다.

"사람 얼굴, 푸아로! 얼굴 하나가 유리에 달라붙어 있었어요. 소름끼치는 얼굴! 지금은 사라졌어요……. 하지만 난 봤어요."

푸아로가 성큼성큼 걸어가 창문을 연 후 밖으로 몸을 숙여 살폈다.

"아무도 없어."

그가 골똘한 얼굴로 말했다.

"헛것을 보지 않았다고 확신하나, 헤이스팅스?"

"물론입니다. 무시무시한 얼굴이었어요."

"발코니가 있긴 하네. 누구라도 우리 대화를 엿듣고 싶다면 손쉽게 올라올 수 있지. 근데 소름끼치는 얼굴이란 대체 무슨 뜻인가, 헤이스팅스?"

"창백한 얼굴로 노려보고 있었어요. 사람 같지 않았어요."

"이보게, 열 때문이야. 얼굴? 그래. 불쾌한 얼굴? 그래. 하지만 사람 같지 않은 얼굴? 아냐. 자넨 뭔가 본 듯한 충격 때문에 유리에 바짝 붙은 얼굴을 그렇게 착각한 거야."

"소름끼치는 얼굴이었다니까요."

내가 고집을 피웠다.

"혹시…… 아는 얼굴은 아니었나?"

"그건 아녜요. 흠…… 어쩌면 그럴지도! 이런 상황에서는 분간하기 어려워요. 좀 이상하네요…… 그래, 아주 많이 이상해요……."

그는 신중하게 종이를 그러모았다.

"적어도 한 가지는 다행이야. 설령 그 얼굴 주인이 대화를 엿들었다 해도 우린 마드무아젤 닉이 멀쩡히 살아 있다는 사실은 언급하지 않았으니까. 불청객께서 뭘 들었는지는 모르겠지만 적어도 그 사실은 놓쳤다네."

"하지만 분명한 건 이 계획…… 그러니까…… 당신이 꾸민 영리한 작전의 결과가 지금까지는 조금 실망스러웠어요. 닉이 죽었는데 새롭고 놀라운 상황이 전혀 벌어지지 않았잖아요."

"벌써 그러리라곤 생각지 않아. 스물네 시간이라고 했잖나. 이보게, 내 생각이 옳다면 내일 반드시 어떤 일이 발생할 걸세. 그게 아니라면…… 내가 시작부터 끝까지 틀린 게지. 우편물 말일세. 난 내일 우편물이 기대돼."

아침에 깼을 때 기운은 없었지만 열은 누그러든 느낌이었다. 배도 고팠다. 푸아로와 나는 객실로 아침 식사를 시켜 먹었다.

"그래서 편지가 당신의 기대를 충족시켰나요?"

그가 편지를 정리할 동안 내가 짓궂게 물었다.

청구서가 들어 있을 게 뻔한 편지 두 통을 방금 개봉한 푸아로는 대답이 없었다. 표정이 조금 침울하고 평소와 달리 자신감이 없어 보였다.

나도 내 우편물을 뜯었다. 첫 번째 편지는 심령술사 모임 공지서였다.

"전부 실패로 끝나면 심령술사나 찾아가야겠습니다. 가끔은 이런 시도가 반드시 엉터리는 아니란 생각이 들어요. 희생자의 원혼이 돌아와 살인자를 지목하는 거죠. 시도할 만해요."

"그건 아무 도움도 안 돼. 과연 매기 버클리가 자기를 쏜 범인을 알았을까 의심스러워. 설령 말을 한다 해도 우리한테 들려 줄 중요한 정보는 없을 거야. 티엥(맙소사)! 신기하군."

푸아로가 멍한 표정으로 말했다.

"뭐가요?"

"자네가 영혼이 말한다는 소리를 할 때 내가 이 편지를 뜯었거든."

그가 편지를 건넸다. 버클리 부인이 보낸 것으로 다음과 같은 내용이었다.

친애하는 푸아로 선생님……. 돌아와 보니, 우리 불쌍한 딸이 세인트루에 도착하고서 보낸 편지가 있더군요. 흥미로운 내용은 없겠지만,

보고 싶어 하실 것 같아서요.

친절에 감사드리며

진 버클리 올림

매기의 편지를 보자 목이 메었다. 비극에 대한 근심이 전혀 없는, 지극히 평범하고 일상적인 내용이었다.

사랑하는 엄마…… 잘 도착했어요. 아주 편안한 여행이었어요. 엑시터로 가는 내내 열차 승객이 둘뿐이었거든요.

여긴 날씨가 무척 좋아요. 닉은 아주 건강하고 밝아 보여요. 조금 들뜬 듯하지만, 왜 그런 식으로 전보를 쳤는지 모르겠어요. 차라리 화요일이 더 좋았을 텐데.

달리 쓸 말이 없네요. 몇몇 이웃과 차를 마실 생각이에요. 오스트레일리아 분들인데 오두막 세입자예요. 닉은 그 사람들이 친절하긴 하지만 조금 괴팍하대요. 라이스 부인과 라자러스 씨가 여기 묵으러 올 거구요. 그분은 미술상이에요. 이 편지를 출입문 옆 우체통에 넣으면 집배원이 가져갈 거예요. 내일 또 쓸게요.

사랑스런 딸 매기

추신. 닉이 그러는데, 전보를 친 이유가 있대요. 차 마시고 말해 준다면서. 아주 이상하게 들떠 있어요.

"죽은 자의 목소리라……. 하지만 아무것도 알려 주지 않는군."

푸아로가 조용히 말했다.

"출입문 옆 우체통, 크로프트가 거기다 유언장을 넣었다고 했죠."

내가 무심히 말했다.

"그렇게 말했지……. 맞아. 이상해. 정말 이상해!"

"다른 편지 중에 흥미로운 건 또 없나요?"

"전혀. 헤이스팅스, 난 아주 불쾌하다네. 여전히 캄캄해. 아무것도 모르겠어."

그때 전화가 울려 푸아로가 다가갔다. 전화를 받은 그의 얼굴 표정이 곧바로 바뀌었다. 태도는 아주 침착했지만 흥분하고 있음을 감출 수는 없었다. 나는 푸아로가 수화기에 대고 한 말이 너무 애매해서 무슨 이야기가 오고갔는지 짐작할 수 없었다.

잠시 후 "트레 비엥. 즈 부 르메르시(정말 잘됐군요. 감사드립니다)."라는 인사와 함께 푸아로는 수화기를 내리고 내가 앉은 곳으로 돌아왔다. 눈동자가 흥분으로 반짝거렸다.

"이보게. 내가 뭐랬나? 일이 벌어지기 시작했어."

"무슨 일인데요?"

"찰스 바이스의 전화였네. 오늘 아침 우편으로 사촌 버클리 양의 서명과 작년 2월 25일 날짜가 찍힌 유언장을 받았다는군."

"네? 유언장?"

"에비드멍(틀림없어)."

"발견된 건가요?"

"딱 때 맞춰서. 네 스 파(안 그런가)?"

"그 친구가 진실을 말한다고 생각합니까?"

"아니면 그가 유언장을 내내 보관했다고 생각하냐고? 그걸 묻고 싶은 건가? 글쎄, 그건 좀 미묘하지. 하지만 한 가지는 확실해. 이미 말했듯이 마드무아젤 닉이 죽었다는 소문이 돌면 뭔가 진전이 있을 거라는 사실. 결국 이렇게 확실해지지 않았다!"

"놀랍군요. 당신이 옳았어요. 프레데리카 라이스를 잔여 유산 상속인으로 지정한 유언장이겠죠?"

"바이스는 유언장 내용을 전혀 언급하지 않았네. 지나치게 철저해. 하지만 같은 유언장이라는 사실을 의심할 이유는 거의 없어. 그 친구 말이 엘렌 윌슨과 그녀 남편이 증인이라니까."

"그럼 우린 해묵은 문제로 돌아왔군요. 프레데리카……."

"수수께끼 같은 여자."

"프레데리카 라이스…… 예쁜 이름이죠."

내가 생뚱맞은 소리로 중얼거렸다.

"그녀 친구들이 부르는 프레디라는 애칭보나야 예쁘지."

푸아로가 묘한 표정을 지었다.

"스 네스 파 졸리(좋은 애칭이 아냐). 젊은 여자한테는."

"프레데리카의 애칭은 많지 않습니다. 반면 마거릿은 대여섯 개나 되죠. 매기, 마고, 매지, 페기……."

내가 말했다.

"맞아. 자, 헤이스팅스. 일이 벌어지기 시작했네. 이제 만족하나?"

"네, 물론입니다. 그런데 이 일을 예상한 겁니까?"

"아니……. 확신은 없었네. 아주 명확하게 판단한 건 하나도 없었어. 내가 예상한 건 어떤 결과가 나타나면 원인이 저절로 밝혀지리라는 것뿐이었거든."

"그렇군요."

내가 존경 어린 눈길로 말했다.

"전화가 울릴 때 내가 무슨 말을 하려 했지?"

푸아로가 잠시 생각에 잠겼다.

"아, 맞아. 매기의 편지. 다시 한 번 봐야겠어. 어렴풋이 뭔가 생각이 나는데, 조금 기묘한 느낌이 들었어."

나는 던져뒀던 곳에서 편지를 집어 들어 푸아로에게 건넸다. 푸아로는 혼자서 편지를 꼼꼼히 읽었다. 그 동안 나는 방 안을 서성이다가 창밖으로 만(灣)을 질주하는 요트들을 관찰했다. 그러다 갑작스런 탄식 소리에 화들짝 놀라 돌아섰다. 푸아로가 두 손으로 머리를 감싼 채 처절한 비탄에 젖어 앞뒤로 흔들거리고 있었다.

"오! 눈뜬 장님이었어……."

그가 신음했다

"왜 그래요?"

"복잡하다고 내가 말했던가? 미궁 속이라고? 메 농(아냐). 지극히 단순한 것을. 한심한 놈 같으니, 아무것도 못 봤어…… 아무것도."

"맙소사, 푸아로. 갑자기 무슨 생각이 떠오른 겁니까?"

"잠깐, 말하지 마! 생각을 정리해야 해. 이 엄청난 깨달음의 광명 속에서 모든 걸 재배치해야 해."

그는 질문 목록을 꽉 쥔 채 입술을 바쁘게 움직이며 말없이 읽어 내려갔다. 강조하듯 한두 차례 고개를 끄덕였다. 잠시 후 목록을 내려놓고 의자에 기댄 채 눈을 감았다. 잠들었나 싶었는데 갑자기 푸아로가 한숨을 토하며 눈을 떴다.

"그래 맞아! 모든 게 맞아떨어져! 나를 혼란에 빠뜨린 모든 것, 조금 부자연스러워 보였던 모든 것들이. 전부 자리를 찾았어."

"그 말은…… 전부 알아냈다는 건가요?"

"거의 전부. 중요한 건 모두 다. 어떤 면에서는 내 추론이 옳았어. 다른 면에서는 우스꽝스러울 정도로 진실과 동떨어졌고. 하지만 이제 모두 명확해. 오늘 전보를 보내 두 가지 질문을 해야겠어. 하지만 답은 이미 알아. 이제 안다구!"

푸아로가 이마를 두드렸다.

"그럼 답장은 언제 받죠?"

내가 호기심 어린 눈빛으로 물었다. 그런데 푸아로가 갑자기 벌떡 일어섰다.

"이보게, 마드무아젤이 엔드하우스에서 연극을 공연하고 싶다던 말 기억하나? 오늘밤, 우리가 엔드하우스에서 그런 연극을 공연하는 거야. 연출자는 에르퀼 푸아로가 될 거야. 마드무아젤 닉은 그 속에서 연기를 할 테고."

푸아로가 갑자기 싱글거렸다.

"헤이스팅스, 이 연극에는 유령이 등장할 걸세. 그래, 유령. 엔드하우스에는 유령이 나타난 적이 없어. 하지만 오늘밤 내가 소환할 거야."

내가 물어 보려 하자 푸아로가 가로막았다.

"더는 말 않겠네. 헤이스팅스, 오늘밤 우린 희극을 공연할 거야. 그리고 진실을 밝힐 걸세. 그래서 지금 할 일이 많아. 아주 많아."

푸아로는 황급히 방을 나섰다.

푸아로, 연극을 상연하다

그날 밤 엔드하우스에서 진기한 모임이 있었다. 푸아로는 식사 약속 때문에 외출하니 9시에 엔드하우스로 가라는 메시지를 남겨 놓고는 하루 종일 모습을 보이지 않았다. 정장을 차려 입을 필요는 없다고 덧붙이고 있었다. 모든 것이 우스꽝스런 꿈만 같았다.

엔드하우스에 도착하자 곧장 식당으로 안내받았는데 주위를 둘러보니 푸아로의 명단에 적힌 A부터 I까지 모든 사람이 참석했다.(J 는 '그런 사람은 없다'는 미지의 존재이므로 당연히 빠졌다.)

심지어 휠체어를 탄 크로프트 부인까지 와 있었다. 그녀는 미소를 지으며 내게 목례했다.

"놀라운 일이죠? 제 기분까지 바뀌네요. 앞으로도 종종 외출해야 겠어요. 전부 푸아로 선생님 생각이죠? 와서 제 옆에 앉으세요, 헤이스팅스 대위님. 왠지 조금 오싹한 기분이에요. 하지만 바이스 씨가 반드시 참석하라고 당부하셨어요."

그녀가 명랑하게 말했다.

"바이스?"

나는 조금 놀랐다.

찰스 바이스는 벽난로 옆에 서 있었다. 푸아로는 그 곁에서 낮은 목소리로 진지하게 이야기하고 있었다.

나는 방을 둘러보았다. 모두 다 있었다. 엘렌은 몇 분 늦은 나를 안으로 들여보낸 뒤 문 옆 의자에 자리잡았다. 또 다른 의자에 힘겹게 꼿꼿이 앉아 가쁜 숨을 몰아쉬는 것은 그녀 남편이었다. 아들놈 앨프레드는 엄마 아빠 사이에서 불편한 듯 꼼지락거렸다.

나머지 사람들이 식탁에 둘러앉았다. 검은 드레스 차림의 프레데리카, 그 옆에 라자러스, 맞은편에 조지 챌린저와 크로프트. 나는 거기서 조금 떨어져 크로프트 부인 곁에 앉았다. 그리고 이제 찰스 바이스가 마지막으로 고개를 끄덕이며 탁자 상석에 앉았고 푸아로는 라자러스 옆자리에 슬며시 착석했다.

자칭 연출자인 푸아로는 이 연극에서 주역을 맡지 않았다. 외관상으로는 찰스 바이스가 진행 책임자 같았다. 나는 푸아로가 무슨 깜짝 선물을 준비하고 있는지 궁금했다.

젊은 변호사가 목청을 가다듬고 자리에서 일어섰다. 평소와 다름없이 심드렁하고 형식적이며 목석같은 표정이었다.

"오늘 밤 이 모임은 다소 이례적입니다. 하지만 상황이 매우 특수합니다. 물론 제 사촌 버클리 양의 죽음을 둘러싼 상황을 말씀드리는 겁니다. 당연히 부검을 실시할 겁니다. 그녀가 독 때문에 죽었고, 그 독이 살인 목적으로 사용되었다는 점은 의심할 여지가 없습니다. 하지만 이는 경찰 소관이므로 제가 거론할 문제는 아닙니다. 틀림없이 경찰 측도 그러지 않길 바랄 겁니다.

사망자의 유언장은 장례식 뒤에 낭독하는 게 일반적이지만 푸아로 씨의 특별 요청에 따라 장례식이 열리기 전에 낭독할까 합니다. 이제 이 자리에서 낭독하기로 하겠습니다. 모든 분께 참석을 요청한 것은 그 때문입니다. 방금 말씀드렸듯이 상황이 특수하므로 선례를 벗어나도 무방합니다.

이 유언장은 다소 비정상적인 방식으로 입수되었습니다. 작성 날짜는 작년 2월이지만, 제게는 오늘 아침에야 우편으로 도착했습니다. 하지만 제 사촌의 필체가 명백합니다. 저는 그 점을 의심치 않으며, 비록 매우 비공식적인 문서지만 적법한 입증 절차를 거쳤습니다."

그는 잠시 말을 멈추고 다시 목청을 가다듬었다. 모든 눈동자가 그의 얼굴로 쏠렸다. 바이스는 손에 든 기다란 봉투에서 문서 한 장을 꺼냈다. 글씨가 적힌 엔드하우스 메모지라는 것을 알 수 있었다.

"아주 간략합니다."

바이스가 말했다. 그는 적당히 기다렸다가 이내 낭독하기 시작했다.

이 글은 막달라 버클리의 마지막 유언이자 유서이다. 내 모든 장례

비용을 지불할 것을 지시하며, 내 사촌 찰스 바이스를 유언 집행인으로 지정한다. 사망 시 소유한 전 재산은 나의 부친 필립 버클리에게 베푼 은혜에 대한 감사의 표시로 밀드레드 크로프트에게 상속한다. 그녀가 베푼 은혜는 어떤 것으로도 보답할 길이 없다.

서명 막달라 버클리

증인 엘렌 윌슨, 윌리엄 윌슨

나는 놀라 까무러칠 뻔했다. 다른 이들도 모두 그랬으리라. 오직 크로프트 부인만이 사뭇 당연하다는 듯 고개를 주억거렸다.

크로프트 부인이 나직이 말했다.

"사실이에요. 그 일을 입 밖에 낼 생각은 추호도 없지만. 네, 거론하지 않겠어요. 지금껏 비밀이었고, 앞으로도 비밀로 남는 게 나아요. 물론 그녀는 알고 있었어요. 닉 말이에요. 아버지가 말해 줬겠죠. 저희가 이리로 온 건 집을 살펴보고 싶었기 때문이에요. 저는 필립 버클리가 이야기하던 이 엔드하우스가 늘 궁금했어요. 그리고 그 사랑스런 아가씨는 모든 걸 알았기에 어떻게든 고마움을 표하려 했어요. 저희더러 이리 와서 함께 살자고 간청했죠. 하지만 저흰 못한다고 했어요. 그러자 저 오두막에서라도 살라고 고집 부리더군요. 그리고 집세는 한 푼도 안 받겠다고 했어요. 물론 저희는 괜한 소문을 불러일으킬까봐 내려 했지만 그녀는 늘 돌려 줬어요. 그리고 지금 이 유언장! 네, 세상이 각박하다고들 하지만 전 틀린 생각이라고 말하겠어요! 이 유언장이 그 증거예요."

어리둥절한 침묵이 계속되었다. 푸아로가 바이스를 바라보았다.

"이 유언장에 대해 하실 말씀 있습니까?"

바이스가 고개를 저었다.

"필립 버클리 씨가 오스트레일리아에 계셨다는 건 알았습니다. 하지만 거기서 추문이 있었다는 소리는 들어 본 적 없습니다."

바이스가 궁금한 표정으로 크로프트 부인을 쳐다보자 그녀가 고개를 저었다.

"아뇨, 저한테 아무 말도 기대하지 마세요. 이제껏 한마디도 발설한 적이 없고, 앞으로도 그럴 테니까. 그 비밀은 무덤까지 가져 갈 생각이에요."

찰스 바이스는 아무 말도 없었다. 그저 조용히 연필로 탁자만 두드렸다.

"혹시 말입니다, 바이스 씨."

푸아로가 앞으로 몸을 숙이며 말했다.

"친척으로서 그 유언장을 놓고 경쟁하실 생각은 없습니까? 제가 알기로 유언장이 작성될 당시와 달리 현재는 막대한 재산이 걸려 있으니까요."

바이스가 싸늘한 시선으로 바라보았다.

"이 유언장은 완전히 유효합니다. 제 사촌의 재산 처분을 놓고 경쟁할 생각은 추호도 없습니다."

"정직한 분이시네요."

크로프트 부인이 수긍하듯 말했다.

"사실 그 유언장 때문에 손해 볼 일도 아니니까."

나쁜 뜻은 없지만 조금 당혹스러운 이 말에 찰스는 조금 시무룩해졌다.

"어이구, 여보. 이거 놀랍구려! 닉은 나한테 아무 말도 안 했는데."

크로프트의 목소리에 의기양양한 기색이 역력했다.

"다정하고 상냥한 아가씨, 지금 우릴 내려다볼 수 있다면 좋으련만. 어쩌면 정말 그럴지 누가 알아요?"

크로프트 부인이 손수건을 눈에 대고 말했다.

"어쩌면."

푸아로가 동의했다. 그러다 갑자기 어떤 생각이 떠오른 듯 주위를 둘러보았다.

"좋은 생각이 떠올랐습니다. 우린 여기 탁자에 모두 둘러앉아 있습니다. 강령회(降靈會)를 열어 봅시다."

"강령회? 하지만 그건……."

크로프트 부인이 놀라 소리쳤다.

"네, 네, 아주 재밌을 겁니다. 여기 있는 헤이스팅스는 영매 능력이 있습니다. 저승의 소리를 이끌어 내는 재주가 있죠. 더없이 좋은 기회 아닙니까. 아주 상서로운 기운이 느껴집니다. 자네도 같은 느낌이지, 헤이스팅스?"

'왜 하필 나람.' 하는 생각이 들었다.

"물론이죠."

내키지는 않았지만 단호한 어조로 장단을 맞췄다.

"좋아. 그럴 줄 알았어. 얼른 불을 끕시다."

푸아로는 곧바로 자리에서 일어나 불을 모두 껐다. 모든 일이 순식간에 일어났기 때문에 반대하려는 사람이 있었다 해도 그럴 틈조차 없었다. 사실 다들 유언장 때문에 여전히 멍한 상태였다.

방은 아주 캄캄하지는 않았다. 커튼이 열려 있고, 더운 밤이라 창문을 열어 놓아 희미한 불빛이 새어들었다. 1~2분 뒤, 우리가 침묵 속에 앉아 있는 동안 가구들이 흐릿하게 윤곽을 드러내기 시작했다. 나는 내가 뭘 해야 하는지 몹시 의아했다. 미리 언질해 주지 않은 푸아로가 진심으로 원망스러웠다. 하지만 나는 눈을 감고 마치 코를 골듯 숨소리를 냈다.

잠시 후 푸아로가 자리에서 일어나 살금살금 내 의자로 다가왔다. 그러곤 자기 자리로 돌아가 중얼거렸다.

"네, 이미 접신(接神) 상태입니다. 이제 곧…… 어떤 일이 벌어질 겁니다."

어둠 속에 앉아 기다리는 동안 사람들은 불안에 휩싸였다. 앞으로 무슨 일이 벌어질지 알고 있는 나도 공포에 사로잡혔다.

하지만 사전 지식에도 아랑곳없이 식당 문이 서서히 열리는 광경에 심장이 입 밖으로 튀어나올 지경이었다. 거의 소리 없이 열렸기 때문에 (기름을 발라 뒀으리라.) 그 효과는 끔찍할 정도로 오싹했다. 문은 천천히 열렸고, 1~2분 동안은 그게 다였다. 문이 열리면서 차가운 바람이 방으로 몰려드는 듯했다. 열린 창문으로 들어온 정원 바람이려니 싶었지만 어쩐지 유령 소설에 나오는 얼음 같은 냉기가 느껴졌다.

그리고 우리 모두 그것을 보았다. 문간에 서 있는, 하얗고 뿌연 형체. 닉 버클리……

그녀가 소리 없이 느릿느릿 다가왔다. 사람 같지 않은 느낌이 또렷이 전해 오는, 둥둥 뜬 유령 같은 움직임으로.

나는 정말 뛰어난 여배우를 세상이 몰라 줬구나 싶었다. 닉은 엔드하우스의 연극에 참여하고 싶어 했었다. 이제 그녀가 연기를 하고 있었고, 나는 그녀가 뼛속까지 즐기고 있다는 것을 또렷이 느꼈다. 완벽한 연기였다.

닉이 방 안으로 미끄러져 들어왔다. 그러자 순식간에 침묵이 깨졌다. 내 옆 휠체어에서 숨 막히는 비명이 터져 나왔다. 크로프트가 침 삼키는 소리, 화들짝 놀라 신을 부르짖는 챌린저, 찰스 바이스는 의자에서 뒤로 움찔한 것 같았다. 라자러스는 앞으로 몸을 숙였다. 프레데리카만이 소리도 내지 않고 움직임도 없었다. 이윽고 비명 소리가 방을 갈기갈기 찢었다. 엘렌이 의자에서 튀어 올랐다.

"그녀예요! 그녀가 돌아왔어요. 걷고 있어요! 살해당한 사람들은 항상 걸어요. 그녀예요! 그녀예요!"

엘렌이 비명을 질렀다.

그러자 딸깍 소리와 함께 불이 켜졌다. 푸아로가 스위치 곁에 서서 서커스 단장 같은 얼굴로 미소 짓는 모습이 보였다. 닉은 길게 늘어진 흰 옷을 입고 방 한가운데 서 있었다.

맨 처음 입을 연 사람은 프레데리카였다. 그녀는 미심쩍은 듯 손을 뻗어 친구를 만졌다.

"닉, 너…… 너 진짜잖아!"

거의 속삭이는 말투였다. 닉이 웃으며 다가섰다.

"그래, 진짜야. 아버지한테 해 주신 일은 정말 고마워요, 크로프트 부인. 하지만 아직은 유언장의 은혜를 만끽하지 못하시겠는걸요."

"오, 맙소사."

크로프트 부인이 헐떡이며 휠체어에서 이리저리 몸을 비틀었다.

"나 좀 데려가요, 버트. 나 좀 데려가요. 전부 장난이었어요, 아가 씨. 장난이에요, 전부 다. 정말이에요."

"괴상한 장난이었죠."

닉이 말하는 사이 어느새 문이 다시 열리고 사람 하나가 들어왔 는데, 어찌나 살며시 들어왔는지 소리조차 안 들렸다. 놀랍게도 그 남자는 재프였다. 그는 기쁜 소식이라도 가져온 표정으로 푸아로와 짧은 목례를 나눴다. 그리곤 갑자기 환한 미소를 띠면서 휠체어에 앉아 꼼지락거리는 형체 쪽으로 한 걸음 다가섰다.

"이런, 이런. 이게 누구야? 옛 친구 아냐? 밀리 머튼이시구먼! 이 번에도 케케묵은 사기를 치셨나 보네."

재프는 크로프트 부인의 거센 항의를 무시한 채 상황을 설명하려 는 듯 좌중을 향해 돌아섰다.

"역사상 가장 영리한 위조범 밀리 머튼입니다. 저희가 알기로 이 들은 마지막 도주 때 교통사고를 당했습니다. 하지만 척추 부상조 차 밀리의 위조 행각을 막을 수는 없었습니다. 이 여자는 예술가입니다, 암요!"

"위조 유언장이란 말입니까?"

바이스가 물었다. 망연자실한 말투였다.

"당연히 위조죠."

닉이 경멸스럽게 말했다.

"아무렴 내가 그런 한심한 유언장을 만들 것 같아요? 난 당신한
테 엔드하우스를 줬고, 나머지는 모두 프레데리카에게 줬어요."

닉이 친구 곁으로 건너가 섰을 때, 바로 그 순간 일이 터졌다!

창문 밖에서 불꽃이 번쩍이고 쉭 하는 총알 소리가 날카롭게 들
렸다. 그리고 또 한 번의 총성이 들리더니 동시에 신음 소리를 내며
풀썩 사람이 쓰러지는 소리가 났다. 그리고 프레디의 팔뚝에 가느
다란 핏줄기가 흘러내렸다……

J

너무나 순식간에 벌어진 일이라 한동안 아무도 무슨 일이 일어난 건지 몰랐다. 이윽고 세찬 고함소리와 함께 푸아로가 창문으로 달려갔다. 챌린저가 그를 따랐다.

잠시 후, 흐느적거리는 남자의 몸뚱이를 붙들고 그들이 다시 나타났다. 커다란 가죽 의자에 조심조심 내려진 사내의 얼굴이 시야에 들어오자 나는 놀라 소리쳤다.

"그 얼굴…… 창문에 비친 그 얼굴……."

어제 저녁 창문으로 우릴 엿보던 사내였다. 나는 금세 알아보았다. 그리고 사람 같지 않은 얼굴이라고 했던 말은 푸아로의 지적처럼 과장이었다는 것을 깨달았다.

하지만 그 얼굴에는 당시 내 느낌에 부합하는 뭔가가 있었다. 타락한 얼굴이었다. 정상적인 인간미가 사라진 얼굴. 창백하고, 무력하고, 사악한 얼굴. 그저 가면 같았다. 마치 오래 전에 영혼을 상실한 것처럼. 옆얼굴을 타고 핏줄기가 흘러내렸다.

프레데리카가 천천히 다가와 의자 곁에 섰다.

푸아로가 그녀를 가로막았다.

"다치셨습니까, 부인?"

"총알이 어깨에 스쳤을 뿐이에요."

그녀가 고개를 저으며 살며시 그를 밀치고 몸을 수그렸다.

사내가 눈을 뜨더니 자신을 내려다보는 그녀를 바라봤다.

"이번엔 당신 때문에 한 거야."

그는 낮고 사악한 목소리로 신음하더니, 갑자기 목소리가 변하면서 결국 애 우는 소리를 냈다.

"아! 프레디, 본심은 아니었어. 본심은 아니었어. 당신은 늘 나한테 잘해 줬는데……."

"이제 됐어요……."

프레데리카가 사내 곁에 무릎을 꿇었다.

"본심이 아니었……."

그는 말도 끝맺지 못한 채 고개를 떨구었다.

프레데리카가 푸아로를 올려다보았다.

"부인, 그는 죽었습니다."

푸아로가 다정하게 말했다.

프레데리카는 꿇었던 무릎을 천천히 펴고 서서 그를 내려다보았다. 그리곤 한 손으로 이마를 짚었다. 애처로워 보였다. 이윽고 한숨을 내쉬고 나머지 사람들 쪽으로 몸을 돌렸다.

"제 남편이에요."

그녀가 조용히 말했다.

"J."

내가 중얼거렸다.

푸아로가 내 말을 이해하고 고개를 끄덕여 짧게 동의했다.

"맞아. 난 늘 J가 있다고 느꼈지. 내가 처음부터 그러지 않았나?"

그가 부드럽게 말했다.

"그는 제 남편이었어요."

프레데리카가 다시 말했다. 극도로 지친 목소리였다. 그녀는 라자러스가 갖다 준 의자에 풀썩 주저앉았다.

"이제 모든 걸 털어놔야겠군요……. 그는…… 완전히 하류 인생이었어요. 마약쟁이였죠. 저한테 약을 가르쳐 줬어요. 그를 떠난 뒤로 줄곧 마약을 끊으려고 싸웠어요. 마침내 거의 치료가 됐죠. 하지만 쉽지 않았어요. 아! 끔찍이도 힘겨웠어요. 그게 얼마나 힘든지 아무도 몰라요. 도저히 그에게서 도망칠 수가 없었어요. 그는 이따금씩 나타나 돈을 요구했어요. 위협하면서. 일종의 협박 편지로요. 돈을 안 주면 총으로 자살하겠다면서. 늘 그런 식으로 협박했어요. 나중에는 저를 쏴 죽이겠다고 협박하더군요. 그 사람 잘못이 아니에요. 그는 미쳤어요…… 정신병자였어요……. 아마 그 사람이 매기 버클리를 쐈을 거예요. 물론 그녀를 쏘려던 건 아니었어요. 저라고 생각했겠죠. 미리 털어놨어야 했어요. 하지만 결국 저도 확신이 안

섰어요. 그리고 닉이 겪은 이상한 사고들은…… 어쩌면 남편이 아닐지도 모른다는 생각이 들었어요. 전혀 다른 사람일지도 모른다는. 그리고 지난번에 푸아로 선생님의 탁자에 놓인 찢어진 종이 조각에서 그의 필체를 얼핏 봤어요. 그 사람이 제게 보낸 편지의 일부였거든요. 그때는 푸아로 선생님이 단서를 잡았구나 싶었어요. 그 이후로 이제 시간문제구나 했지요……. 하지만 초콜릿은 이해가 안 가요. 그 사람이 닉을 독살할 이유가 없거든요. 어쨌거나 그 사람이 그 일과 연관이 있을 것 같진 않아요. 혼란스럽고, 또 혼란스러워요.”

프레데리카는 양손으로 얼굴을 감쌌다. 하지만 이내 손을 치우고 애처롭고 묘한 말을 했다.

“그게 다예요…….”

인물 K

라자러스가 재빨리 프레데리카 곁으로 다가갔다.

"맙소사."

라자러스가 탄식했다. 푸아로가 찬장으로 가서 와인을 잔에 따라 갖다 주었다. 그리고 그녀가 마실 동안 계속 곁에 서 있었다.

프레데리카가 잔을 돌려주며 미소를 지었다.

"이제 괜찮아요. 이제…… 이제 뭘 해야 좋죠?"

그녀가 재프를 바라보자 경감은 고개를 저었다.

"저는 휴가 중입니다, 라이스 부인. 그냥 친구를 도울 뿐이죠. 제 일은 그게 답니다. 세인트루 경찰이 책임 당국입니다."

그녀가 푸아로를 바라보았다.

"그럼 푸아로 선생님이 세인트루 경찰 책임자신가요?"

"어이구! 켈 이데(말도 안 됩니다), 부인. 전 그저 변변찮은 조언자일 뿐입니다.”

“푸아로 선생님, 비밀에 부칠 수는 없을까요?”

닉이 물었다.

“그러길 바랍니까, 마드무아젤?”

“네. 결국…… 제가 당사자니까요. 그리고 더 이상 저를 노리는
일은 없을 거예요.”

“네, 그건 사실입니다. 이제 더 이상 당신을 노리는 공격은 없을
겁니다.”

“매기 때문에 그러시는군요. 하지만 푸아로 선생님, 매기를 다시
살릴 수는 없어요! 이 사건을 전부 공개해 버리면 프레데리카가 사
람들 입방아에 올라 끔찍한 고통만 겪을 거예요. 그건 그녀에게 부
당해요.”

“그녀에게 부당하다고요?”

“당연히 부당하죠. 그녀 남편이 짐승 같은 인간이라고 처음부터
말씀드렸잖아요. 선생님도 오늘 밤 직접 보셨고요. 네, 그 사람은 죽
었어요. 그걸로 끝내자구요. 경찰은 매기 살해범을 수색하게 내버려
두세요. 어차피 못 찾을 테니, 그걸로 된 거죠.”

“그러니까 그게 당신 바람인가요, 마드무아젤? 비밀에 부치자는
게…….”

“네, 부탁드려요. 아! 제발, 친애하는 푸아로 선생님.”

푸아로가 천천히 주위를 둘러봤다.

“여러분 생각은 어떠십니까?”

각자 돌아가며 한마디씩 했다.

"동의합니다."

내가 말하자 푸아로가 빤히 쳐다봤다.

"저도."

라자러스가 말했다.

"그게 최선입니다."

챌린저의 대답.

"오늘 밤 이 방에서 벌어진 일은 모두 잊읍시다."

아주 단호한 크로프트의 주장.

"어련하실라고!"

재프가 끼어들었다.

"절 너무 나무라지 마세요, 아가씨."

크로프트의 아내가 훌쩍이며 닉에게 애걸했다. 닉은 경멸 어린 눈초리로 쏘아봤지만 아무 대답도 하지 않았다.

"엘렌 부인은?"

"저와 윌리엄은 아무 말 않겠어요. 말이 적을수록 일이 잘 풀리는 법이니까."

"그럼 바이스 당신은?"

"이런 일은 쉬쉬할 수 없습니다. 적절한 방법으로 사실을 공개해야 합니다."

찰스 바이스가 말했다.

"찰스!"

닉이 소리쳤다.

"미안해. 나는 법률적 관점에서 볼 따름이라서."

푸아로가 갑자기 웃음을 터뜨렸다.

"그러니까 7대 1이로군. 선량한 재프는 중립이고."

"난 휴가 중일세. 그러니 빼 주게."

재프가 싱글거리며 말했다.

"7대 1이라. 바이스 씨만 법과 질서의 편에서 반대하시고……. 당신은 훌륭한 사람입니다, 바이스 씨!"

바이스가 어깨를 으쓱 했다.

"상황은 아주 명확합니다. 할 일은 딱 하나뿐이죠."

"네, 당신은 정직한 분입니다. 에 비엥(아 참), 저 역시 소수 편입니다. 저도 진실을 추구하니까요."

"푸아로 선생님!"

닉이 소리쳤다.

"마드무아젤이 저를 이 사건에 끌어들였습니다. 당신 부탁을 받고 가담한 거죠. 이제 제 입에 자물쇠를 채울 수는 없습니다."

푸아로는 위협하듯 검지를 치켜세웠는데, 내가 익히 아는 제스처였다.

"앉으세요, 여러분. 제가 진실을 말씀드리죠."

푸아로의 오만한 태도에 입을 다문 채 우리는 순순히 자리에 앉아 진지한 얼굴로 그를 바라보았다.

"에쿠테(잘 들으세요)! 여기 명단이 하나 있습니다. 범죄와 연관된 사람들 명단이죠. 알파벳으로 순서를 매겼는데, J도 포함돼 있습니다. J는 미지의 인물을 뜻합니다. 나머지 사람들 중 한 명 때문에 범죄와 연관된 인물. 저는 오늘밤까지도 J가 누군지 몰랐지만, 그런 존재가 있다는 건 알았습니다. 오늘 밤 벌어진 사건 덕에 제가 옳았음이 입증되었습니다. 하지만 어제, 심각한 실수를 범했다는 사실을 불현듯 깨달았습니다. 하나를 빼먹은 거죠. 그래서 명단에 글자를 하나 더 추가했습니다. K."

"또 다른 미지의 인물?"

조금 냉소적인 투로 바이스가 물었다.

"꼭 그렇진 않습니다. 저는 미지의 인물을 상징하는 글자로 J를 채택했습니다. 또 다른 미지의 인물이라면 단순히 또 하나의 J가 되겠죠. K는 다른 의미가 있습니다. 본래 명단에 포함됐어야 하나 간과하고 넘어간 인물."

푸아로가 프레데리카에게로 몸을 숙였다.

"안심하세요, 부인. 당신 남편은 살인범이 아니었습니다. 마드무아젤 매기를 쏜 자는 인물 K였으니까요."

그녀의 눈이 휘둥그레졌다.

"그렇다면 K는 누구죠?"

푸아로가 재프에게 고갯짓을 하자 그가 앞으로 나오더니 과거 즉결 재판소에서 증언하던 시절을 연상시키는 어조로 말했다.

"입수된 정보에 따라 저는 푸아로의 지시대로 집 안에 잠입해 이른 저녁 무렵 자리를 잡았습니다. 응접실 커튼 뒤에 숨어 있었죠. 모든 사람이 이 방에 모였을 때, 젊은 여인 하나가 응접실로 들어와 불을 켰습니다. 그녀는 벽난로 쪽으로 다가가 스프링으로 작동되는 듯한 작은 벽감을 열었습니다. 거기서 권총을 꺼내더군요. 그리곤 총을 손에 든 채 방을 나갔습니다. 저는 그녀를 따라갔고, 열린 문틈으로 그녀의 다음 행동을 목격할 수 있었습니다. 홀 안에는 도착한 손님들이 놓고 간 외투가 있었습니다. 젊은 여인은 손수건으로 조심스레 권총을 닦아 라이스 부인의 회색 외투 호주머니에 넣고……"

갑자기 닉이 소리쳤다.

"그건 사실이 아니에요!"

푸아로가 손가락으로 닉을 지목했다.

"부알라(짜잔)! 인물 K! 매기 버클리를 죽인 건 바로 그녀의 사촌 마드무아젤 닉이었습니다."

"당신 미쳤어요? 내가 매기를 왜 죽여요?"

닉이 소리쳤다.

"마이클 시튼이 그녀에게 남긴 돈을 물려받으려고! 그녀의 이름 역시 막달라 버클리였으니까. 그리고 그의 약혼자는 그녀였지. 당신이 아니라."

"당신은…… 당신은……"

닉이 부들부들 떨며 차마 말을 잇지 못한 채 서 있었다. 푸아로가 재프에게 돌아섰다.

"경찰에 전화했겠지?"

"물론이지. 지금 홀 안에서 대기 중일세. 영장도 갖고 왔어."

"당신들 모두 미쳤어요!"

닉이 모욕적으로 소리치며 잽싸게 프레데리카 곁으로 갔다.

"프레디, 손목시계 좀 줘…… 서…… 선물로. 괜찮겠지?"

프레데리카는 보석이 박힌 시계를 천천히 손목에서 풀어 닉에게 건넸다.

"고마워. 그리고 이제…… 허무맹랑한 이 코미디를 끝내야겠어."

"당신이 계획하고 연출한 엔드하우스의 코미디…… 맞소. 하지만 당신은 에르퀼 푸아로에게 주역을 맡기지 말았어야 했어. 마드무아젤, 그게 당신의 실수였어. 매우 심각한 실수."

사건의 결말

"제가 설명해 드릴까요?"

푸아로는 내가 너무나 잘 아는 짐짓 겸손한 태도와 만족스런 미소로 좌중을 둘러보았다.

우리는 응접실로 이동했다. 사람 수는 어느새 많이 줄어 있었다. 하인들이 눈치 빠르게 물러갔고, 크로프트 부부가 경찰에 연행되었기 때문이다. 프레데리카, 라자러스, 챌린저, 바이스, 그리고 내가 남았다.

"에 비엥(아 참), 고백하자면 저도 속았습니다. 철저히 완벽하게 속았죠. 흔한 말로, 앙큼한 닉의 장단에 놀아난 셈입니다. 아! 부인, 언젠가 당신 친구가 영리한 꼬마 거짓말쟁이라고 하셨죠. 정말 맞는 말이었습니다! 하나도 틀린 게 아니었죠!"

"닉은 거짓말을 입에 달고 살았어요. 그래서 허무맹랑한 구사일생 이야기를 정말로 믿지 않은 거예요."

프레데리카가 침착하게 말했다.

"하지만 저는, 저능아였던 저는 믿었습니다!"

"실제 사건이 아니었단 말입니까?"

내가 물었다. 사실 난 여전히 혼란한 상태였다.

"꾸며낸 거지. 아주 영리하게. 덕분에 강한 인상이 남았고."

"어떤?"

"마드무아젤의 목숨이 위험하다는 인상. 하지만 그 전 이야기를
먼저 하겠네. 내가 이어 맞춘 대로 차근차근 들려주지. 불완전하게
섬광처럼 깨달은 방식이 아니라. 사건을 처음 맡을 당시 우린 버클
리 양이 젊고, 아름답고, 건방지고, 자기 집에 광적으로 집착한다는
걸 알았습니다."

찰스 바이스가 끄덕였다.

"제가 그렇게 말씀드렸죠."

"당신 말이 옳았습니다. 닉은 엔드하우스를 사랑했습니다. 하지
만 돈이 없었죠. 집이 저당 잡힌 상태였으니까. 그녀는 돈이 필요했
지만(미친 듯이 갈망했죠.) 구할 길이 없었습니다. 그러다 르 토케에
서 만난 젊은 시튼이 그녀에게 끌립니다. 십중팔구 그녀는 시튼이
숙부의 상속인이라는 것과 숙부가 백만장자란 걸 알았을 겁니다.
좋아, 행운의 별이 뜨는구나, 생각했겠죠. 하지만 그는 그녀에게 정
말로 심각하게 끌리지 않습니다. 무척 재밌는 아가씨라고 생각하지
만, 그게 답니다. 두 사람이 스카보로에서 만나 그의 비행기를 함께

탈 때 비극이 발생합니다. 매기를 만나는 순간 그가 첫눈에 반한 거죠. 마드무아젤 닉은 아연실색합니다. 자기 사촌 매기를 예쁘다고 생각해 본 적이 없으니까! 하지만 젊은 시튼에게 그녀는 달랐습니다. 그에게는 세상에서 유일한 아가씨죠. 그들은 비밀리에 약혼하게 됩니다. 아는 사람, 알아야 할 사람은 단 한 명, 바로 마드무아젤 닉이었습니다. 가엾은 매기……. 그녀는 터놓을 사람이 있다는 게 기뻤습니다. 틀림없이 약혼자의 편지를 사촌에게 조금 읽어 줄 겁니다. 그러다 마드무아젤이 유언장 이야기를 듣게 되죠. 당시에는 별 관심을 갖지 않지만 머릿속엔 남죠.

그러던 어느 날 갑자기 매튜 시튼 경이 돌연사하고, 마이클 시튼의 실종 소문이 기정사실화됩니다. 그러자 곧바로 우리 젊은 아가씨의 머리에 잔인한 계획이 떠오른 거죠. 시튼은 그녀의 진짜 이름 역시 막달라라는 사실을 모릅니다. 닉이라고만 알죠. 그의 유언장은 확실히 비공식적이고, 단지 이름만 언급합니다. 하지만 세상 사람들 눈에는 그가 그녀의 애인이죠! 그녀의 이름이 그의 이름과 겹쳐져 보일 겁니다. 만약 그녀가 그와 약혼했다고 주장한다면 의심할 사람은 아무도 없겠죠. '하지만 그 일에 성공하려면 매기를 반드시 제거해야만 합니다.'

시간이 없습니다. 그녀는 매기더러 이리 내려와 며칠 머물게 할 계획을 세웁니다. 그런 다음 구사일생 스토리가 시작되는 거죠. 자기 손으로 그림 액자의 철사를 자르고, 자동차 브레이크를 조작하죠. 바위…… 아마 그건 자연스러운 일이라 길에서 깔릴 뻔했다는 이야기만 지어내면 됩니다.

그 무렵, 그녀는 신문에서 제 이름을 봅니다. 그리곤 대담하게도 저를 공범으로 끌어들입니다. 모자를 뚫고 제 발 앞에 떨어진 총알. 와! 깜찍한 코미디입니다. 결국 전 끌려 들어가죠. 그녀를 위협하는 위험이 있다고 믿으면서! 봉(훌륭합니다)! 그녀는 놀라운 기지를 지녔습니다. 저는 그녀의 손에 놀아나 친구를 부르라는 요청까지 합니다. 그녀는 기회를 포착하고 매기에게 전보를 보내 하루 일찍 오라고 합니다. 실제로 얼마나 손쉬운 범죄입니까! 그녀는 사람들을 만찬 식탁에 두고, 시튼의 죽음이 사실이라는 라디오 뉴스를 들은 뒤 계획을 실행하기 시작합니다. 시튼이 매기에게 보낸 편지를 훔칠 시간은 충분하죠. 그것들을 전부 읽고 목적에 부합하는 몇 가지를 고릅니다. 그리고 자기 방에 넣어 둡니다. 그 후 매기와 함께 불꽃놀이를 보다 말고 집으로 돌아옵니다. 그녀는 사촌더러 자기 숄을 걸치라고 합니다. 그리곤 몰래 뒤따라가 쏩니다. 재빨리 집으로 들어와서는 권총을 비밀 벽감에 숨기죠. 벽감이 있다는 사실을 아무도 모른다고 생각합니다. 그리곤 위층으로 올라가 목소리가 들릴 때까지 기다립니다. 시체가 발견되죠. 그게 큐 사인입니다.

그녀는 밑으로 뛰어 내려가 창문을 통해 나갑니다. 정말 대단한 연기력입니다! 감탄스러울 따름이죠! 네, 그녀는 여기서 마지막 드라마를 공연했습니다. 하녀 엘렌은 이 집이 사악하다고 말했습니다. 저도 그 말에 동의하고 싶어지는군요. 바로 이 집에서 마드무아젤 닉이 영감을 얻었으니까요."

"하지만 독이 든 초콜릿은 여전히 이해가 안 가요."

프레데리카가 말했다.

"전부 같은 계획의 일부였습니다. 만약 매기가 죽은 뒤 닉의 목숨이 위협받는다면, 매기의 죽음이 실수였다는 사실이 명백해질 테니까요. 때가 무르익었다고 판단되자 그녀는 라이스 부인께 전화를 걸어 초콜릿 상자를 보내 달라고 요청한 겁니다."

"그럼 그게 개 목소리였나요?"

"물론입니다! 단순한 설명이 사실인 경우가 허다하죠! 네 스 파(안 그렇습니까)? 목소리를 조금 변형시킨 겁니다. 그게 답니다. 그래야 당신이 취조당할 때 갸우뚱할 테니까요. 그리고 상자가 도착하면, 이것도 아주 단순합니다. 그녀가 코카인을 교묘하게 숨겨 두었다가 초콜릿 세 개 안에 코카인을 채워 넣고, 그 중 하나를 먹은 뒤 쓰러집니다. 하지만 코카인을 얼마나 먹고 어떤 증상을 과장해야 하는지 잘 알기 때문에 적당히 먹었죠. 그리고 그 카드…… 내 카드! 사프리스티(빌어먹을)! 배짱도 좋습니다! 그건 제 카드였습니다. 꽃과 함께 보낸 카드. 간단하죠? 네, 하지만 그럴싸하게 보이려면……."

잠시 침묵이 흐른 뒤 프레데리카가 물었다.

"권총은 왜 제 코트에 넣었죠?"

"물어 보실 줄 알았습니다, 부인. 그건 언젠가 부인께 일어날 수밖에 없는 일이었습니다. 말해 보세요. 마드무아젤 닉이 더 이상 당신을 좋아하지 않는다는 생각이 든 적 있습니까? 혹시…… 증오한다고 느낀 적은 없나요?"

"뭐라고 말해야 하나, 저희 삶은 위선적이었어요. 하지만 그녀도
한때 저를 좋아했죠."

그녀가 느릿느릿 대답했다.

"말해 보세요, 라자러스. 지금은 거짓 내숭을 떨 때가 아닙니다.
당신과 그녀 사이에 무슨 일이 있었습니까?"

"아뇨."

라자러스가 도리질 쳤다.

"한때 끌리긴 했습니다. 그러다 이유는 모르겠지만 갑자기 싫어
지더군요."

"아······!"

푸아로가 사려 깊은 얼굴로 끄덕였다.

"그게 그녀의 비극이군요. 그녀는 사람을 끌어당기기는 하지만
이내 그들이 떠나갑니다. 당신은 그녀를 점점 더 좋아한 게 아니라
그녀의 친구와 사랑에 빠졌습니다. 그래서 그녀는 부인을 증오하기
시작했습니다. 부자 친구를 둔 부인을. 작년 겨울에 유언장을 쓸 때
는 부인을 좋아했습니다. 그 후에 달라졌지요.

그녀는 유언장이 생각났습니다. 크로프트가 방해하여 목적지에
도달하지 못했다는 사실을 모르고 있었지요. 부인은 그녀의 죽음을
바랄 동기가 있습니다. 적어도 세상은 그렇게 보겠죠. 때문에 부인
께 전화를 걸어 초콜릿을 보내 달라고 한 겁니다. 오늘 밤, 유언장이
낭독되면 부인이 잔여 유산 상속인으로 호명됐겠죠. 그리고 코트에

서 매기 버클리를 쏜 권총이 발견되는 겁니다. 부인이 그걸 발견하면 혐의를 벗기 위해 총을 없애려 할 테고."

"저를 증오한 게 틀림없군요."

프레데리카가 중얼거렸다.

"네, 부인. 당신에겐 그녀한테 없는 게 있었습니다. 사랑에 승리하고 그걸 지키는 재주."

"제가 좀 모자라서 그런지 유언장 소동은 여전히 아리송하네요."

챌린저가 말했다.

"그래요? 그건 전혀 다른 문제입니다. 아주 단순하죠. 크로프트 부부는 여기 숨어 살고 있었습니다. 마드무아젤 닉은 수술을 받아야 했죠. 그녀는 유언장을 작성한 적이 없습니다. 크로프트 부부가 기회를 포착합니다. 그녀를 설득해서 하나 쓰게 한 뒤 책임지고 부치겠다고 하죠. 그리고 그녀에게 무슨 일이 생기면 아주 정교한 위조 유언장을 만들어 오스트레일리아와 필립 버클리와의 관계를 빌미로 자신들에게 돈이 넘어오도록 하는 겁니다. 그녀 부친이 그 나라를 방문한 적이 있다는 걸 알았으니까요.

하지만 마드무아젤 닉의 충수염 수술이 성공적으로 끝나자 위조 유언장은 쓸모가 없어집니다. 한동안은 말이죠. 그러다 그녀의 목숨을 노린 사건이 시작됩니다. 크로프트 부부는 다시 희망에 부풉니다. 마침내 제가 그녀의 죽음을 선언합니다. 놓치기 아까운 기회죠. 위조 유언장이 즉각 바이스 변호사에게 배달됩니다. 물론 처음에는 그녀가 실제보다 더 부자라고 믿었죠. 저당에 대해서는 까맣게 몰랐으니까요."

"푸아로 선생님, 어떻게 이걸 다 알아내셨나요? 언제부터 의심하기 시작하셨죠?"

라자러스가 물었다.

"아! 부끄럽습니다. 너무 오래 걸렸습니다. 이상한 점이 있긴 했습니다. 아귀가 안 맞거나 닉과 다른 사람들에게서 들은 말 사이의 모순 등……. 불행히도 늘 마드무아젤 닉을 믿었습니다. 그러다 갑자기 깨달았습니다. 마드무아젤 닉이 한 가지 실수를 한 거죠. 너무 영리했습니다. 제가 친구를 부르라고 재촉하자 그녀는 그러겠다고 약속했죠. 그리고 이미 마드무아젤 매기에게 전보 친 사실을 감췄습니다. 별로 수상해 보이지 않는다고 판단한 거죠. 하지만 그게 실수였습니다.

매기 버클리는 도착하자마자 집에 편지를 썼고, 거기 적힌 평범한 글귀 하나가 저를 갸우뚱하게 했거든요. '왜 그런 식으로 전보를 쳤는지 모르겠어요. 차라리 화요일이 더 좋았을 텐데.' 화요일이라는 단어가 뭘 뜻할까요? 하나밖에 없습니다. 사실 매기는 화요일에 와서 머물 예정이었던 겁니다. 하지만 그렇게 되면 마드무아젤 닉은 거짓말을 한 셈이 되죠. 혹은 사실을 숨겼거나. 이때 처음으로 그녀를 다른 관점에서 바라봤습니다. 그녀의 진술을 비판해 보았습니다. 곧이곧대로 믿지 않기 시작했죠. '만약 이게 사실이 아니라면.' 그리고 모순들을 기억해 냈습니다. '매번 거짓말한 것은 마드무아젤 닉이지 다른 사람이 아니라면?'

자문해 봤습니다. '단순하게 생각하자. 실제로 일어난 일이 뭐지?' 그러자 실제로 일어난 일은 오로지 매기 버클리의 살해 사건뿐임을 알게 됐습니다. 오로지! 그렇다면 매기 버클리의 죽음을 원하는 사람은 누구일까?

그러다 엉뚱한 생각이 떠올랐습니다. 불과 5분 전에 헤이스팅스가 했던 시답잖은 몇 마디. 마거릿의 애칭이 아주 많다고 했죠. 매기, 마고 등등. 그러자 퍼뜩 마드무아젤 매기의 진짜 이름이 뭘까 하는 생각이 들었습니다. 그 순간 투 뎅 쿠(벼락처럼) 깨달은 겁니다. 만약 그녀의 이름이 막달라라면! 그게 버클리 집안 이름이라고 마드무아젤 닉한테서 들었거든요. 두 명의 막달라 버클리…… 혹시…….

전에 읽었던 마이클 시튼의 편지를 마음속으로 하나하나 떠올렸습니다. 네, 불가능하지 않았습니다. 스카보로가 언급돼 있지만 매기는 닉과 함께 스카보로에 있었습니다. 그녀 모친이 그렇게 말했죠.

그리고 그건 제가 수상히 여기던 한 가지를 설명해 주었습니다. 편지가 왜 그렇게 적을까? 여자들은 연애편지를 하나도 빠짐없이 모아두는 법인데 왜 몇 개만 골라서 보관했을까? 무슨 특별한 점이 있기 때문인가?

그러자 그 편지들에 이름이 전혀 언급돼 있지 않다는 사실이 떠올랐습니다. 첫머리는 모두 다르지만, 전부 애정 어린 표현으로 시작됐습니다. 어디에도 닉이라는 이름은 없었죠. 다른 사실도 하나 있었는데 한눈에 알아봤어야 할 진실이었습니다."

"그게 뭐죠?"

"바로, 이겁니다. 닉은 지난 2월 27일에 충수염 수술을 받았습니다. 헌데 마이클 시튼의 3월 2일자 편지를 보면 수술과 관련하여 근심이나 병, 혹은 그 어떤 언급도 없었습니다. 이는 그 편지들이 '전혀 다른 사람'에게 보낸 것임을 생생히 보여 주는 것입니다.

그래서 제가 작성한 질문 목록을 꼼꼼히 살폈죠. 그러자 새로운 생각이 광명 속에서 모든 해답을 찾아 주었습니다. 엉뚱한 질문 몇 개만 제외하면 모든 결과가 간단하고 확실했습니다. 그리고 초반에 궁금했던 또 다른 질문도 대답할 수 있었습니다. 마드무아젤 닉은 왜 검은 드레스를 샀을까? 해답은 그녀가 사촌과 비슷한 옷차림이어야 했다는 것입니다. 진홍빛 숄은 덤이죠. 의심의 여지가 없는, 정확하고 확실한 해답이었습니다. 애인이 죽은 사실을 알기도 전에 상복을 입는 여자는 없습니다. 이상하고, 비정상적으로 보이죠.

그래서 이번엔 제가 작은 연극을 상연하기로 했습니다. 그리고 기대했던 일이 벌어졌죠. 닉 버클리는 비밀 벽감에 대한 질문을 아주 민감하게 받아들였습니다. 그런 건 없다고 단언하더군요. 닉은 모를 리가 없습니다. 왜 그렇게 민감했을까? 그녀가 권총을 거기다 숨겼을 가능성은? 혹시 나중에 다른 사람에게 혐의를 뒤집어씌울 은밀한 목적으로?

그래서 저는 닉이 계획한 대로 모든 상황이 라이스 부인에게 몹시 불리한 쪽으로 몰고 가 닉을 안심시켰죠. 예상대로 결정적인 증거를 거부하지 못했습니다. 게다가 그러는 편이 그녀에게 더욱 안전

했죠! 비밀 벽감과 그 속에 든 권총이 엘렌에게 발견될지 모르니까!

우린 모두 방에 있으니 안전했습니다. 그녀는 밖에서 큐 사인을 기다리고 있었고. 따라서 비밀 장소에서 권총을 꺼내 부인의 코트에 넣는 일은 절대로 안전하리라 믿은 거죠……. 그래서 결국 마지막 순간에 실패한 겁니다……."

프레데리카가 부들부들 떨었다.

"그래도 제 시계를 준 건 기뻐요."

프레디가 말했다.

"네, 부인."

그러자 프레데리카가 그를 잽싸게 올려다봤다.

"그것도 알고 있으세요?"

"그럼 엘렌은? 뭔가 알았거나 의심한 걸까요?"

내가 끼어들며 물었다.

"아니. 이미 물어 봤네. 그날 밤 집에 머물기로 한 건 '뭔가 이상하다고 생각했기' 때문이라더군. 닉이 너무 단호하게 불꽃놀이를 보러 나가라고 재촉하는 것 같았대. 그녀는 라이스 부인에 대한 닉의 증오를 감지했지. 뭔가 터질 거라는 사실을 뼛속까지 느꼈지만, 그 대상이 매기가 아니라 부인일 줄 알았다는 거야. 그녀는 닉의 성격을 알고 있었고, 항상 괴상한 꼬마 아가씨라고 생각했지."

"네, 맞아요. 괴상한 꼬마 아가씨라고 생각하자구요. 자립심 없는 괴상한 꼬마 아가씨…… 어쨌건 전 그래요."

프레데리카가 중얼거렸다.

푸아로가 그녀의 손을 잡고 다정하게 입을 맞췄다.

찰스 바이스가 불안하게 움찔거렸다.

"아주 언짢은 사건이 되겠군요. 아무래도 전 그녀의 변론거리를 찾아 봐야겠습니다."

"그럴 필요는 없을 겁니다. 제 추측이 틀리지 않다면."

푸아로가 정중하게 말하면서 챌린저에게로 돌아섰다.

"당신이 거기다 약을 숨겼죠? 저 손목시계들 속에."

"나는…… 나는…….."

느닷없는 질문에 해군 장교가 쩔쩔매며 더듬거렸다.

"진실하고 선량한 사람인 척하면서 날 속일 생각은 마시지. 헤이스팅스는 속였지만 나는 못 속예요. 마약 조달로 이익이 짭짤했을 텐데, 당신과 할리 거리의 당신 숙부."

"푸아로 선생."

챌린저가 자리에서 일어났다. 내 작은 친구는 침착한 표정으로 끔뻑끔뻑 그를 올려다보았다.

"당신이 그 쓸모 있는 '남자 친구'지. 부정하려거든 마음대로 하시구려. 하지만 충고하건대 범행 사실이 경찰 손에 넘어가길 원치 않는다면 지금 당장 가는 게 좋을걸."

그러자 놀랍게도 챌린저는 정말로 부리나케 방을 나갔다. 그를 바라보는 내 입이 다물어지지 않았다.

"말했잖나, 이 친구야. 자네 육감은 늘 틀린다고. 세 파탕(놀라운 재주야)!"

"코카인이 손목시계 속에 있었다니……."

내가 우물거렸다.

"맞다니까. 그 때문에 마드무아젤 닉이 요양원에서 그토록 손쉽게 약을 구할 수 있었던 게야. 그리고 비축분을 초콜릿 상자에 다 넣은 터라 방금 부인에게 꽉 찬 손목시계를 달라고 한 거고."

"그녀가 마약 없이 못 산다는 소린가요?"

"아니, 마드무아젤 닉은 중독자는 아냐. 이따금 재미 삼아 할 뿐이지. 하지만 오늘밤은 다른 목적으로 필요했어. 이번엔 다 털어 넣어야겠지."

"그 말은……?"

숨이 가빴다.

"교수대 밧줄보다야 낫지. 하지만 쉿! 법과 질서의 수호자 바이스 씨 앞에서 할 말은 아니니까. 공식적으로 난 아무것도 모른다네. 손목시계 속 내용물…… 그건 단순히 내 추측일 뿐이야."

"당신 추측은 늘 옳아요, 푸아로 선생님."

프레데리카가 말했다.

"저는 가야겠습니다."

찰스 바이스가 말하며 방을 나섰다. 그에게서 싸늘하고 부정적인 태도가 느껴졌다.

푸아로가 프레데리카와 라자러스를 번갈아 바라봤다.

"두 분은 결혼하실 사이죠? 그렇죠?"

"가능한 한 빨리."

"사실 말이죠, 푸아로 선생님. 저는 선생님이 생각하시는 그런 마약 복용자는 아니에요. 많이 줄여서 아주 조금밖에 안 해요. 이제 행복을 눈앞에 두고 있으니 더 이상 손목시계는 필요 없어요."

프레데리카가 말했다.

"행복하시길 빕니다, 부인. 이번 일로 많은 고통을 겪으셨죠. 그리고 모든 고통에도 아랑곳없이, 자비로운 품성이 여전하십니다……."

푸아로가 다정하게 말했다.

"제가 돌볼 겁니다. 사업은 신통치 않지만 이겨 내리라 믿습니다. 그리고 실패하더라도…… 프레데리카는 가난 따위는 걱정하지 않습니다. 저와 함께라면."

라자러스가 말하자 프레데리카는 고개를 살래살래 저으며 미소를 지었다.

"늦었군요."

푸아로가 시계를 보며 말하자 모두 일어섰다.

"우린 이 이상한 집에서 이상한 밤을 보냈습니다."

푸아로가 계속 말했다.

"엘렌의 말처럼 사악한 집인가 봅니다……."

푸아로는 니콜라스 영감의 초상화를 올려다보았다. 그러곤 갑작스레 라자러스를 옆으로 데려갔다.

"실례인 줄 알지만, 제 모든 질문 중에 풀리지 않은 게 하나 있습니다. 어째서 저 그림에 50파운드를 제시하셨죠? 알려 주시면 제

겐 큰 기쁨일 겁니다. 하나라도 미해결로 남으면 영 찜찜해서 그럽니다."

라자러스가 한동안 심드렁한 얼굴로 바라보았다. 그러더니 미소를 지었다.

"아시겠지만 저는 미술상입니다."

"물론이죠."

"저 그림 값어치는 기껏해야 20파운드밖에 안 됩니다. 제가 닉에게 50파운드를 제시하면 그녀는 분명히 금세 의심하고 다른 데 가서 값어치를 확인할 겁니다. 그러면 제가 실제 값어치보다 훨씬 더 제시했다는 걸 알게 되겠죠. 그러면 다음에 다시 그림을 매입하겠다고 제안하면 그땐 그림 값 알아보는 짓은 안 할 테니까요."

"네, 그래서?"

"저쪽 벽에 걸린 그림은 적어도 5000파운드는 나갑니다."

라자러스가 담담하게 말했다.

"아! 이제 모든 걸 알았습니다."

푸아로가 긴 숨을 들이켜며 행복하게 말했다.

옮긴이 | 이원경

경희대 국어국문학과를 졸업하고 소설 번역가로 활동하고 있다. 주로 소설 및 인문 교양서를 번역하고 있으며 어린이 책 번역도 겸하고 있다. 지금까지 『장미의 미궁』, 『넥스트』, 『세상을 바꾼 12권의 책』, 『어느 미친 사내의 고백』, 『마지막으로 죽음이 오다』, 『엔드하우스의 비극』, 『뿌지직! 너 그거 알아?』, 『속옷이 궁금해』, 『할머니 코끼리가 나가신다』, 『마스터 앤드 커맨더』, 『포스트 캡틴』, 『H. M. S. 서프라이즈 호』 등을 번역했다.

애거서 크리스티 푸아로 셀렉션

엔드하우스의 비극

1판 1쇄 펴냄 2015년 7월 10일
1판 3쇄 펴냄 2021년 9월 14일

지은이 | 애거서 크리스티
옮긴이 | 이원경
발행인 | 박근섭
편집인 | 김준혁
펴낸곳 | 황금가지

출판등록 | 2009. 10. 8 (제2009-000273호)
주소 | 135-887 서울 강남구 신사동 506 강남출판문화센터 5층
전화 | 영업부 515-2000 편집부 3446-8774 팩시밀리 515-2007
홈페이지 | www.goldenbough.co.kr

도서 파본 등의 이유로 반송이 필요할 경우에는 구매처에서 교환하시고
출판사 교환이 필요할 경우에는 아래 주소로 반송 사유를 적어 도서와 함께 보내주세요.
135-887 서울 강남구 신사동 506 강남출판문화센터 6층 민음인 마케팅부

© ㈜민음인, 2015. Printed in Seoul, Korea
ISBN 978-89-6017-951-6 04840
ISBN 978-89-6017-956-1 04840 (set)
㈜민음인은 민음사 출판 그룹의 자회사입니다.
황금가지는 ㈜민음인의 픽션 전문 출간 브랜드입니다.